KB231339

태룡전

김강현 新무협 판타지 소설
FANTASTIC ORIENTAL HEROES

태룡전 4

김강현 新무협 판타지 소설

초판 1쇄 찍은 날 § 2009년 5월 18일
초판 1쇄 펴낸 날 § 2009년 5월 25일

지은이 § 김강현
펴낸이 § 서경석

편집장 § 문혜영
편집책임 § 정서진
편집 § 문정흠 · 주소영

펴낸곳 § 도서출판 청어람
등록번호 § 제1081-1-89호
등록일자 § 1999. 5. 31
어람번호 § 제2-1744호

주소 § 경기도 부천시 원미구 심곡2동 163-2 서경B/D 3F (우) 420-822
전화 § 032-656-4452 팩스 § 032-656-4453
http://www.chungeoram.com
E-mail § eoram99@chollian.net

ⓒ 김강현, 2009

ISBN 978-89-251-1811-6 04810
ISBN 978-89-251-1731-7 (세트)

태룡전

4

은거기인(隱居奇人)

김강현 新무협 판타지 소설

도서출판 청람

目次

第一章
발령

태룡전

당미려는 수많은 보고서들을 읽으며 눈을 빛냈다. 그녀가 지금 읽고 있는 보고서들은 미고현에서 온 정보를 정리한 것이었다. 한참 동안 보고서를 읽던 당미려는 결국 눈살을 찌푸리며 손가락으로 관자놀이를 톡톡 두드렸다.

"음혼사귀라……."

사실 당가의 입장에서 보면 음혼사귀 정도는 별것 아니었다. 상대하기 까다로운 자들이긴 하지만 당가에서 마음먹고 나서면 문제없이 처리할 수 있었다.

하지만 그것이 천망단이라면 얘기가 완전히 달라진다.

"아무리 정보 조직을 가지고 있다지만……."

단유강이 가진 정보 조직의 힘은 당미려도 인정하지 않을 수 없었다. 당가가 그동안 힘을 키워오면서 가장 심혈을 기울인 부분이 바로 정보력이었다.

그런 당가의 정보력으로도 미고현을 완전히 장악하지 못했다. 비록 당가가 모든 전력을 미고현에 투입한 건 아니었지만 그래도 그건 굉장한 일이었다.

하지만 정보력이 뛰어난 것과 무력이 뛰어난 것은 완전히 다르다. 당가는 음혼사귀를 처리할 힘이 있지만, 천망단에 그런 힘이 있을 이유가 없었다.

"그런 힘이 있다면 굳이 천망단 따위를 하고 있을 필요가 없지."

정보력은 얼마든지 키울 수 있다. 미고현을 장악하는 천망단의 정보력이 뛰어나긴 하지만 그것은 미고현으로 한정했을 때 얘기다. 영역을 더 넓히면 당가와 비교조차 할 수 없을 것이다.

단유강이 상당한 재물을 소유하고 있는 걸로 미루어 돈을 버는 데 정보력을 이용하는 듯했다. 아니, 거의 확실했다. 그런 징후가 심심찮게 보였으니까.

하지만 무력은 그렇지 않다. 음혼사귀를 처리할 수 있을 정도의 무력을 가졌다면 굳이 천망단에 있을 이유가 없다. 차라리 문파를 하나 만드는 것이 훨씬 낫다.

"설마 배후가 있는 건가?"

당미려는 고개를 갸웃거렸다. 미고현을 감시하기 시작한 지 꽤 오래되었다. 최근에는 단유강의 정보 조직인 월영단이 역정보도 흘리고 정보를 차단하는 바람에 제대로 된 정보를 얻기 힘들지만, 예전에는 그렇지 않았다.

하지만 지금까지 단유강의 배후에 대한 어떤 징후도 발견되지 않았다. 당미려는 일단 배후는 없다고 가정했다.

"그렇다면 음혼사귀를 대체 누가 처리한 거지? 설마 그 근처에 은거기인이라도 살고 있나?"

전혀 불가능한 얘기는 아니었다. 은거기인들은 보통 깊은 산중에 기거하는 경우가 많지만 때때로 이렇게 작은 마을에서 조용히 사람들과 어울려 살아가기도 했다.

"그런 기인이 있었다면 아마 음혼사귀를 그냥 보고만 있지는 않았겠지. 그놈들이 마을 사람들을 다 죽이기 전에 먼저 처리했을 거야."

당미려의 생각이 점점 은거기인 쪽으로 흘러갔다.

"좋아. 일단 여러 가지 가능성을 모두 열어두고 조사를 하자."

당미려는 서류 세 개를 작성했다. 하나는 은거기인에 대한 조사였고, 또 하나는 천망칠십오대의 대주 단유강의 배후에 대한 조사, 그리고 마지막으로 천망칠십오대원들의 정확한 무력에 대한 조사를 지시하는 명령서였다.

침상에 누워 있던 단유강은 왠지 불길한 예감이 들어 자리에서 벌떡 일어났다. 이런 느낌이 들 때면 항상 뭔가 사건이 벌어졌다.

"이것 참, 이런 느낌은 오랜만이네. 또 무슨 일이 벌어지려고 이러나……."

단유강은 침상에서 완전히 일어난 상태로 문을 바라봤다. 누군가 다가오는 기척이 느껴졌다. 너무나도 익숙한 기척, 백설영이었다.

"대주님, 설영이에요."

단유강이 고개를 끄덕이며 들어오라고 말하자, 백설영이 문을 열었다. 그녀는 단유강 앞으로 다가간 후, 입을 열었다.

"공문이 내려왔습니다."

단유강의 얼굴이 와락 일그러졌다.

"이래서 그런 느낌이 들었나?"

공문이 내려오면 언제나 귀찮은 일이 시작된다. 그리고 최근에는 너무 자주 내려온다. 천면색귀의 일로 공문이 내려왔을 때를 시작으로, 벌써 몇 번째인지 세는 것조차 귀찮을 정도였다.

단유강은 백설영의 표정이 심상치 않은 걸 발견하고 고개를 갸웃거렸다. 그녀가 이런 표정을 짓는 일은 상당히 드물었다.

"뭔데?"

"연백철 대원에게 발령이 떨어졌습니다."

"발령? 백철이한테?"

백설영이 고개를 끄덕이며 말을 이었다.

"본맹의 비조각으로 전출 명령이 떨어졌습니다."

단유강이 의아한 표정을 지었다.

"그건 이미 백철이가 거절해서 끝난 걸로 아는데?"

비조각은 사마자혜가 각주로 있는 부서로, 무림맹 내부의 정보를 파악해 불미스러운 일을 미연에 방지하기 위해 만들어진 곳이었다. 한때 사마자혜는 연백철을 비조각의 부각주로 데려가려고 했었다. 하지만 연백철이 거절해 백지화되었다.

그렇기 때문에 더 이상했다. 사마자혜는 자존심이 강한 여자였다. 한 번 거절한 사람을 다시 부를 이유가 없었다. 게다가 이렇게 강압적으로 끌어들이면 능력을 충분히 끌어내기 어렵다는 걸 모를 여자도 아니었다.

"비조각 부각주 자리는 이미 내정자가 있지 않았나?"

"맞습니다. 어제부로 부각주 자리가 채워졌습니다."

단유강이 묘한 표정을 지었다.

"하면? 백철이를 그냥 일반 대원으로 데려가겠다는 말이야?"

"일단 정황상으로는 그렇습니다."

"골치 아프게 됐군."

단유강은 턱을 쓰다듬으며 생각에 잠겼다. 아무리 생각해도 사마자혜가 갑자기 이런 식으로 나오는 이유를 알 수 없었다.

보통 천망단원이라면 얼씨구나 하고 좋아하겠지만, 칠십오대에 있는 사람들이라면 얘기가 달라진다.

"이건 분명히 뭔가가 있어. 좀 더 알아봐."

"예. 하면 연 대원에게는……."

단유강은 대수롭지 않다는 듯 말했다.

"가서 전해줘. 어차피 결정은 그 녀석이 하는 거니까. 가고 싶다고 하면 미련없이 보내줘야지. 뭐, 어쩌면 그 녀석도 은근히 마음이 움직이고 있을지도 모르지. 각주가 그 사마자혜니까."

단유강이 의미심장한 미소를 짓자, 백설영이 무거운 표정으로 고개를 끄덕였다. 사실 그녀는 연백철이 지금에 와서 천망칠십오대를 나가는 게 싫었다. 그렇게 하기에는 그에게 단유강이 들인 공이 너무 컸다. 그리고 이제야 좀 쓸 만하게 되었는데 훌쩍 가버린다니 아쉽기도 했다.

"왜 그런 표정이야? 마음에 안 드는 거라도 있어?"

단유강이 빙긋 웃으며 물었다. 마치 백설영이 무슨 생각을 하고 있는지 다 알고 있다는 듯한 미소였다.

백설영은 고개를 저었다. 그녀의 표정이 약간 씁쓸해졌다.

"왜? 백철이가 나간다니까 아쉬워?"

단유강이 직접적으로 묻자 백설영은 그제야 자신의 생각을 밖으로 꺼냈다.

"네. 그동안 왔던 다른 대원들이었다면 상관하지 않았을 거예요. 하지만 연 대원은 대주님께서 무공까지 봐주셨잖아요."

단유강은 수긍한다는 듯 고개를 끄덕였다.

"확실히 그랬지. 만일 다른 놈이었다면 결코 지금처럼 되지 않았을 거야. 당연히 비조각으로 전출되어 갈 일도 없었겠지."

백설영은 더 알 수 없다는 듯한 표정으로 단유강을 바라봤다. 정말로 이해할 수 없었다.

"백철이는 그쪽으로 가더라도 잘할 거야. 내가 생각보다 사람 보는 눈이 좀 있거든."

백설영은 결국 고개를 절레절레 저었다. 뭐, 어떻게 할 수 있는 상황도 아니었다. 지금 상황을 벗어나는 가장 좋은 방법은 차라리 문파를 하나 여는 것이었다.

'하지만 대주님은 안 하시겠지.'

단유강은 생각에 잠긴 백설영을 바라보며 단호히 말했다.

"자, 이 문제는 여기서 끝내지."

단유강은 생각보다 기분이 좋았다. 상당히 불안한 느낌이 들었는데, 그것이 고작 이 정도로 끝난다면 꽤 괜찮았다. 이 정도야 얼마든지 겪어도 상관없었다.

백설영이 물러가자 단유강은 슬슬 밖으로 나갔다. 최근에는 침상에서 뒹구는 시간이 상당히 줄었다. 그 시간에 미고현을 돌아다니거나 연무장에서 수련하는 하후량, 하후령 형제의 무공을 조금 봐준다거나 하며 지내고 있었다.

"그나저나 백철이가 어떤 반응을 보일지 궁금하네."

단유강은 씨익 웃으며 발걸음을 돌렸다. 이 시간에 연백철이 있을 곳은 딱 하나였다.

연백철은 얼떨떨한 표정으로 백설영을 바라봤다. 아침부터 단가객잔에 나와 객잔이 어떻게 돌아가는지에 대해 객잔의 총관에게 열심히 배우고 있었는데, 난데없이 백설영이 찾아와 한기가 풀풀 날리는 표정으로 공문 한 장을 던져 준 것이다.

"이, 이게 뭡니까?"

"본맹에서 내려온 공문이에요."

백설영은 뒷말을 덧붙이려다가 입을 다물었다. 사실 공문의 내용을 미리 말해주고, 본맹으로 가지 않을 방법을 강구해 보라고 말해주려 했었다. 하지만 단유강의 명을 어길 수가 없었다.

"알아서 잘 판단하세요."

백설영은 그 말을 남기고 획 돌아서서 가버렸다. 연백철은 멍한 눈으로 그녀의 뒷모습을 바라봤다. 대체 뭐가 어떻게 된 영문인지 알 수가 없었다.

"갑자기 왜 저러는 거지? 내가 뭘 잘못하기라도 한 건 가?"

연백철은 잘 돌아가지도 않는 머리를 굴려봤지만 뾰족하게 떠오르는 것이 없었다.

"뭐, 철판 형님이랑 사랑싸움이라도 한 모양이지."

연백철은 고개를 흔들어 상념을 접고, 이내 공문으로 눈을 돌렸다. 그리고 이내 눈이 화등잔만 해졌다. 공문을 보고 나서야 왜 백설영의 표정이 그랬는지 알 수 있었다.

"이건 대체 뭐 하자는 건지……. 쩝."

연백철은 공문을 품에 넣었다. 마음 같아서는 그냥 구겨서 버리고 싶었지만 공문을 함부로 파기할 수는 없었다.

"그나저나 난데없이 왜 다시 부른 거지? 분명히 안 하겠다고 했는데……."

그것도 부각주도 아닌 일반 대원이다. 연백철은 사마자혜가 자신에게 보복하기 위해 이런 일을 벌인 건 아닐까 하는 생각이 잠깐 들기도 했지만 이내 고개를 저었다. 사마자혜는 절대 그럴 여인이 아니었다.

사마자혜를 떠올린 연백철의 얼굴에 기분 좋은 미소가 떠올랐다. 그녀의 아름다운 얼굴을 떠올리며 지그시 눈을 감은 연백철은 그렇게 실없이 웃다가 다시 눈을 떴다. 그리고 화들짝 놀라야 했다.

"헉! 대, 대주님!"

"뭐가 그렇게 좋아서 실실 웃는 거야? 왜? 비조각에 가게 된 게 그렇게 기분 좋아?"

"아, 아, 아닙니다. 그 무슨 말도 안 되는 말씀이십니까? 비조각의 부각주 자리도 마다하고 온 놈입니다. 일반 대원으로 다시 부르는데 기분 좋을 리가 없지 않습니까."

"하긴 그렇긴 하지. 그래도 거기에는 사마자혜가 있잖아?"

연백철은 그대로 말문이 막혔다. 그리고 귀신을 보는 듯한 눈으로 단유강을 바라봤다. 마치 자신의 마음속을 들여다보고 말하는 것만 같았다.

"절대 아닙니다! 제가 이런 시기에 어떻게 이곳을 떠나겠습니까? 차라리 무림맹을 나가는 한이 있더라도……."

"그러지 마라."

"예?"

연백철은 어안이 벙벙한 얼굴로 단유강을 바라봤다. 그리고 이내 섭섭한 표정을 지었다.

"그럼 대주님은 제가 그냥 떠나는 게 좋습니까?"

"글쎄다. 아무튼 무림맹을 나가는 바보 같은 짓은 하지 마라. 무림맹이라는 울타리는 생각보다 든든해."

연백철이 이를 악물었다.

"무림맹이라는 울타리를 느껴본 적이 한 번도 없습니다.

그런 게 있긴 있습니까? 제 울타리는 대주님입니다. 전 그 울타리를 벗어나기 싫습니다."

단유강이 빙긋 웃었다.

"뭐, 네 마음을 모르는 건 아니지만, 아무튼 섣부른 행동을 하지는 마라."

단유강은 그 말을 남기고 돌아섰다. 돌아선 그의 입가에 진한 미소가 그려졌다.

공문이 내려온 지 닷새가 지날 무렵, 미고현에 한 여인이 들어섰다. 그녀는 호위무사로 보이는 사내 둘을 대동하고는 미고현에서 가장 큰 객잔인 단가객잔으로 향했다.

"그새 이렇게나 변했네. 정말 대단해."

여인, 사마자혜는 단가객잔 앞에서 사방을 둘러봤다. 고작 몇 달이 지났을 뿐인데 미고현은 그때보다 더 커진 듯했다. 객잔 근처에도 못 보던 건물들이 잔뜩 들어서 있었다.

사마자혜가 객잔 안으로 들어가자 점소이가 쪼르르 달려왔다.

"어이쿠, 오셨습니까요."

점소리는 머리가 땅에 닿을 정도로 허리를 깊이 숙여 인사를 했다. 그리고는 공손한 자세로 물었다.

"지난번과 마찬가지로 별채를 원하십니까요?"

사마자혜가 빙긋 웃으며 고개를 끄덕였다. 누군가 자신을 기억해 준다는 건 꽤 기분 좋은 일이었다.

"자자, 이리로 오십시오. 마침 별채가 딱 한 군데 남아 있습니다요."

사마자혜는 점소이의 안내를 받아 별채로 향했다. 지난번에 왔을 때 묵었던 바로 그 별채였다. 사마자혜는 익숙하게 안으로 들어갔다. 그녀를 따라온 호위무사 중 한 명이 점소이에게 돈을 지불했고, 점소이는 다시 머리를 땅에 한 번 댄 후, 밖으로 나갔다.

사마자혜는 방 앞까지 따라온 두 호위무사를 향해 말했다.

"미고현 안에서는 혼자 다닐 거예요. 두 분은 이곳에서 쉬고 계세요."

호위무사의 눈빛이 강렬해졌다.

"안 됩니다. 지금 이곳은 복마전이나 마찬가지입니다. 수많은 세력들이 주시하고 있습니다. 혼자 다니시면 너무나 위험합니다."

사마자혜가 조용히 고개를 저었다.

"위험하지 않아요, 적어도 미고현 안에서는. 이곳에서는 그 누구도 섣불리 움직이지 않을 테니까요. 아직 은거기인의 정체가 드러나지 않았어요."

사마자혜의 말에 호위무사는 입을 다물었다. 그녀의 말이 옳기 때문이다. 아무도 음혼사귀와 같은 꼴이 되기를 원하지는 않을 것이다. 하지만 아무리 그렇다 하더라도 사마자혜를 혼자 내보낼 수는 없었다.

호위무사가 고집스런 표정을 지었다.

"아무튼 그 명령에는 따를 수 없습니다. 처벌은 나중에 받겠습니다."

사마자혜는 호위무사의 말에 한숨을 내쉬었다.

"하아, 절 더 이상 곤란하게 하지 마세요. 제가 몰래 도망가는 걸 원하시나요?"

호위무사가 그 말에 흠칫 놀랐다. 하지만 여전히 고집스런 표정을 지우지 않았다.

"어떻게든 쫓아가겠습니다."

결국 사마자혜는 고개를 절레절레 젓고 말았다.

"마음대로 하세요. 전 좀 쉬어야겠으니 나가주세요."

그녀의 말에 두 호위무사가 가볍게 고개를 숙인 후 밖으로 나갔다. 두 사람이 나간 직후, 엄중한 기세가 방을 감쌌다. 사마자혜는 그 기세를 느끼며 씁쓸한 표정을 지었다. 자신이 도망칠까 봐 문 앞을 지키고 있는 것이다.

'도망갈 방법은 얼마든지 있다고요.'

사마자혜는 결코 호위무사를 달고 다닐 생각이 없었다. 혼자 다니는 것이 여러모로 편하다. 정보를 얻는 것도 그렇고, 사람을 찾는 것도 그렇다. 그리고 누군가를 몰래 만다는 것도 혼자인 게 편하다.

"어디 날 보고 어떤 표정을 짓나 봐야지."

갑자기 연백철의 얼굴이 떠올랐다. 사마자혜는 괘씸한 표
정을 지었다. 하지만 이내 표정이 풀어지며 얼굴이 살짝 달아
올랐다.

연백철은 평소와 마찬가지로 단가객잔에 나왔다. 객잔을
전체적으로 한 번 둘러본 후, 자신에게 인사를 하는 사람들에
게 고개를 끄덕여 준 다음, 삼층으로 올라갔다.

단가객잔 삼층에는 연백철의 집무실이 있었다. 연백철은
그곳에서 객잔의 총관에게 객잔 업무에 대해서 배우고, 일도
했다. 이제 슬슬 할 수 있는 일이 늘어나 운영에 본격적으로
뛰어든 상태였다.

연백철은 서류 몇 장을 읽었다. 자신이 천망단의 장원에 있
는 동안 처리된 일을 정리해 놓은 일종의 보고서였다.

"별채가 또 나갔네? 여인 한 명에 남자 두 명이라. 뭐, 어느
가문의 아가씨랑 호위무사겠군."

연백철은 따로 몇 가지를 정리했다. 연백철이 보고 있는 서
류에는 객잔에 들고 나는 사람들에 대해 자세히 정리되어 있
었다. 이것은 모두가 소중한 정보다. 어떤 방에 누가 묵었는
가 하는 것도 때로는 대단한 정보가 될 수 있는 법이다. 물론
그것을 대단하게 만드는 것은 연백철이 신경 쓸 문제가 아니
었다.

"일단 이건 이따가 백 소저에게 전해주면 되고……."

　연백철은 그밖에도 몇 가지 자잘한 일을 정리한 후, 집무실 한가운데로 걸어갔다. 그곳에는 기이한 그림과 짧은 기둥 몇 개가 세워져 있었는데, 연백철은 그 그림 한가운데 앉았다.

　"후우, 그럼 시작해 볼까?"

　연백철은 지그시 눈을 감고 운기조식을 시작했다. 이곳에 마련된 그림과 구조물은 제갈무군이 심혈을 기울여 제작해 준 진법이었다. 이 진법은 미약하나마 주변의 기운을 끌어들이는 효용이 있었다. 물론 안에 모으지는 못하고 끊임없이 끌어들이기만 한다.

　평소에는 아무런 효과가 없지만 이렇게 운기조식을 할 때는 상당한 효과를 얻을 수 있었다.

　연백철이 익힌 정심공은 상당히 안정적인 내공심법이었다. 하지만 정심공은 안정적인 것에 반해 내공을 모으는 속도가 엄청나게 느리다. 그럼에도 연백철은 단유강이 전해준 정체를 알 수 없는 단약과 자면서도 운기할 수 있을 정도로 수련한 덕분에 상당한 내공을 모을 수 있었다.

　비록 그렇기는 하지만 그래도 이렇게 진법의 도움을 받아 제대로 운기하는 것에 비할 정도는 아니었다. 연백철은 단가 객잔을 맡게 된 이후로 몇 배나 더 빠른 속도로 내공을 모을 수 있었다.

　안정된 상태에서 정심공을 운용하니 기감이 활짝 열렸다. 정심공의 장점 중 하나였다. 정심공을 제대로 익히면 기감이 예민해진다. 그리고 이렇게 정심공을 제대로 운용하면 오감이 극도로 민감해져 사방에서 들려오는 목소리를 들을 수 있다.

연백철의 귓가로 수많은 소리가 몰려오기 시작했다. 단가 객잔은 미고현에서 가장 좋은 객잔이다. 게다가 연백철이 맡은 이후로 훨씬 더 많은 손님이 드나들었다. 연백철은 그들의 목소리를 듣기 싫어도 들을 수밖에 없었다.

그렇게 한참을 운기하던 연백철이 갑자기 눈을 번쩍 떴다. 순간 방 안에 신광이 번득였다. 연백철의 눈에서 황금빛 광채가 뿜어져 나갔다가 안으로 깊이 갈무리되었다.

"설마……."

연백철은 믿을 수 없다는 눈으로 자리에서 일어났다. 그리고 방금 목소리가 들려온 쪽을 바라봤다. 연백철은 창가로 걸어가 밖을 내다봤다. 그 순간, 담장을 넘어가는 사람이 보였다.

"어째서 여기에……."

방금 별채의 담장을 넘어간 사람은 사마자혜였다. 연백철이 놀란 이유는 사마자혜의 목소리를 들었기 때문이다. 사마자혜와 그녀의 호위무사가 대화하는 내용을 들은 것이다.

사마자혜는 비조각의 각주였다. 그리고 비조각에서 자신을 끌어들이기 위해 공문을 내려보냈다. 원래대로라면 사마자혜는 본맹의 비조각에 앉아 연백철이 오기만을 기다려야 했다. 한데 이렇게 난데없이 나타난 것이다.

연백철은 탁자로 걸어가, 그 위에 있던 서류를 다시 살폈다. 여인 한 명과 남자 두 명이 별채를 얻었다는 내용을 다시 확인했다. 남자들은 호위무사로 보이고 여자는 상당한 가문의 여식으로 보인다고 했다.

"사마 소저였구나……."

연백철은 서류를 내려놓고 다시 창가로 다가갔다. 사마자혜가 사라져 간 방향을 멍하니 바라보던 연백철은 굳은 표정으로 창을 넘었다. 이대로 넘어가자니 왠지 찜찜했다.

연백철의 신형이 순식간에 사마자혜가 사라진 방향으로 쏘아져 나갔다.

사마자혜는 눈을 빛내며 거리를 걸었다. 일단 호위무사들을 따돌리고 나오긴 했는데, 언제 그들이 쫓아올지 몰랐기에 자세히 주변을 살필 여유는 없었다.

그녀가 호위무사들을 떼어놓으려는 이유는 자칫 권위적으로 보일까 두려웠기 때문이다. 특히 이곳 미고현에서는 더더욱 그런 식으로 보이는 게 싫었다. 이곳에는 연백철이 있었다.

사마자혜의 첫 번째 목적지는 당연히 천망단의 장원이었다. 일단 그곳에 가서 연백철을 만나야 했다. 그리고 그의 도움을 받아 정체불명의 은거기인에 대한 것을 확인하고 싶었다.

'어쩌면 그가……'

사마자혜는 그렇게 생각하다가 이내 고개를 저었다. 그건 절대 불가능했다. 연백철의 무위를 확인하지 못했다면 그렇게 믿었을지도 몰랐다. 하지만 그녀는 이미 연백철의 무위를 확인했다. 열 명의 연백철이 있어도 절대로 음혼사귀를 이길 수는 없었다.

'내가 그에게 원하는 건 무공이 아니니까.'

물론 무공이 강하면 더 좋다. 하지만 비조각의 일은 무공보다 정보를 다루는 능력이 훨씬 중요하다. 사마자혜는 정말로 연백철이 탐났다. 문제는 연백철이 비조각에 들어오는 걸 원하지 않는다는 점이다.

그래서 일단 연백철을 비조각으로 영입하는 것은 뒤로 미뤘다. 공문을 보낸 것은 연백철의 능력을 이용할 방법을 만들기 위함이었다.

사마자혜는 천망단의 장원 앞에서 가만히 정문을 바라봤다. 그리고 이내 얼굴을 굳힌 채 안으로 들어섰다. 문을 열고 장원 안으로 발을 들인 사마자혜는 흠칫 놀랐다. 그녀의 앞에 누군가 서 있었기 때문이다. 그녀는 순식간에 놀란 기색을 지우고 가볍게 인사했다.

"오랜만이군요."

"올 것 같아서 기다리고 있었지."

“기다렸다고요?”

사마자혜의 눈에 이채가 감돌았다. 자신을 기다렸다는 얘기는 많은 의미를 내포한다. 사마자혜가 미고현에 도착한 것은 오늘이다. 그런데도 단유강은 미리 그 사실을 알았다는 뜻이다.

“안으로 들어가서 얘기하는 게 어때? 원하던 사람도 왔는데 말이야.”

단유강의 말에 사마자혜가 흠칫 놀랐다. 그리고는 황급히 고개를 뒤로 돌렸다. 그녀의 눈에 숨을 헐떡이는 연백철의 모습이 들어왔다.

“아, 오, 오, 오랜만이에요.”

사마자혜는 고개만 뒤로 돌린 우스운 자세로 연백철에게 인사를 했다. 그녀는 이렇게 말을 더듬는 스스로를 책망했다.

“네. 오랜만입니다, 사마 소저.”

순식간에 호흡을 안정시킨 연백철은 사마자혜와는 달리 담담하게 인사를 했다. 사마자혜는 그 태도에 속으로 조금 발끈했지만 이내 다시 고개를 돌려 단유강을 바라봤다.

“좋아요. 일단 안으로 들어가서 얘기를 하죠.”

사마자혜는 단유강을 따라 들어가며 호위무사들을 떼놓고 오길 정말 잘했다고 생각했다. 그녀를 따라온 호위무사들은 너무나 고지식했다. 임무에 충실하고 맹에 대한 충성심은 높았지만 지금 같은 상황에서는 오히려 그런 것이 방해가 될 게 자명했다.

'저 사람은 보통이 아니니까.'

그동안 단유강을 겪으며, 또 제갈미미에게 그에 대한 얘기를 들으며 사마자혜는 단유강이 얼마나 상대하기 까다로운 자인지 여실히 깨달았다. 고지식한 호위무사는 그런 단유강을 상대하는 데 있어 그저 짐에 불과했다.

단유강은 사마자혜를 자신의 방으로 데리고 갔다. 연백철이 그 뒤를 따랐다.

방에 들어온 단유강은 침상으로 가지 않고 탁자 앞에 놓인 의자에 앉았다. 그리고 사마자혜에게 탁자 앞에 놓인 의자를 가리켰다. 사마자혜가 단유강을 마주 보며 앉자, 연백철이 들어왔다.

"너도 앉아라."

연백철은 단유강과 사마자혜의 눈치를 번갈아 살피며 조심스럽게 자리에 앉았다.

"자, 이제 얘기를 들어볼 차례로군."

단유강이 사마자혜를 바라보며 그렇게 말하자, 사마자혜는 잠시 흠칫했지만 이내 차분하게 입을 열었다.

"공문은 보셨을 텐데요?"

"봤지. 그래서 듣고 싶은 거야. 대체 속셈이 뭔지 말이야."

"공문에 있는 대로예요."

"그래? 정말 그것밖에 없는 건가? 무림맹이 고작 공문 하나로 인재를 내치는 곳이라는 생각은 안 해봤는데 말이야."

단유강의 말에 사마자혜가 눈을 빛내며 그를 바라봤다. 아니, 바라본다기보다는 노려보는 쪽에 더 가까웠다. 사마자혜는 약간 침울한 눈빛으로 고개를 돌렸다. 그리고 이번에는 연백철을 바라봤다.

연백철은 그녀의 눈빛에 움찔했다. 사마자혜의 눈빛이 너무나 처량해 보였다. 그래서 하마터면 고개를 끄덕이며 비조각으로 들어가겠다고 말할 뻔했다. 하지만 연백철이 그 말을 꺼내기도 전에 단유강이 먼저 입을 열었다.

"호오, 아주 멋진 눈빛인데? 웬만한 남자는 단번에 넘어가겠어. 한데 언제까지 이렇게 쓸데없는 얘기를 계속해야 하지? 슬슬 목적을 꺼내는 게 어때?"

단유강의 말에 사마자혜가 묘한 눈빛으로 그를 바라봤다. 마치 속내를 그대로 뒤집어 보여주고 있는 듯한 느낌이 들었다.

"목적은 처음 공문으로 보내드렸다시피……."

단유강이 손을 휘저으며 사마자혜의 말을 끊었다.

"아아, 됐으니까 진짜 목적을 말해. 아니면 난 그냥 갈 생각이니까."

단유강이 완강하게 나오자 결국 사마자혜가 속으로 혀를 차며 고개를 끄덕였다.

"알았어요. 역시 이렇게 되는군요. 전 음혼사귀를 죽인 은거기인의 정체를 원해요."

사마자혜는 그렇게 말하며 연백철을 번갈아 쳐다봤다.

"연 대협의 능력이라면 그런 걸 알아내는 것쯤은 충분할 듯한데요. 아닌가요?"

사마자혜의 말에 연백철이 크게 당황했다. 자신에게 그런 대단한 능력이 있을 리 없지 않은가. 물론 이번 일은 예외다. 원래 그 사람이 누군지 알고 있으니 말이다.

연백철은 그제야 자신이 비조각에 들어갈 수 없는 가장 중요한 이유가 떠올랐다.

'내게는 그곳에서 버틸 능력이 없지. 차라리 치고받고 싸우는 거라면 어떻게든 해보겠는데……'

무공은 요즘도 꾸준히 발전하는 중이다. 가끔은 스스로도 놀랄 정도로 성장을 하는 경우도 있었다. 그럴 때마다 대체 왜 지금까지 이런 재능이 잠든 채로 살아왔는지 이해할 수 없을 정도였다.

연백철은 이런저런 생각을 하다가 단유강의 표정을 힐끗 살폈다. 본맹의 요인(要人)이 되는 것도 좋지만, 지금은 이곳에서 저 사람과 계속 함께했으면 좋겠다는 생각이 들었다.

'후우, 차라리 사마 소저가 천망단에 들어오면 좋으련만.'

연백철이 그런 실없는 생각을 하고 있을 때, 단유강이 사마자혜를 바라보며 입을 열었다.

"그게 그렇게 중요한 일인가?"

“중요해요.”

“흐음, 곤란한데.”

사마자혜의 눈이 빛났다. 지금 그 말은 알고 있다는 뜻이다. 그가 누군지, 또 어디에 있는지 단유강은 벌써 다 조사를 끝냈다는 의미 아닌가.

‘하긴, 천망단이 하는 일이 바로 그건데.’

사마자혜가 기대 어린 눈으로 단유강을 바라봤다. 하지만 단유강은 곤혹스런 표정으로 계속 뜸을 들였다.

“그렇게 뜸만 들이지 말고 속 시원히 말씀해 주세요. 알고 있으면서 보고를 올리지 않는 건 규정 위반이에요.”

“꼭 모든 걸 보고해야 한다는 규정은 없는 걸로 아는데? 그리고 이건 아주 개인적인 일이라서 말이야.”

아무리 천망단이라도 개인적인 일까지 모두 보고해야 할 의무는 없다. 하지만 이 경우는 보고를 하는 것이 옳았다. 물론 보고하지 않았다고 심하게 추궁할 수는 없겠지만 말이다.

사마자혜는 입을 꾹 다물고 단유강을 노려봤다. 어째 단유강이랑 대화만 하면 끊임없이 말려드는 느낌이었다.

“뭐, 사소한 약속을 좀 해준다면 말해줄 수도 있지.”

사마자혜는 고개를 절레절레 저었다. 이렇게 뜸을 들인 이유가 바로 이것이었다. 결국 그녀는 자신이 질 수밖에 없는 싸움이라는 것을 인정했다. 칼자루를 쥐고 있는 사람은 단유강이었다.

‘연 대협이 아니라 저 사람이라는 게 좀 의외긴 하지만.’

사마자혜는 여전히 단유강을 인정하지 않았다. 덥석 인정해 버리기에는 단유강이 그녀에게 보여준 것이 너무 없었다. 그녀에게 있어 단유강이란 그저 말만 잘하는 한량에 불과했다.

“좋아요. 말씀해 보세요, 그 조건이라는 거.”

“별것 아냐. 은거기인의 정체를 아무에게도 말하지 말라는 거지.”

단유강의 말에 사마자혜가 어이없다는 표정을 지었다.

“전 그 사실을 위에 보고해야 할 의무가 있어요. 절대로 받아들일 수 없는 조건이로군요.”

“궁금증은 풀 수 있잖아. 혼자만 아는 정보는 때로 큰 힘이 된다고.”

단유강의 말에 사마자혜의 눈빛이 살짝 흔들렸다. 하지만 그것도 잠시, 그녀는 굳은 표정으로 단유강을 똑바로 바라봤다.

“다른 조건을 제시해 주세요.”

단유강이 손가락으로 뺨을 긁었다.

“이런 식으로 나오면 거짓을 말할 수밖에 없다고.”

그 말에 사마자혜가 흠칫 놀랐다. 생각해 보면 단유강이 자신에게 진실을 말한다는 보장이 없었다. 그렇게 생각하고 나니 이제는 단유강이 진짜로 은거기인의 정체를 알고 있는지

조차 믿기 어려웠다.

사마자혜가 답답한 표정을 짓자, 단유강이 손가락 하나를 들어 올리며 말을 이었다.

"그리고 조건이 또 하나 있는데 말이야."

"예에?"

사마자혜는 정말로 어이가 없었다. 뭐 이런 뻔뻔한 사람이 다 있단 말인가.

"천망칠십오대에 새로운 대원을 한 명 들이려고 해."

"하시면 되잖아요. 대주에게는 대원 한 명을 임명할 권리가 있잖아요?"

"그렇지. 그래서 새로운 대원을 하나 들였어. 한데 그 정체를 좀 숨겼으면 해서 말이야. 날파리가 꼬일 것 같기도 하고."

"날파리?"

사마자혜는 한숨과 함께 고개를 저었다.

"하아, 그래, 그 대단한 대원이 대체 누구기에 그러시는 거죠?"

"담교영."

사마자혜의 표정이 그대로 굳었다.

"담교영? 천하제일미를 말씀하시는 건가요?"

"맞아. 뭐, 천하제일이라는 건 좀 과장이 섞였지만."

사마자혜의 멍한 표정을 바라보며 단유강이 말을 이었다.

“그렇지 않아도 노리는 놈들이 많거든. 비조각이라면 그 정도쯤은 간단하지 않나?”

그렇기는 하다. 비조각주인 사마자혜가 마음만 먹으면 설사 마인이라고 해도 사실을 은폐해 천망단의 대원으로 만들 수도 있었다.

“좋아요. 일단 그건 해드리죠. 어차피 신원이 확실한 분이니 상관없으니까요.”

천망단에 들어오는 대원을 조사하는 것은 확실한 신원을 확인하기 위함이다. 담교영이야 신원이 확실하니 굳이 따로 확인할 필요도 없었다. 그저 눈만 감아주면 되는 것이다.

“대신 제가 얼굴을 확인해야겠어요.”

“그야 당연하지.”

단유강은 귀찮은 문제 하나가 너무나 간단히 해결되어 기분이 좋아졌다. 하지만 기분은 기분이고 일은 일이었다.

“이제 알려주세요.”

“아무에게도 말하지 않겠다고 약속하면 알려주지.”

“안 된다는 걸 잘 아시잖아요. 말씀해 주시면 공문은 없던 걸로 하겠어요.”

“그거야 원래 처음부터 없던 계획이었잖아? 만일 그 공문을 계속 고집하면 더 곤란한 건 그쪽 아니었나?”

사마자혜가 입술을 깨물었다. 하지만 여기서 더 물러설 수는 없었다.

"그럼 한 분께만 보고를 드리죠. 그건 괜찮겠죠?"

"그 한 분이 맹주님인가?"

"그래요. 맹주님께만 말씀드리죠. 그리고 그분께 약속을 받아내겠어요, 비밀을 지켜달라고."

단유강이 턱을 쓰다듬었다. 사실 음혼사귀를 처리한 순간부터 생각해 놓은 계획이 하나 있긴 했다.

"좋아. 일단 알려주지. 하지만 그 사람을 끌어들이려는 생각은 않는 게 좋을 거야. 여길 절대 떠나지 않을 테니까."

사마자혜가 묘한 표정을 지었다. 그 사람을 너무나 잘 안다는 듯한 단유강의 말에서 뭔가를 느낀 것이다.

"슬슬 나오지?"

난데없는 단유강의 말에 사마자혜가 어리둥절한 표정을 지었다. 하지만 이내 표정을 굳히고 단유강을 바라봤다.

'설마… 계속 이 근처에 숨어 있었단 말이야? 그 사람이?'

사마자혜는 등골이 오싹해졌다. 만일 자신이 허튼소리라도 했다면 어찌 되었을지 상상만 해도 소름이 끼쳤다.

사마자혜는 옆에서 느껴진 기척에 조심스럽게 고개를 돌렸다. 그곳에는 예순 정도 되어 보이는 노인 한 명이 자연스럽게 서 있었다. 한데 왠지 낯이 익었다.

"구면이지?"

단유강의 말에 사마자혜의 뇌리에 퍼뜩 뭔가가 스쳐 지나갔다.

"설마 천망칠십오대의 대원인가요?"

"그래. 문노라고 부르면 돼."

사마자혜는 영문을 알 수 없다는 표정으로 문노와 단유강을 번갈아 쳐다봤다.

"정말로 어르신께서 음혼사귀를 처단하셨나요?"

"그래. 내가 했다. 한데 그게 그리 중요한 게냐?"

문노의 말에 사마자혜는 뭐라고 대답해야 할지 알 수 없었다. 이런 대단한 무위를 가지고 몇 년 동안이나 천망단에 머물러 있다는 얘기는 앞으로도 이곳을 떠날 생각이 별로 없다는 뜻이었다. 하지만 일단 말이나 해보자는 생각으로 물었다.

"무림맹에는 많은 인재가 필요합니다. 그리고 힘도 필요하고요. 어르신의 힘을 조금만 보태주시면 안 될까요?"

문노가 빙그레 웃었다.

"이미 답을 알고 있으면서 왜 묻는 게냐? 난 이곳이 좋다. 그리고 앞으로 나설 생각도 없다. 너도 날 모른 척해줬으면 좋겠구나."

문노의 말에 담긴 단호한 의지에 사마자혜는 고개를 끄덕이며 수긍했다. 이런 사람들은 스스로의 마음이 움직이지 않는 한 절대 의지를 꺾지 않을 것이다.

"자, 이제 소원을 풀었어? 약속은 꼭 지킬 거라 믿지."

사마자혜가 힘없이 고개를 끄덕였다. 어느새 문노는 사라지고 없었다.

'어째 여기만 오면 되는 일이 하나도 없네.'

지난번에도 그랬고, 이번에도 그랬다. 이곳에만 오면 일이 계속해서 꼬이는 느낌이었다. 사마자혜는 단유강을 바라봤다. 왠지 그 모든 것이 단유강 때문인 것 같은 얼토당토않은 생각마저 들었다.

"하아, 알았어요. 약속은 지킬게요. 맹주님도 약속은 꼭 지키실 거예요."

단유강이 고개를 끄덕였다. 무림맹주의 인품은 단유강도 충분히 믿을 만했다.

"좋아. 그럼 그건 거기까지 하기로 하고, 이제 진짜 얘기를 시작해 봐야지?"

"예?"

단유강의 말에 사마자혜가 의아한 표정을 지었다.

'바보가 된 느낌이야.'

어찌 휘둘려도 이렇게 휘둘릴 수 있단 말인가. 아무리 단유강과 엮여 있다지만 이건 심해도 너무 심했다.

"무슨 말씀인가요?"

"재미있는 정보가 있어서 말이야."

사마자혜의 눈이 반짝 빛났다. 직감적으로 그 재미있는 정보라는 게 자신에게 상당히 유용할 듯했다.

"재미있는 정보라고요?"

"적련 알지?"

적련이라는 말에 사마자혜의 호기심이 더욱 짙어졌다. 적련은 무림맹에서도 주목하고 있는 상단이었다. 지난 마인의 난 때, 뭔가 깊은 개입이 있었다는 정황이 포착되었기 때문이다. 하지만 뚜렷한 증거가 없어 어쩌지 못하는 상황이었다.

"적련이 신강과 청해를 은밀히 들락거리는 모양이야."

"은밀히라고요?"

적련은 상단이다. 상단은 물건을 팔기 위해서라면 천하 어디든 다닌다. 그것이 신강이나 청해라도 마찬가지였다. 그런 상행을 은밀히 다닐 리가 없었다.

"그래, 은밀히. 드러나면 곤란한 일을 하고 있거든."

"그게 뭐죠?"

"마인들을 실어 나르고 있어."

사마자혜의 눈이 화등잔만 해졌다.

"예에?"

그런 건 무림맹의 정보망에 전혀 걸려들지 않은 사항이었다. 신강이나 청해에서 마인들이 넘어오려면 사천이나 감숙을 지나야 한다.

사천도 그렇고, 감숙도 마찬가지로 천망단이 촘촘히 깔려 있다. 천망단의 눈을 피하는 것만도 보통 일이 아니었다. 그런데다가 무림맹은 따로 정보 조직을 동원해 적련을 감시했다. 그런데도 알아차리지 못한 것을 어찌 단유강이 알고 있단 말인가.

사마자혜는 의심스런 눈으로 단유강을 바라봤다. 마치 진실을 말해달라고 외치는 듯했다. 하지만 단유강은 아무렇지도 않은 표정으로 그 눈을 마주했다.

단유강은 품에서 서류 한 장을 꺼내 사마자혜에게 내밀었다. 사마자혜는 얼떨결에 그것을 받아 들었다. 그리고 천천히 읽었다. 그것을 읽는 그녀의 눈이 점점 커다래졌다. 그리고 종국에는 경악으로 물들었다.

"이, 이런 걸 대체 어떻게 알아내신 거죠?"

"글쎄."

단유강은 묘한 미소를 지으며 사마자혜를 쳐다봤다. 사마자혜는 혼란스러운 표정을 감추지 못했다. 그리고 새삼스러운 눈으로 단유강을 바라봤다.

'이 사람… 대체 정체가 뭐지?

한번 그렇게 생각하고 나니 그동안 있었던 일들이 마구 떠올랐다. 그 하나하나가 심상치 않았다. 제갈미미가 이곳에 머무는 것하며, 은거기인과 함께 지내는 것까지 어느 하나 범상한 것이 없었다. 게다가 천하제일미까지 끌어들이지 않았는가.

"왜? 내가 너무 잘생겨서 눈을 뗄 수가 없어?"

사마자혜가 대번에 얼굴을 찌푸렸다.

"아니에요!"

그녀는 그렇게 말하며 옆에 있는 연백철의 눈치를 살짝 살폈다. 연백철은 뭔가를 골똘히 생각하는 중이었다. 사마자혜는 속으로 안도의 한숨을 내쉬었다.

"아니면 말고. 어쨌든 그거 읽어보니 어때? 쓸 만하지?"

사마자혜는 심각한 표정으로 고개를 끄덕였다.

"만일 이게 정말로 모두 사실이라면 상황이 상당히 심각해질 거예요."

"그게 진짜 사실인지 아닌지 확인해 보는 게 바로 비조각이 해야 할 일 아닌가?"

"맞아요. 제가 해야 할 일이죠. 아무튼 고마워요. 이런 중요한 정보를 선뜻 알려주셔서요."

"제법 괜찮은 대가를 얻었으니까 신경 쓰지 말라고."

사마자혜는 단유강의 말을 들으며 살짝 미소 지었다. 사실 단유강이 얻은 건 별로 없다. 담교영의 일이야 어차피 그냥 얘기했어도 처리해 줬을 것이다. 담교영은 지난번 강시 제조 동굴의 일로 안면이 있었다. 그녀가 곤란을 겪는 모습은 사마자혜 역시 보고 싶지 않았다.

그리고 은거기인의 비밀을 지키는 문제 역시 마찬가지였다. 어차피 오지 않을 사람이었다. 괜히 일을 크게 만들면 두고두고 골치 아프다. 단유강의 제안은 사실 무림맹을 위해서도 상당히 적절했다.

"볼일 끝났으면 가보지? 백철아, 돌아가는 길 위험하니까 모셔다 드려라.”

단유강의 말에 연백철이 화들짝 놀랐다.

“예? 예. 아, 알겠습니다, 대주님.”

연백철이 데려다 준다는 말에 사마자혜의 얼굴이 살짝 붉어졌다. 두 사람은 잠시 머뭇거리다 차례로 나갔다.

단유강은 밖으로 나가는 두 사람의 뒷모습을 바라보며 의미심장한 미소를 지었다.

사마자혜와 연백철의 기척이 장원 밖으로 나가자, 슬그머니 문노가 나타났다.

“요즘 통 안 보이던데, 어디 가서 사고라도 치고 온 거 아니지?”

“그럴 리가 있겠습니까. 제 나이가 몇인데요. 저도 이제 어릴 때처럼 그런 헛짓거리는 안 합니다. 허허허허.”

“어릴 때? 그때가 어릴 때였나? 내가 듣기에는 전혀 아닌 것 같았는데 말이야.”

“허허허허, 그렇게 집요하게 따지고 들면 한도 끝도 없지 않겠습니까?”

“말 돌리지 말고. 대체 어디 갔다 온 거야?”

“그저 답답해서 바람이나 좀 쏘이고 왔습니다.”

문노의 말에 단유강이 눈을 가늘게 뜨고 쳐다봤다. 단유강의 눈빛에는 의심이 가득했다.

“수상한데?”

“전혀 수상하지 않습니다.”

“그런데 왜 감춰?”

“감추는 것도 없습니다. 허허허.”

단유강은 그렇게 몇 번 더 찔러보다가 이내 포기했다. 더 이상 떠봤자 얻을 게 없어 보였다. 그래도 아직 완전히 의심을 거두지는 않았다.

“한데 공자님, 음혼사귀는 대체 뭡니까?”

아무것도 모르는 듯한 문노의 말에 단유강이 눈살을 찌푸리며 그동안 있었던 일을 대충 설명해 주었다. 문노는 대번에 단유강의 뜻을 이해했다.

“잘하셨습니다. 한데 정말로 무림맹주가 약속을 지키겠습니까? 제가 드러나도 공자님이 드러난 것과 똑같이 곤란할 텐데요.”

“아마 약속은 지킬 거야.”

사실 문노의 정체가 드러나면 그 파급력이 훨씬 더 크다. 단유강이야 그저 천망단의 대주일 뿐이지만, 문노는 아주 오래전에 꽤 대단한 명성을 쌓았었다. 물론 그 명성이 좋은 쪽이 아니라 나쁜 쪽이어서 문제지만 말이다.

“뭐, 이젠 더 감추는 게 어려워질 것 같은 생각이 들어. 그러니 그냥 편하게 가자고.”

문노가 그 말에 조용히 고개를 숙였다.

“그리하겠습니다.”

연백철은 사마자혜를 단가객잔의 별채까지 안내한 후, 차까지 한 잔 얻어마셨다. 그렇게 얼떨떨하면서도 기분 좋은 시간을 보낸 후, 다시 천망단의 장원으로 돌아오며 오늘 있었던 일을 곰곰이 생각해 봤다.

'정말로 문노가 음혼사귀를 죽인 걸까?'

연백철이 알기로 음혼사귀는 단유강이 처리했다. 단유강의 실력이 얼마나 대단한지는 직접 겪어봤기에 잘 알고 있었다. 단유강이라면 음혼사귀를 충분히 이길 수 있었으리라 믿었다. 한데 문노가 처리했다는 얘기를 들으니 왠지 혼란스러웠다.

'대체 뭐가 어떻게 돌아가는 건지 모르겠군.'

이런저런 생각을 하던 연백철은 갑자기 헤벌쭉하게 웃었다. 사마자혜가 떠오른 것이다. 예전에 무한에서보다 훨씬 감정이 발전해 있었다. 사실 생각지도 못했다.

"에휴, 그래 봐야 뭐 하겠어. 그림의 떡이지."

연백철은 한숨을 내쉬었다. 상대는 무림맹 비조각의 각주이자 무림맹 군사인 사마자문의 딸이다. 게다가 얼굴도 아름답고 머리도 좋다. 그런 여인이 뭐가 아쉬워 자기 같은 사람과 인연을 맺겠는가.

조금 기대가 됐던 건 사실이다. 사마자혜는 연백철에게 꽤 잘해주려 노력했다. 하지만 뒤이어 떠오른 생각은 그 기대를 부숴 버렸다. 그녀가 잘해주는 이유는 자신을 끌어들이기 위함이 분명했다. 자신에게는 있지도 않은 능력 때문에 말이다.

"에휴, 대주님은 왜 괜히 나한테 그런 일을 시키셔 가지고는."

그때 단유강이 그 일을 시키지만 않았어도 이렇게 감정이 발전하지는 않았을 것이다. 사마자혜가 자신에게 잘해주는 일도 없었을 것이고 말이다.

"에헤휴."

이래저래 연백철의 한숨은 깊어만 갔다.

第二章
마수

태룡전 飛龍傳

무림맹이 발칵 뒤집혔다. 물론 누군가가 습격을 당하거나 지부가 무너졌다거나 하는 일이 벌어진 건 아니었다. 무림맹이 뒤집힌 건 한 명의 여인 때문이었다.

그녀를 본 사람들은 모두 고금제일미가 바로 그녀라고 주저없이 말했다. 천하제일미도 아닌 고금제일미다. 아니, 그들은 앞으로도 절대 그런 미인이 다시 태어날 수는 없을 거라 여겼다.

그 여인은 지금 다소곳이 앉아 마주한 사람을 가만히 바라보고 있었다. 그녀와 마주 앉은 무림맹의 순찰당주 도만중은 아직도 경악이 사라지지 않은 눈으로 그녀를 멍하니 바라보고 있었다.

"계속 보고만 있을 건가요?"

여인의 말에 도만중은 흠칫 놀라며 정신을 차렸다. 가만히 보고 있으면 그대로 빨려 들어갈 것처럼 정신이 몽롱해졌다.

'섭혼술인가?'

하지만 고작 섭혼술 따위에 무림맹 순찰당주인 자신이 걸려들 리가 없었다.

"크흠, 크흠."

일단 헛기침을 하며 가슴을 진정시킨 도만중은 다시 여인을 바라보며 물었다.

"무림맹의 무사를 찾고 있다고 들었소."

여인이 고개를 끄덕였다.

"맞아요. 그게 문제가 되나요?"

"누구인지도 모르는 사람에게 함부로 무림맹의 정보를 넘길 수는 없소. 당신에게 단유강이라는 자의 소재를 알려준 자 역시 처벌을 면치 못할 것이오."

도만중의 말에 여인이 가볍게 고개를 끄덕였다.

"그것 참 안됐군요."

도만중은 여인의 태도에 속으로 혀를 찼다. 조금이라도 자책감을 느낀다면 어떻게 파고들어 보려고 했는데 전혀 그런 느낌을 받지 못했다.

"우선 당신의 이름부터 알아야겠소. 이름이 뭐요?"

“우문혜예요.”

도만중은 고개를 끄덕이며 우문혜라는 이름을 되뇌었다. 얼굴처럼 참으로 예쁜 이름이었다.

“단유강이라는 자는 왜 찾는 거요?”

“말씀드렸을 텐데요.”

도만중이 눈살을 찌푸렸다.

“그자가 손자라는 말도 안 되는 헛소리를 나보고 믿으란 말이오?”

도만중이 보기에 우문혜는 고작해야 이십대 중반 정도였다. 그것도 많이 봐줘서 그 정도지, 스무 살이라고 해도 믿을 것이다.

“당신이 믿든 말든 그게 무슨 상관이죠?”

“정체도 알 수 없는 사람에게 무림맹 무사의 소재지를 알려줄 거라 생각했소?”

도만중의 눈빛에 살짝 음심이 돌았다.

“아무리 봐도 너무 수상하지 않소?”

우문혜는 도만중의 눈빛과 말을 듣고서는 크게 고개를 끄덕였다. 이 사람의 목적이 무엇인지 이제 확실히 알 수 있었다.

“정파답지 않은 사람이로군요. 생각해 보니 내가 여기 있어야 할 이유도 없네요. 이만 가보도록 하죠.”

우문혜가 자리에서 일어나자, 도만중의 몸이 스르륵 움직여 문 앞을 가로막았다. 누구도 피해 가기 어려울 정도로 뛰어난 신법이었다.

"당신처럼 수상한 사람을 그냥 보내줄 거라 생각했소? 자리에 앉는 게 좋을 거요."

우문혜가 그 모습을 보며 빙긋 웃었다. 그녀의 미소는 실로 뇌쇄적이었다.

도만중은 가슴이 살짝 진탕되었다. 그 순간, 우문혜의 몸이 도만중을 스쳐 지나갔다. 도만중은 깜짝 놀라 고개를 홱 돌려 우문혜를 바라봤다. 우문혜는 어느새 문을 넘어서서 밖으로 나가는 중이었다.

"멈춰라!"

도만중은 그대로 몸을 돌려 우문혜를 덮쳐 갔다. 그의 손이 우문혜의 어깨를 향해 쾌속하게 날아갔다. 마혈을 제압해 그녀를 잡을 생각이었다.

하지만 상황은 도만중의 뜻대로 흘러가지 않았다.

펑!

"크윽!"

"이게 무슨 짓인가!"

도만중은 갑자기 나타나 자신의 공격을 튕겨낸 사람을 쳐다봤다. 그리고 사색이 된 얼굴로 급히 고개를 숙였다.

"매, 맹주님을 뵙습니다."

맹주, 혁무길은 노한 눈으로 도만중을 노려봤다.

"지금 벌어진 일에 대해 내가 납득할 수 있도록 설명을 해보게."

혁무길은 도만중에게 그렇게 말한 후, 고개를 돌려 우문혜를 바라봤다. 우문혜는 어느새 걸음을 멈추고 흥미로운 눈으로 도만중과 혁무길을 바라보고 있었다.

"별일 아니에요. 그저 가벼운 장난이었답니다."

우문혜가 나서서 그렇게 말하고는 도만중을 쳐다봤다. 우문혜의 눈웃음에 도만중은 넋이 나간 표정으로 그녀를 바라봤다.

"안 그런가요?"

"아, 예, 예. 그, 그렇습니다."

도만중은 정신없이 고개를 끄덕였다.

혁무길은 의아한 눈으로 도만중과 우문혜를 번갈아 쳐다봤다. 도만중의 방금 전 일격은 상당한 힘을 싣고 있어 장난이라기엔 너무 지나쳤다. 하지만 당사자가 아니라고 하는데 끝까지 우기는 것도 모양새가 이상했다.

"흐음, 하면 내가 오해를 한 모양이군. 사과하겠네."

혁무길이 도만중에게 정중히 포권을 취하자, 도만중이 화들짝 놀라며 급히 손사래를 쳤다.

"아, 아닙니다. 맹주님께서 사과를 하실 이유가 없습니다."

하지만 혁무길은 끝까지 포권을 풀지 않았다. 도만중은 그

제야 황급히 마주 포권을 취했다. 그제야 혁무길이 빙긋 웃으
며 포권을 풀었다.

"하지만 다음부터는 조금 조심하는 게 좋겠네. 아무리 장
난이라지만 손에 실린 힘이 적지 않았네. 자칫하면 크게 몸을
상할 수도 있었네."

"며, 명심하겠습니다."

도만중이 그렇게 말하자 혁무길은 고개를 끄덕인 후, 우문
혜를 바라봤다.

"어디 다치신 곳은 없소?"

우문혜가 웃으며 고개를 저었다.

"전혀요. 말씀드렸다시피 장난이었으니까요."

혁무길의 눈동자가 조금 흔들렸다. 사실 혁무길도 우문혜
를 계속 바라보고 있기가 힘들었다.

'보통이 아니로구나.'

혁무길은 우문혜의 얼굴에서 눈을 뗐다. 더 보고 있다가는
마음까지 흔들릴까 걱정이 될 정도였다.

"흐음."

우문혜는 흥미로운 눈으로 혁무길을 찬찬히 살폈다. 이번
에 세상 밖으로 나온 후, 자신을 바라보며 가장 반응이 없는
사람이었다. 이런 사람을 만나는 것도 상당히 드문 일이었
다.

"바쁘시지 않다면 잠시 얘기 좀 할 수 있을까요?"

혁무길은 우문혜의 말에 몸을 흠칫 떨었다. 그리고는 도만중을 쳐다봤다. 도만중은 불안한 표정으로 우문혜를 바라봤다. 하지만 도만중에게는 눈길 한 번 주지 않은 채 우문혜의 시선은 혁무길에게 꽂혀 있었다.

"크흠, 좋소. 갑시다."

혁무길은 살짝 상기된 얼굴로 앞장서서 다시 그의 집무실로 향했다. 우문혜가 의미심장한 표정으로 그 뒤를 따랐다.

몇 발자국 걸음을 옮기던 우문혜가 슬쩍 뒤를 돌아봤다. 똥마려운 강아지처럼 어쩔 줄 몰라 하는 표정을 지은 채 우문혜와 혁무길을 바라보는 도만중의 모습이 보였다.

"훗."

우문혜의 입가에 차가운 미소가 걸렸다. 도만중은 그 미소에 가슴이 철렁 내려앉았다. 두려움이 물밀듯 밀려왔다. 하지만 다른 한편으로는 그 차가운 미소가 너무나 아름다워 다시는 가슴에서 지워지지 않을 것만 같았다.

집무실에 도착한 혁무길은 우문혜를 바라보며 여러 가지 생각을 떠올렸다. 정말로 아름다운 여인이었다. 게다가 자연스럽게 몸에 밴 기품은 누구도 흉내 내기 어려울 정도였다.

'탐나는 여인이로군.'

처음에는 자신의 가슴에 일어나는 감정에 당황했지만, 그 감정을 일단 버리고 나니 한발 물러서서 우문혜를 관찰할 수 있었다. 자신의 아들과 짝을 지어주고 싶은 여인이었다.

"날 보자고 한 이유가 뭐요?"

혁무길의 말에 우문혜가 눈에 이채를 띠었다. 자신의 모습은 상당히 어려 보인다. 한데도 무림맹주가 말을 함부로 놓지 않는다. 물론 순찰당주라는 도만중도 처음에는 그랬다. 하지만 혁무길과는 근본적으로 달랐다.

'이 사람은 가식이 아니라는 게 중요하지.'

혁무길에게서는 가식이 느껴지지 않았다. 진심으로 상대를 존중해 주고 있었다.

"무림맹 무사의 소재지를 좀 알고 싶어서요."

혁무길이 의아한 표정을 지었다.

"그 사람이 무림맹에서의 지위가 높소?"

"그건 잘 모르겠어요. 천망단에 있다고 하더라고요."

우문혜는 단유강이 무림맹에 있다는 얘기만 듣고 무작정 찾으러 나왔다. 그리고 조금 전에야 단유강이 사천 어딘가에 있을 거라는 얘기를 들었다. 그러나 더 자세한 얘기를 듣기도 전에 순찰당주가 들이닥쳤다.

"그런 정보라면 굳이 내게 물을 필요도 없소. 천망단에 찾아가 물어보면 금세 알 수 있을 거요."

우문혜가 눈을 빛냈다.

"하지만 정체가 불분명한 사람에게 알려줄 수 없다고 하던걸요?"

"조금만 조사하면 다 알 수 있는 정보를 굳이 감출 이유가 없지 않겠소? 무림맹은 그렇게 꽉 막힌 곳이 아니오. 내가 얘기를 넣어둘 테니 천망단에 가서 정보를 얻으면 될 거요."

혁무길의 말에 우문혜가 방긋 웃었다.

"고마워요. 덕분에 조금 편해지겠네요."

혁무길은 우문혜의 미소를 보며 고개를 절레절레 저었다. 누구라도 빠져들 수밖에 없도록 만드는 미소였다. 아니, 마소(魔笑)였다.

"이름이 어떻게 되는지 물어도 되겠소?"

"우문혜예요."

혁무길은 잠시 생각에 잠겼다가 조심스럽게 물었다.

"내게 아들이 하나 있소. 한데……."

우문혜는 혁무길이 무슨 말을 하려는지 대번에 알아차렸다. 그래서 중간에 말을 끊었다.

"전 이미 혼례를 치른 몸이랍니다."

혁무길은 말을 하다 말고 입맛을 다셨다. 정말로 안타까웠다. 하지만 조금 생각해 보니 자신이 대체 왜 그런 생각을 했는지 이해가 되지 않았다. 오늘 처음 만난 여인이다. 한데 그런 여인에게 다짜고짜 아들과 인연을 맺게 해주려 했다. 아무리 아름다운 여인이라지만 이건 아니었다.

혁무길은 그제야 깜짝 놀라 다시 우문혜를 바라봤다. 은은한 미소가 번져 가는 그녀의 얼굴이 보였다. 혁무길은 그 아름다운 얼굴에 식은땀이 흘렀다.

'내가 홀린 건가? 미모에? 이 혁무길이?'

혁무길은 눈길을 돌렸다. 인정할 건 인정해야 했다. 자신은 이 여인의 미모를 도저히 감당할 수 없었다. 그리고 당연하게도 그의 아들 역시 우문혜의 미모를 감당할 수 없을 것이다.

"소저의 부군 되시는 분은 정말로 대단한 분인 듯하오."

혁무길의 말에 우문혜의 얼굴이 환해졌다. 혁무길은 순간적으로 우문혜의 얼굴에서 맑은 광채가 뿜어져 나오는 것 같다고 생각했다.

"대단한 분이지요. 그러니 제가 이렇게 오랜 시간 동안 마음을 쏟고 있는 거 아니겠어요?"

"허어."

혁무길은 자신의 마음 깊은 곳에서 확 일어났다가 사그라지는 질투심에 스스로 놀라야 했다. 정말로 대단한 사람이었다, 눈앞에 있는 우문혜라는 여인은. 그리고 그녀의 남편도.

백설영은 한 장의 서류를 들고 기묘한 표정을 지었다. 무림맹이 있는 무한 쪽에서 온 정보였는데, 내용이 실로 범상치 않았다.

"고금제일미?"

서류에 있는 정보는 고금제일미가 나타났다는 얘기였다. 아직 이름도 밝혀지지 않은 여인이었고, 정보원의 주관적인 견해가 잔뜩 들어간 듯한 보고서였다.

문제는 월영단의 정보원들은 결코 이런 식으로 사감이 가득 담긴 보고서를 올리지 않는다는 점이었다.

"도대체 무슨 생각으로 이런 보고서를 올린 거지?"

보고서를 다시 한 번 읽은 백설영은 고개를 갸웃거렸다.

"이건 마치 이 여인에게 반한 것 같잖아?"

보고서를 몇 번이나 읽은 백설영은 그렇게 결론을 내렸다. 이 보고서를 쓴 사람은 분명히 고금제일미라는 여인에게 홀딱 빠져 있었다. 그렇지 않고서야 월영단의 정보 요원이 이렇게 개인적인 감정이 가득한 보고서를 올릴 리 없었다.

백설영은 잠시 고민했다. 그리고 그 보고서를 서탁 옆 상자에 넣었다. 재조사를 요구하는 보고서들을 모아놓은 상자였다.

그렇게 대충 보고서를 정리한 백설영은 적련과 마인들, 그리고 천마신교에 대한 보고서만을 따로 추려 정리했다.

백설영의 설명을 모두 들은 단유강은 고개를 끄덕였다. 역시 자신의 예상대로 일이 흘러가고 있었다.

"사천이나 감숙으로 들어가는 마인들을 완벽하게 파악한 거야?"

"일단 최대한 파악했습니다만, 완벽하지는 않습니다. 적련의 행사가 너무나 은밀합니다."

"하긴, 쉽진 않을 거야. 적련도 작정을 한 모양이니까. 그나저나 지난번에 사천으로 들어왔던 오백 명의 마인을 완벽히 정리한 건 아닌 모양이지?"

"아무래도 그런 것 같습니다. 당시 사천으로 들어온 마인의 수가 오백을 넘었던 모양입니다."

"아니면 월영단이 파악하지 못한 곳으로 상당한 수준의 마인이 들어왔던가."

백설영의 얼굴이 살짝 굳었다. 단유강의 말대로다. 최근 적련이 실어 나르고 있는 마인들은 잔챙이들이 대부분이었다. 그들을 한데 아우를 수 있는 거마(巨魔)는 전혀 없었다.

"적련만으로는 절대 마인들을 다스리지 못해. 상당한 놈과 손을 잡았을 거야."

단유강이 눈을 빛내며 다시 물었다.

"무림맹은?"

"비조각의 움직임이 포착되었습니다. 아마 아직까지 제대로 보고를 하지는 않고 비조각만 움직이는 모양입니다. 일단 적련과 마인의 관계를 확인하려고 하는 듯합니다."

"하긴 확인을 해야 맹주한테 보고를 할 수 있겠지. 사마자혜의 능력을 감안해 보면 그리 오래 걸리지는 않을 거야. 정보는 제대로 줬지?"

"예. 월영단이 보유하고 있던 적련과 마인들에 관한 모든 정보를 넘겼습니다."

단유강이 만족스러운 표정으로 고개를 끄덕였다.

"좋아. 그 정도면 충분해. 천마신교 쪽 분위기는 어때?"

"천마신교 쪽은 정보원을 투입한 지 얼마 되지 않아 정확한 분위기를 읽을 수가 없었습니다. 다만, 뭔가 움직임이 있는 건 확실합니다."

"확실히 아직 천마신교가 마인들을 모두 통제하는 건 쉽지 않지."

천마신교의 영역은 신강과 청해다. 그 둘을 모두 완벽하게 조절한다는 건 결코 쉽지 않은 일이다. 하물며 그쪽은 마인들의 땅이나 다름없을 정도로 수많은 마인들이 존재하기에 그 모든 마인을 완벽하게 통제한다는 건 거의 불가능한 일이었다.

"금마공이라도 있으면 아주 간단할 텐데 말이야."

단유강은 아쉬운 눈으로 입맛을 다셨다. 금마공은 단유강도 모르는 무공이다. 예전에 그런 무공이 있었고, 그 무공을 익힌 자가 무림맹주를 지냈었다는 얘기 정도만 들었을 뿐이었다.

"적련은 어쩌고 있지?"

"무림맹과 천마신교의 움직임이 심상치 않다는 걸 알아차리고는 몸을 사리고 있습니다. 하지만 아직 마인을 실어 나르는 일을 멈추지는 않았습니다.”

“멈추지 않았다고? 작정을 했다는 건가?”

“그게 아니라 목표한 인원수가 있는 듯합니다.”

단유강의 눈이 번쩍 빛났다.

“역시, 적련은 하수인에 불과했어. 그렇지 않아?”

“아무래도 그런 것 같습니다. 하지만 적련의 뒤에 도사린 자들의 실체는 아직 전혀 파악하지 못했습니다.”

“적련을 마음대로 움직이는 놈들이야. 쉬울 리 없지. 각별히 조심하는 게 좋을 거야. 여차하면 나한테 말하고. 얼마든지 힘을 써줄 테니까.”

월영단이 비록 상당한 수준의 정보 단체이긴 하지만 적련을 마음대로 휘두르는 자들에 대해 알아낸다는 건 위험한 일이다. 자칫하면 백설영이 다칠 수도 있다.

‘물론 다치게 그냥 두지 않겠지만 말이야.’

“적련의 오총관은 어떻게 됐지?”

“책임에 대한 징계로 적련에서 축출되었습니다. 현재 적련의 뇌옥에 갇혀 있습니다.”

단유강의 눈이 살짝 커졌다.

“그게 정말이야? 설마 그래도 총관이었는데 뇌옥에 가뒀다고? 그동안 오총관이 적련에 이바지한 바가 상당할 텐데?”

“적련주의 뜻이라 했습니다.”

“적련주라…….”

단유강은 의미심장한 표정으로 생각에 잠겼다. 지금의 적
련주는 상당히 야심이 깊은 자가 분명했다. 그렇지 않고서야
이런 파격적인 일을 연달아 벌일 리가 없었다.

"조금 제대로 살피는 게 좋겠어."

백설영이 살짝 고개를 숙이며 대답했다.

"그리하겠습니다."

"그렇다고 무리는 하지 말고. 위험해질 것 같으면 언제라
도 발을 빼라고. 난 내 사람들이 다치는 거 정말 싫으니까. 잘
알고 있지?"

백설영이 부드러운 미소를 지으며 단유강을 바라봤다. 그
녀의 눈빛이 일렁였다.

"예, 물론이에요."

적련주 우부경은 은은한 미소를 띤 채 앞에 앉은 사람을 바
라봤다. 일은 꽤 오랫동안 함께해 왔지만 이렇게 직접 마주하
는 건 처음이었다.

"련주의 호의에 감사드리오."

표자흠이 포권을 취하자 우부경이 당치 않다는 표정으로
마주 포권을 취했다.

"아닙니다. 오히려 제가 사과를 드려야 마땅하지요. 지난
번 저희 적련이 손을 뗀 것은 저희로서도 어쩔 수 없는 일이
었음을 양해해 주십시오. 무림맹과 당가의 추적이 너무나 집

요했기에 후일을 도모할 수밖에 없었습니다."

"그 일은 이미 잊었소이다. 당시에도 련주님의 호의 덕에 제가 이렇게 무사할 수 있었던 것 아니겠소이까."

표자흠은 웃는 얼굴로 그렇게 말했다. 하지만 속마음까지 웃는 건 아니었다. 속으로는 이를 부득부득 갈고 있었다. 적련이 얼마나 매몰차게 손을 뗐는지 뇌리에 확실히 남아 있었다. 덕분에 표자흠의 수하들은 상당한 시일 동안 땅속에 묻혀 있어야만 했다.

"이제 얼추 신강과 청해 쪽에서 넘어온 동료분들의 수가 삼백을 넘어서는 듯한데, 아직 모자라시는지요?"

"적어도 오백은 있어야 흑마성교라는 이름을 당당히 내걸 수 있지 않겠소?"

흑마성교가 일어서면 적련은 여러 가지 이익을 얻을 수 있다. 흑마성교가 앞으로 무슨 일을 어떻게 하든 모든 걸 다 미리 알 수 있을 테니까 말이다.

"오백이 아니라 천이라도 원하신다면 해드려야지요. 한데 최근 무림맹의 이목이 저희 련에 집중되고 있어서 그게 쉽지가 않습니다."

우부경이 난색을 표하자, 표자흠이 차가운 미소를 지었다.

"뭐, 상관없소이다. 급할 건 없으니. 서두르다 지난번처럼 되면 서로 곤란할 테니 말이오."

표자흠의 말에는 뼈가 들어 있었다. 우부경이 짐짓 그 의미를 모른 척하자 표자흠의 표정이 더욱 차가워졌다.

"그건 그렇고, 굳이 왜 이렇게 날 보자고 하셨소? 우리가 함께 있다는 사실이 알려지면 그리 좋을 게 없을 텐데 말이오."

마인들의 우두머리인 표자흠과 적련의 련주인 우부경이 함께 있다는 사실이 알려지면 그 파장이 적지 않을 것이다. 적련이 위태로워지는 건 물론이고, 흑마성교를 일으키는 일도 요원해질 것이 분명했다. 표자흠은 굳이 우부경이 이렇게 위험을 무릅쓰면서까지 자신을 직접 만나자고 한 이유가 궁금했다.

"부끄러운 일이지만 교주님의 힘이 필요해서 이렇게 어려운 걸음을 부탁드렸습니다."

"내게 부탁이 있단 말이오?"

표자흠은 이해할 수 없다는 표정으로 우부경을 바라봤다. 현 시점에서는 적련의 힘이 흑마성교의 힘을 월등히 능가한다.

"처리하고 싶은 자들이 있는데, 아무래도 우리 적련이 나서기에는 상황이 그리 좋지 않아서 그렇습니다."

"허어, 적련이 처리하기 곤란한 자라니, 얼마나 대단한 사람인지 한번 들어봅시다."

"사천에 있는 천망단 하나를 없애고 싶습니다."

표자흠은 그제야 고개를 끄덕였다. 천망단은 무림맹 산하의 조직이다. 함부로 건드리다가 잘못하면 엄청난 타격을 받을 수도 있었다.

"이해가 아예 안 가는 건 아니오만……. 적련이 고작 천망단 하나를 어쩌지 못한단 말이오? 아무리 은밀히 처리해야 한다지만 적련이라면 충분히 가능하지 않소?"

우부경이 씁쓸한 표정을 지었다.

"혹시 음혼사귀라는 별호를 들어보셨습니까?"

표자흠이 당연하다는 듯 고개를 끄덕였다.

"꽤 유명한 자들이잖소. 그들의 합공이 십대고수에 비견된다는 말을 들었소."

"사실 십대고수와 비견된다는 말은 많이 과장되었습니다. 꽤 대단하긴 하지만 십대고수에는 어림도 없습니다."

우부경은 실제로 십대고수 중 몇 명을 만나본 적이 있다. 그들에게서 풍기는 분위기는 감히 음혼사귀 따위가 어쩌지 못할 정도로 대단했다.

"뭐, 나야 그저 들은 얘기일 뿐이니 그럴 수도 있을 거요. 한데 그 얘기와 천망단이 무슨 관계가 있소?"

"음혼사귀가 그 천망단을 치러 갔다가 몰살을 당했습니다."

그제야 표자흠의 눈이 커졌다. 비록 우부경은 음혼사귀가 대단치 않은 것처럼 말했지만 실제로는 그렇지 않다. 감히 천망단과 비교하는 것 자체가 말이 안 되는 자들이었다.

“음혼사귀가 천망단에 당했단 말이오?”

“그 천망단 근처에 은거기인이 살고 있는 듯합니다.”

“은거기인이라……”

표자흠이 고개를 크게 끄덕였다. 음혼사귀를 처리할 정도로 강한 은거기인이 있다면 적련으로서는 섣불리 움직일 수 없을 것이다. 이런 일은 드러나도 별 상관없는 자가 움직이는 것이 옳다.

“어떻습니까?”

우부경이 조심스럽게 묻자, 표자흠이 흔쾌히 고개를 끄덕였다.

“별것 아니군요. 요는 은거기인이 움직이기 전에 천망단을 정리하면 되는 것 아니겠소? 내가 다 알아서 하리다.”

우부경이 공손히 고개를 숙였다.

“감사합니다. 확실히 성공만 해주신다면 반드시 섭섭지 않은 보답을 드리겠습니다.”

“보답을 바라고 하는 일이 아니오. 적련과 우리 흑마성교는 한 배를 탄 입장 아니겠소? 흑마성교의 일이 적련의 일이고, 적련의 적은 흑마성교의 적이오.”

표자흠의 말에 우부경이 고마운 눈빛으로 다시 고개를 숙였다. 하지만 내심은 조금 씁쓸했다.

‘아예 못을 박는군. 이자도 결코 간단치 않아. 마인이라고 우습게 여기다간 큰코다칠 수도 있겠어. 역시 직접 만나보길

잘했군.'

　두 사람은 한동안 몇 가지 중요치 않은 얘기를 나누다가 헤어졌다. 돌아서는 두 사람의 눈빛은 상당히 닮아 있었다.

第三章
은거기인

태룡전

무림맹에서 마차 한 대가 출발했다. 네 마리의 말이 끄는 커다란 마차였는데, 화려함은 떨어졌지만, 상당히 눈에 띄는 마차였다. 그 마차 주위에는 말을 탄 호위 네 사람이 날카로운 눈으로 사방을 경계하며 함께 달리고 있었다.

마차 안에는 세 사람이 타고 있었다. 우문혜와 그녀를 시중들 시비 두 명이었다.

우문혜는 은은한 미소를 띤 채 가만히 앉아 있었고, 함께 탄 시비들은 동경이 가득한 눈으로 우문혜를 바라보고 있었다.

"이렇게 달리면 사천까지는 얼마나 걸릴까?"

우문혜의 물음에 시비들이 뭐라 대답을 하려다가 입을 다물었다. 생각해 보니 자신들 역시 알 수 없었기 때문이다. 너무나 대답을 해주고 싶었지만 그럴 수 없는 것이 안타까웠다.

"흐음, 모르나 보네. 하긴 나도 이젠 그런 걸 모르겠으니. 그이와 함께 왔으면 한 걸음이면 될 텐데."

우문혜가 아련한 눈으로 그렇게 중얼거렸다. 시비들은 우문혜의 말을 들으며 그녀의 남편이 상당히 경공에 능할 거라고 생각했다.

'과장이 심하신 분이구나. 하긴 저 외모에 그 정도 단점도 없으면 이미 사람이라고 할 수도 없지. 하아, 정말 보면 볼수록 대단하신 분이야…….'

우문혜는 그런 생각을 하고 있는 시비들을 바라보며 빙긋 웃었다.

"천망단이 무림맹에서 상당히 중요한 곳인가 보지?"

우문혜의 물음에 시비들은 난감한 표정을 지었다. 그리고 마지못해 고개를 끄덕였다. 엄밀히 따지면 천망단은 중요한 곳이다. 유사시에 무림맹의 손과 발이 되고, 때로는 눈과 귀가 되는 곳이기도 하니 어찌 중요하지 않겠는가.

'천망단에 아는 분이 있어서 간다고 했지? 사천에 있는 천망단 중 한 곳의 대주라고 했던가?'

시비들은 자신들이 더 안타까웠다. 저런 대단한 사람이 그런 보잘것없는 사람을 직접 만나러 가야 한다니 말이다. 사실 천망단주는 단유강을 직접 무림맹으로 부르려 했다. 하지만 우문혜가 그것을 만류했다. 중요한 일을 하고 있는 손자를 방해하고 싶지 않아서였다.

결과적으로 우문혜의 선택이 옳았다. 물론 대부분의 사람들이 전혀 그렇게 생각하지 않았지만 말이다.

"과연 어떻게 변했을지 너무나 궁금하네. 아아, 기대돼."

우문혜가 두 손을 맞잡고 아련한 표정을 지으며 그렇게 말하자 시비들의 눈에 서린 안타까움이 더 짙어졌다. 한편으로는 이런 미녀가 목매는 천망단의 사내가 과연 누구일까 하는 기대감도 마찬가지로 깊어졌다.

'아마 틀림없이 굉장한 바람둥이에 사기꾼일 거야.'

그것이 두 시비가 동시에 떠올린 천망단의 대주 단유강에 대한 평가였다.

일곱 명의 사내가 미고현을 향해 걸어가고 있었다. 전혀 표정이 드러나지 않은 얼굴을 한 채 똑같은 옷을 입고 같은 보폭, 같은 속도로 걸었기에 누구라도 한 번 보기만 하면 대번에 기억할 수 있을 정도로 독특했다.

게다가 그들의 몸에서는 진한 혈향이 풍겨 나왔다. 물론 고도의 감각을 가진 고수들이나 알아차릴 수 있는 피 냄새였다. 보통 사람이 그들을 보면 그저 왠지 모르게 기분이 나빠지기만 할 뿐 별다른 점을 찾지는 못할 것이다.

이들은 흑마성교의 교주 표자흠이 보낸 마인들이었다. 표자흠은 적련의 련주 우부경이 요청한 대로 천망칠십오대를 완전히 박살 내기 위해 이들을 보냈다.

이들은 수라혈검대라는 일곱 명으로 이루어진 조직이었다. 원래부터 일곱 명의 형제였고, 마공을 익히기 시작한 것도, 또 피에 취해 돌이킬 수 없는 강을 건넌 것도 모두 동시에 이루어진 특이한 자들이었다.

표자흠은 이들을 거두며 그들이 가지고 있던 이름을 모두 없애고 각각 번호를 붙였다. 첫째를 일검(一劍)이라 불렀고, 막내를 칠검(七劍)이라 불렀다.

그들은 표자흠과 함께 처음 사천으로 넘어왔던 오백 마인 중 살아남은 일곱 명이었다. 당시 표자흠과 유염천은 이들 일곱이 잃어버린 오백 마인보다 더 중요하다고 했다. 그들은 그만큼 충성스러웠고, 뛰어났다.

"형님, 곧 미고현입니다."

삼검의 말에 일검이 가볍게 고개를 끄덕였다.

"조만간 마기를 폭발시킬 수 있겠군."

일검의 말에 나머지 형제들의 표정에 기대감이 어렸다. 그들은 마기를 감출 수는 있었지만 아직 완벽하지 않았다. 그래서 지금처럼 조금의 마기도 흘리지 않기 위해서는 상당한 노력이 필요했다. 힘든 건 아니지만 굉장히 귀찮은 일이었다.

"형님, 교주님께서 내리신 정확한 명령이 무엇입니까? 미고현에 있는 사람들을 모조리 죽여 버리면 되는 겁니까?"

사검이 일검에게 묻자, 일검이 고개를 저었다.

"천망단만 없애면 된다. 그리고 혹시 있을지 모르는 고수를 처리하면 더 좋고."

일검의 말에 나머지 형제들의 냉막한 얼굴에 의아함이 떠올랐다. 그런 간단한 일을 수행하기 위해 자신들을 보냈다는 사실을 믿을 수 없었다.

"그 고수가 음혼사귀를 처리했다."

그제야 나머지 형제들의 눈이 빛났다. 그들은 음혼사귀를 처리할 정도로 강한 고수와 싸울 수 있다는 생각에 투지가 솟아올랐다.

"마침 고수의 피를 마시고 싶었는데, 잘됐군요."

"음혼사귀를 처리할 정도면 내공도 꽤 깊을 테고……. 우리 일곱이 나눠 먹어도 상당한 효과를 얻을 수 있겠군요."

그들이 익힌 마공은 흡혈을 통해 피에 담긴 기운을 받아들인다. 특히 내공을 가진 무림인의 피를 마시면 그 효능이 훨씬 대단했다.

"한데 그 고수가 나타나지 않으면 어떻게 합니까?"

일검은 그 물음에 섬뜩한 웃음을 지으며 대답했다.

"차근차근 다 죽이다 보면 언젠가는 나오겠지. 안 나와도 상관없다. 꽤 많은 사람이 사는 곳인 듯하니, 그들의 피만으로도 충분하니까."

　나머지 형제의 얼굴에도 섬뜩한 미소가 그려졌다. 실로 오
랜만에 피에 취할 수 있을 거라 생각하니 그 기대감에 몸이
떨려올 지경이었다.

"서둘러라."

일검이 속도를 높이자, 나머지 형제들이 서둘러 그 뒤를 따
랐다. 일곱 마인은 순식간에 미고현 안으로 스며들었다.

　단유강은 침상에 누워서 담교영이 주는 과일을 받아먹고
있었다. 담교영과 단유강은 음혼사귀를 처리한 날 이후로 급
격히 가까워졌다.

"미미는 좀 어때?"

"좋은 분이에요."

담교영은 천망단의 장원에서 지내지 않고 단가객잔의 별
채에 머물렀다. 원래 그곳은 제갈미미가 쓰고 있었는데, 그녀
에게 양해를 구하고 함께 지내게 되었다.

"그러고 보니 요즘에는 미미를 본 적이 별로 없군."

"진법을 공부하느라 바쁘던데요?"

"공부를 한다고?"

단유강은 잠시 고개를 갸웃거렸다. 제갈미미가 미고현에 머
무는 이유는 진법의 대가를 만나기 위함이었다. 하지만 이제
는 그를 만날 가능성이 거의 없다는 걸 알고 있다. 물론 그의
정체도 아직 모른다.

“어떤 진을 풀어내야 한다고 하더라고요.”

단유강은 그제야 고개를 끄덕였다. 제갈미미의 생각을 알 수 있었다. 그녀는 지금 진법의 대가가 머무는 거처 주위에 펼쳐진 진을 해체하려는 것이다.

“하긴, 그걸 연구하는 것만으로도 충분히 몇 단계는 실력이 늘겠지. 나쁘지 않은 선택이야.”

담교영이 눈을 반짝 빛냈다.

“대주님은 미미가 무슨 진을 공부하는지 알고 계시나 보죠?”

“당연히 알지. 그 진이 펼쳐진 곳으로 미미를 데리고 간 사람이 바로 난데.”

“그렇게 대단한 진인가요? 제갈세가에서 가장 뛰어나다는 미미가 어려워할 정도로?”

“글쎄, 미미가 그렇게 뛰어난 애였던가?”

담교영이 그 말에 어이없다는 표정으로 뭔가 대꾸하려고 하는 순간, 단유강이 갑자기 벌떡 몸을 일으켰다. 담교영은 깜짝 놀란 눈으로 단유강을 바라봤다.

“왜 그러세요?”

단유강의 표정이 심각해졌다.

“아무래도 나가봐야 할 것 같아. 이번엔 정말로 심상치 않은 놈들이 온 것 같거든.”

“예? 그게 무슨 말씀이신가요?”

"그런 게 있어. 여기 잠깐만 누워 있어. 금방 갔다 올 테니까."

단유강은 그 말을 남기고 밖으로 나갔다. 담교영은 그 모습을 멍한 눈으로 바라봤다. 단유강의 모습이 순식간에 사라졌다.

담교영은 문득 고개를 돌려 단유강이 방금 전까지 누워 있던 침상을 바라봤다. 단유강이 마지막에 했던 말이 뇌리에 맴돌았다. 담교영은 조심스럽게 침상에 몸을 뉘었다. 말로 형언할 수 없을 정도로 부드럽고 편안한 느낌이 온몸을 감쌌다.

"진짜 좋은 침상이구나."

담교영은 그렇게 중얼거리며 자신도 모르게 스르르 눈을 감았다.

장원을 나선 단유강은 서둘러 미고현 외곽으로 향했다. 일곱 명이나 되는 마인이 들어왔다. 비록 마기를 꽁꽁 감추고 들어왔지만 단유강의 감각을 피해갈 수는 없었다.

'얼마 전까지만 하더라도 알아차리지 못했을 거야.'

단유강은 내심 가슴을 쓸어내렸다. 최근 시작한 기감 확장 수련 덕분에 미고현으로 스며드는 마기를 잡아낼 수 있었다. 사실 담교영과 함께 있으면서도 계속해서 수련 중이었다. 그랬기에 이렇게 일찍 알아차린 것이다.

단유강은 미고현으로 막 들어서는 일곱 사람을 볼 수 있었
다.

"거기까지!"

단유강이 한 손을 들어 올리며 말했지만, 일곱 사내는 그
말을 전혀 들어줄 생각이 없다는 듯 성큼성큼 걸었다. 단유강
은 입꼬리를 말아 올리며 손을 가볍게 휘저었다.

슈각!

단유강의 손에서 날카로운 바람이 뿜어져 나갔다. 그러자
거짓말처럼 일곱 사내가 걸음을 멈췄다. 그들의 눈에는 은은
한 경악이 떠올라 있었다.

"네놈은 뭐냐?"

칠검이 앞으로 한 발 나서며 물었다. 그는 경계하는 표정으
로 단유강을 유심히 살폈다. 그저 천망단 일곱 명을 없애라는
명령만 받았을 뿐이지, 그들에 대한 인상착의나 자세한 설명
은 아예 없었기에 자신을 가로막은 사람이 천망단의 대주인
단유강이라는 것조차 몰랐다.

"마인들이 이렇게 당당히 어슬렁거려도 되나?"

단유강이 씨익 웃으며 말하자, 일곱 사내가 동시에 흠칫 놀
랐다.

'우리가 마공을 익혔다는 걸 어찌 알았지? 정보가 샌 건가?
아니면……'

일검은 생각하기 싫은 가정 하나를 떠올렸다. 자신은 아직

마기를 감추는 것에 익숙하지 않다. 그것이 익숙한 사람은 지금으로서는 흑마성교의 교주인 표자흠과 군사인 유염천뿐일 것이다.

하지만 현재 수라혈검대의 마기를 이렇게 단번에 파악해낼 수 있는 사람이 흔한 것도 아니었다. 십대고수 정도라면, 혹은 그에 버금갈 정도라면 아마 그럴 능력이 있을 것이다.

"보통 놈이 아니로군."

일검은 일단 자신의 가정을 사실로 판단했다. 믿기 어렵지만 자신들을 가로막은 저 젊은 사내는 분명 그 정도 경지에 이르렀을 것이다. 자신들이 이곳으로 온다는 정보를 알고 있는 것은 표자흠과 유염천뿐이었다. 그 정보가 샜다는 건 둘 중 하나가 배신자라는 뜻인데, 그건 불가능했다.

"웬만하면 살려서 보내주고 싶지만, 풍기는 냄새가 너무 지독해서 안 되겠어. 한 사람당 적어도 수백 명의 피는 마신 것 같은데, 안 그래?"

단유강의 말에 일검은 주위에 늘어선 아우들에게 눈짓을 보냈다. 순식간에 일곱 사내가 단유강을 둘러쌌다.

"네놈이 바로 그 은거기인인 모양이로군. 조금 귀찮게 되긴 했지만 상관없지. 죽여주마."

'은거기인? 역시 이쪽도 그렇게 생각하는군.'

단유강은 만족스런 표정을 지었다. 소문과 정보가 처음 생각했던 방향으로 흘러갔다. 앞으로 당분간은 걱정할 필요가 없을 듯했다.

일검은 단유강의 표정을 보고 이를 악물었다. 지금 단유강의 표정은 마치 그들을 깔보는 듯했다. 상대가 홀로 음혼사귀를 죽일 정도의 강자이긴 하지만 수라혈검대 역시 충분히 강하다. 홀로 음혼사귀를 상대할 수는 없겠지만, 둘이면 대등하게 싸우는 것이 가능했다. 게다가 일곱이 동시에 펼치는 검진의 위력은 상상을 초월했다.

'최선을 다한다.'

상대의 전력을 모를 때는 온 힘을 다하는 것이 상책이다.

"개진(開陣)!"

일검의 외침에 나머지 형제가 일사불란하게 움직였다. 실타래에서 실을 뽑아내듯 그들의 몸에서 기운이 흘러나왔다. 수라혈검진이었다.

단유강이 눈에 이채를 띠었다. 상당한 수준의 검진이었다. 제갈세가가 현재 보유한 여러 검진들과 비교해 봐도 손색이 없을 정도였다.

"고작 마인들이 이런 훌륭한 검진을 익히고 있다니, 놀랄 만한 일인데?"

단유강은 그렇게 말하며 검을 뽑았다.

스릉.

단유강의 검은 어디서나 볼 수 있는, 지극히 평범한 철검이었다. 그것도 몇 번 쓰지 않은데다가 관리도 잘되어 있지 않아 여기저기 녹까지 슬어 있었다.

　일검의 눈매가 꿈틀거렸다. 감히 저런 녹슨 검으로 자신들을 상대하려고 하는 모습을 보고 있노라니 기분이 살짝 상했다.

　'물론 어차피 녹슨 검이라도 찔리면 죽는 건 매한가지겠지만.'

　일곱 개의 검이 유려하게 움직였다. 그리고 검을 따라 검기가 올올이 뿜어져 나왔다. 그렇게 흘러나온 검기의 실이 단유강을 감쌌다.

　단유강은 가볍게 검을 휘둘러 자신을 감싸려 드는 검기를 잘라냈다.

　핏! 핏!

　마치 장난처럼 휘두르는 검에 검기가 가닥가닥 잘라졌다. 그렇게 잘려진 검기는 그대로 허공에서 흩어졌다. 그 검기의 실은 수라혈검진의 시작이나 다름없었다. 검기를 이용해 적의 움직임을 제한하고, 검진의 흐름에 끌어들이는 것이 수라혈검진의 요체였다. 하지만 검기 자체가 전혀 그 역할을 수행하지 못했다.

　일검의 이마에 식은땀이 흘렀다. 그는 정말로 당황스러워다. 일곱 명의 검에서 흘러나온 검기 다발은 무려 스물한 개에 달했다. 각각의 검에서 세 가닥의 검기를 뿜어냈고, 그것들은 상대가 막기 어려운 방향으로 움직였다. 하지만 단유강은 그 모든 것을 어렵지 않게 막아내고 있었다.

"고작 이게 다라면 좀 실망인데?"

단유강이 여유로운 표정으로 그렇게 말하자, 일검이 이를 악물었다. 그러자 그가 휘두르는 검의 움직임이 변했다.

찌이익!

뭔가가 찢어지는 소리와 함께 일검의 검에서 세 줄기의 검기가 더 흘러나왔다. 실처럼 가느다란 검기를 만드는 것은 생각보다 쉽지 않은 일이다. 비록 내공의 소모는 적겠지만 기(氣)를 그렇게 조절하려면 상당한 정신력과 의지가 필요했다.

나머지 사내들의 검에서도 검기의 수가 늘어났다. 하지만 일검처럼 세 개를 뽑아낼 수는 없었다. 그들이 뽑아낸 검기의 수는 하나에서 두 개가 고작이었다. 하지만 그것 모두가 모이면 무시할 수 없는 수가 된다.

처음 있던 것과 합해 모두 서른세 가닥의 검기였다. 단유강의 움직임이 어지러워지기 시작했다. 여전히 검으로 가볍게 검기를 잘라내고는 있지만 그 수가 너무 많은 탓인지 이리저리 정신없이 몸을 움직이며 검을 휘둘러야 했다.

그 순간, 일검의 눈이 빛났다. 드디어 검진의 흐름에 단유강을 끌어들인 것이다.

"크윽, 이거 까다로운데?"

단유강은 아슬아슬하게 검기들을 피해내고 잘라내며 낭패

한 표정을 지었다. 그리고 수라혈검대 일곱 명의 안색을 살폈다. 그들은 모두 이를 악물고 검을 휘두르고 있었다. 그만큼 그들도 힘든 상황인 것이다.

"대체 네놈들 목적이 뭐야? 이렇게 강한 놈들이 뭐가 아쉬워서 고작 천망단을 건드리려고 하는 거지?"

단유강은 창백해진 얼굴로 그렇게 물었다. 일검은 입을 꾹 다물었지만, 칠검은 그렇지 못했다.

"오랜만에 고수의 피 맛을 볼 수 있겠군. 천망단 따위는 안중에도 없다. 교주님의 명이니 따를 뿐이지."

칠검은 어차피 단유강이 살아남지 못한다고 생각해 그렇게 말했다. 하지만 일검은 그런 칠검의 입을 더 이상 놀리게 놔두지 않았다.

"그만!"

일검의 외침에 칠검이 황급히 입을 다물었다. 너무 오랜만의 싸움이라 흥분해서 그답지 않게 말이 많아졌다.

칠검이 입을 다물자, 단유강이 아쉬운 눈으로 그들을 둘러봤다.

"아깝군. 조금 더 느슨한 놈들이었으면 좋았을 텐데."

단유강은 그렇게 말하며 크게 검을 휘둘렀다.

투두두둑!

검의 궤적에 들어온 검기의 실들이 모조리 끊어졌다. 더 놀라운 것은 그 궤적 안에 모든 검기가 들어 있었다는 점이다.

단유강은 단 한 번 검을 휘두른 것만으로 그의 주변을 감싸고 있던 모든 검기를 박살 내버렸다.

수라혈검대의 눈이 경악으로 가득 찼다. 특히 칠검은 지금 상황을 믿을 수 없다는 듯 외쳤다.

"말도 안 돼!"

방금 전까지 가졌던 믿음이 송두리째 날아가 버리는 느낌은 그리 쉽게 겪을 수 없는 경험이었다.

일검은 이를 악물었다. 그리고 단전에 있던 모든 진기를 긁어모았다. 단전에 있는 진기뿐 아니라 온몸에 존재하는 선천지기까지 끌어냈다.

"하아아압!"

마지막 발악이었다. 일검의 생각을 읽었는지, 나머지 여섯 역시 마찬가지로 마기와 선천지기를 끌어올렸다. 그것은 상당한 힘을 발휘했다.

일검이 먼저 검을 휘둘렀다.

쉬아아악!

검풍이 몰아쳤다. 순수하게 검기로 이루어진 바람이었다. 그것은 이내 폭풍으로 변해 단유강을 향해 몰아쳤다. 나머지 여섯 사람 또한 마찬가지로 검을 휘둘렀다.

콰아아아!

난폭한 검기의 바람이 단유강을 휩쓸어 버릴 듯 쏟아져 나갔다. 하지만 정작 단유강은 담담한 표정으로 다시 가볍게 검을 휘둘렀을 뿐이었다.

부아앙!

마치 벌이 웅웅거리는 듯한 소리가 울리더니 수라혈검대가 만들어낸 검풍이 산들바람처럼 변해 흩어졌다.

모두의 눈에 경악이 어렸다. 혼신의 힘을 다해 만들어낸 마지막 공격이었다. 한데 단유강은 아무렇지도 않게 그것을 막아냈다.

"뭐, 뭐냐……. 대체 정체가 뭐냐! 네놈은!"

일검이 불신 가득한 표정으로 외쳤다. 방금 전 자신들이 행한 공격은 설사 십대고수라 하더라도 감히 경시하지 못할 정도로 위력적이었다. 그런데 단유강은 아무런 힘도 들이지 않고 그것을 막아냈다. 마치 일상에서 숨을 쉬듯 자연스럽게 말이다.

"내 정체를 알면? 네놈들 정체도 알려주려고?"

"웃기지 마라!"

일검은 그렇게 외치며 몸을 날렸다. 그의 검이 새빨갛게 달아올랐다.

쩡!

단유강은 녹슨 검을 휘둘러 그의 검을 박살 냈다. 조각난 검편들이 일검의 몸에 우수수 틀어박혔다.

"크으윽!"

일검은 이리저리 비틀거리다가 결국 바닥에 그대로 무너

졌다.

쿵!

일검이 쓰러지는 소리를 신호로 나머지 여섯 사람도 한꺼번에 달려들었다. 단유강은 그들 역시 일검과 마찬가지 방법으로 상대했다.

쩌저저정!

그들의 검이 모조리 박살 났고, 검편을 가득 몸에 받아들인 수라혈검대는 일검과 마찬가지 신세가 되어버렸다.

"쯧, 조금 더 들쑤셔 볼 걸 그랬나? 고작 알아낸 게 교(敎)라는 말뿐이니?"

분명히 교주님의 명이라고 했다. 천마신교는 이렇게 피에 물든 마기를 이용하지 않으니 뭔가 새로운 교파가 생겨난 것이 분명했다.

"그러고 보니 지난번에 오백 명이나 넘어왔었지? 그럼 적련 그놈들도 뭔가 관계가 있겠군. 교라……."

뭔가 심상치 않은 기류가 흐르고 있다는 건 분명했다. 그리고 그 기류의 한가운데 적련이 있다는 것도.

단유강은 뭔가 생각에 잠긴 채 일곱 시신을 가만히 바라보다가 이내 검을 거세게 휘둘렀다.

후아앙!

강렬한 바람이 몰아쳤다. 그 바람은 바닥에 있는 일곱 구의 시신을 덮쳤다.

스스스스.

　시신들이 그대로 가루가 되어 날아갔다.

　미고현 외곽, 사람들의 인적이 없는 그곳은 어느새 평소와 전혀 다름없는 모습이 되었다. 조금씩 옅어지는 혈향을 제외하고는 말이다.

　표자흠은 불쾌한 얼굴로 방 안에 들어서는 자를 노려봤다. 유염천과 함께 방에 들어오는 사내는 적련에서 보낸 자였다. 되도록 만나지 않는 것이 낫다고 한 지 얼마나 되었다고 이렇게 사람까지 보낸단 말인가.

　방 안에 들어선 사내는 공손하게 허리 숙여 인사를 했다.

　"흑마성교의 교주님을 뵙습니다."

　표자흠이 가볍게 손을 휘저었다.

　"인사는 됐으니 거기 앉으시오. 그래, 대체 이곳까지 온 이유가 무엇이오?"

　현재 표자흠이 머무는 장원은 향후 흑마성교의 중심이 될 곳이라 상당수의 마인들이 머물고 있었다. 자칫 그 사실이 외부에 드러나면 흑마성교는 시작도 못해보고 몰락하게 될 것이다. 그렇기에 표자흠은 이렇게 외부 인물이 이곳에 들락거리는 걸 그리 탐탁지 않게 여겼다.

　"련주님께서 급히 보내셔서 왔습니다. 다름이 아니라, 약속을 서둘러 주십사 하셨습니다."

표자흠이 의아한 표정을 지었다. 적련주와 한 약속이라면 사천에 있는 천망단 하나를 없애는 것밖에 없었다. 수라혈마대가 나섰으니 아마 지금쯤 모든 일을 마무리하고 거의 도착할 때가 되었을 것이다.

"이미 지켰소."

사내가 난감한 표정을 지었다.

"오늘 아침에 그쪽 천망단을 살펴봤는데, 아무런 이상도 없었습니다. 대원은 모두 그대로였고, 대주 역시 멀쩡한 모습이었습니다."

"그럴 리가 있나. 확실히 알아보긴 한 거요?"

표자흠은 눈앞에 앉아 심각한 표정을 지은 사내가 한 말을 믿을 수 없었다. 아무리 은거기인이 있다고 하지만 수라혈검대가 일을 실패할 리 없었다. 설사 상대가 십대고수 급이라고 해도 결코 쉽게 당하지 않을 자들이 바로 수라혈검대였다.

표자흠의 말에도 적련에서 온 사내는 고개를 저었다.

"확실합니다. 분명히 확인한 사실입니다."

표자흠은 고개를 갸웃거렸다. 정말로 이상했다.

'설마, 실패했단 말인가?

표자흠은 유염천을 바라보며 말했다.

"수라혈검대가 어디쯤 있는지 확인해 봐."

유염천은 재빨리 고개를 숙이고 밖으로 나갔다. 그 역시 수라혈검대의 일이 궁금했다. 그리고 표자흠이 입으로 말을 하진 않았지만 눈빛으로 말했던 내용도 확인해야 했다.

"미고현이라……."

서둘러 움직이며 중얼거리는 유염천의 뇌리에 왠지 모를 불길함이 스쳐 지나갔다.

사방이 핏빛으로 가득한 방, 한 사내가 조용히 가부좌를 틀고 앉아 있었다. 서른쯤 되어 보이는 사내였는데, 그의 몸에서는 붉은 운무가 뭉클거리고 있었다. 그리고 사내의 콧속으로 그 운무가 들락거리고 있었다.

어느 순간, 사내가 번쩍 눈을 떴다. 진득한 혈광이 방 안을 가득 채웠다가 사라졌다.

스르르.

문이 열리고 문사 차림의 남자 한 명이 들어와 사내 앞에 공손히 부복했다.

"요즘 적련이 시끄럽다지?"

가부좌를 튼 사내가 심드렁하게 물었다. 그러자 문사 차림의 남자가 바닥에 머리를 한 번 찧었다.

쿵!

"은거기인 한 명이 나타나 적련의 일을 방해하는 모양입니다. 그것을 해결하기 위해 흑마성교까지 끌어들였습니다."

"그래서? 그 은거기인이란 자는 죽였나?"

"실패했습니다. 생각보다 상당한 실력인 모양입니다."

사내의 입가에 조소가 맺혔다.

"일은 일대로 복잡하게 만들고 피해까지 입었다, 이건가?"

"그, 그렇습니다."

사내는 잠시 생각에 잠겼다가 입을 열었다.

"좀 더 자세히 설명해 보라. 정확히 어떤 일이 있었는지."

"알겠습니다, 교주님."

문사 차림의 사내, 만수평은 조심스럽게 설명을 시작했다. 처음 적련이 어떻게 천망칠십오대와 엮였고, 그들이 어떤 시도를 했으며 그것이 어떻게 막혔는지까지 모두 설명했다. 물론 겉으로 드러난 것에 대해서만이었다. 그는 실제 숨겨진 이야기까지 알지는 못했다. 예를 들어 단유강에 대한 것들 말이다.

그 모든 설명을 들은 교주라는 사내가 고개를 끄덕였다. 그리고 신중한 눈으로 만수평을 바라봤다.

"일단 자중하라."

"예?"

만수평은 너무나 의외의 답을 들었는지라 깜짝 놀라 반문했다. 평소라면 절대 저지르지 않았을 불경이었다.

"보아하니 그 천망단이 우리가 강시를 연구하던 비동을 들킨 일과 관계가 있는 것 같아. 그렇지 않느냐?"

교주의 말에 만수평이 얼떨떨한 표정으로 수긍했다.

"그, 그런 정황이 있긴 했습니다. 하지만 확실치는……"

교주가 심각한 얼굴로 말했다.

"더 조심해라. 그 은거기인에 대해서도 확실히 알아보고, 그 힘을 정확히 파악하라."

만수평은 더 이해할 수 없는 표정을 지었다. 고작 한 명이었다. 은거기인 한 명에 자신들이 이렇게 관심과 힘을 쏟아야 할 이유를 찾지 못했다.

교주는 만수평의 얼굴을 보며 고개를 절레절레 저었다.

"내 명을 이해할 수 없는 모양이구나."

만수평이 화들짝 놀랐다.

"아, 아, 아닙니다! 제가 어찌 그런 불경을!"

"아니다. 충분히 그럴 수 있지. 하지만 이것 하나만은 반드시 알아둬야 한다."

만수평이 의아한 얼굴로 교주를 바라봤다. 혈광이 번득이는 교주의 눈은 그저 보는 것만으로 온몸에 소름이 돋게 만들었다. 교주는 몇 번 눈빛을 번득이다가 말을 이었다.

"이 세상에는 도저히 인간으로 받아들이기 어려운 강자들이 존재하기도 한다."

만수평은 크게 고개를 끄덕였다. 당연히 그런 강자가 존재한다. 그의 눈앞에 있는 교주가 바로 그런 강자였다. 그가 보기에 교주는 인간의 한계를 아득히 뛰어넘은 사람이었다.

그러나 교주는 그런 만수평의 생각을 송두리째 뒤집었다.

"나 같은 사람 천 명이 동시에 덤벼도 손가락 하나로 날려 버릴 수 있는 사람이 존재할 수도 있다는 뜻이다. 그동안 번 번이 우리 혈교의 대업이 무너진 이유에 분명히 그런 존재가 있을 것이다."

혈교주의 말에 만수펑이 입을 딱 벌렸다. 만일 지금 이 말을 혈교주가 하지 않았다면 절대로 믿지 않았을 것이다. 세상에 그런 사람이 어찌 존재할 수 있단 말인가.

하지만 혈교주는 나름대로 심각했다. 그는 보다 완벽하게 무림을 장악하기 위해 철저히 조사를 했다. 그동안 혈교가 일으킨 난(亂)에서부터 그들이 어떻게 무너졌는지, 또 그와 비슷한 난(亂)과 그것이 또 어떻게 해결되었는지까지 자세히 조사했다.

철저한 조사 끝에 혈교주는 사람들이 흔히 아는 무림의 역사에서 뭔가 이상한 점들 몇 가지를 발견했다. 그리고 그 사실을 집요하게 파고든 결과, 인간으로서 상상도 할 수 없는 거대한 힘을 가진 존재의 가능성을 발견했다.

'만일 그런 존재가 있다면 난 실패를 할 수밖에 없다.'

어차피 실패할 일이라면 굳이 나서서 할 이유가 없었다. 만일 그런 존재가 아직도 건재하다면 혈교주는 과감히 자신의 뒤를 이을 새로운 혈교주를 위해 튼튼한 기반과 힘을 마련하겠다고 결심했다.

'물론 그런 존재가 없다면 세상은 내 차지가 되겠지만······.'

혈교주는 고개를 조아리고 있는 만수평을 지그시 바라봤다.

"네가 해야 할 일은 힘을 갈무리하고 그런 존재를 파악하는 것이다. 가능성이 나타났으니 좀 더 정확한 조사가 필요하겠지. 내 말, 이해하겠느냐?"

만수평이 바닥에 머리를 찧었다.

쿵!

"전 교주님의 명을 따를 뿐입니다."

만수평이 그 말과 함께 물러나자 혈교주가 나직이 혀를 찼다.

"쯧쯧, 아직도 내 큰 뜻을 이해하지 못하는군. 제대로 기반을 닦고 준비하지 않으면 아무리 천하를 얻어봐야 짧은 단꿈에 지나지 않는 것을. 쯧쯧쯧."

혈교주는 다시 눈을 지그시 감았다. 그의 주위로 혈무(血霧)가 뭉클거리며 솟아났다.

"대체 그들이 어디로 갔단 말이냐!"

표자흠의 외침에 유염천이 난감한 표정을 감추지 못했다. 표자흠이 이렇게 화가 난 이유는 수라혈검대가 사라졌기 때문이다. 수라혈검대가 미고현 쪽으로 간 것은 확실한데, 그 이후 어떻게 되었는지 완전히 미궁에 빠져 버렸다.

"아무래도 그 은거기인에게 당한 듯싶습니다."

"은거기인에게 당했다고? 대체 얼마나 강한 놈이기에 그들이 흔적도 남기지 못하고 죽었단 말이냐!"

유염천은 고개를 저었다. 수라혈검대가 검진을 펼치면 설사 십대고수라도 쉽게 이기지 못한다. 물론 결국은 십대고수에게 목숨을 잃겠지만, 그래도 전혀 흔적도 없이 이기는 건 불가능하다.

"혹시… 우내사존(宇內四尊) 중 하나가 나선 것은 아닐지……."

"우내사존?"

표자흠의 얼굴이 한껏 일그러졌다. 우내사존은 십대고수의 윗줄에 있는 고수다. 그들은 만나기가 하늘의 별 따기보다 어렵다는 사람들이다.

"우내사존이 뭐 할 일이 없어서 그런 데 숨어 있단 말이냐?"

"그래도 혹시 모릅니다. 어쩌면 우내사존의 제자가 있을지도 모르고 말입니다."

"제자?"

표자흠이 묘한 표정을 지었다. 듣고 보니 그럴듯했다. 천하의 우내사존이다. 그 제자라면 십대고수에 버금가거나 넘어서는 무공을 가졌을지도 모른다.

"후우, 일단 알아보라고 전해. 우리가 나설 수는 없으니 제대로 된 정보를 달라고 적련에 전해. 정보만 정확하면 나머지는 우리가 다 처리해 준다고 해."

“예. 그리 전하겠습니다.”

유염천이 나가자 표자흠이 한껏 얼굴을 일그러뜨렸다. 이 대로라면 흑마성교의 체면이 말이 아니게 된다. 아직 시작도 제대로 못했는데 얼굴이 구겨진 상태로 있을 수는 없었다. 어떻게든 만회해야만 했다.

“조금 피해를 입더라도 그 은거기인인지 뭔지를 없애야겠어.”

표자흠이 그렇게 중얼거리며 손을 들어 올리자 그의 손에 혈광이 어렸다 사라졌다. 표자흠의 표정에 가벼운 만족감이 떠올랐다.

“꽤 효과가 좋군. 힘을 준다기에 돈이나 좀 지원해 주고 나중에 생색만 잔뜩 낼 줄 알았더니, 이런 대단한 힘을 줄 거라고는 생각도 못했어. 큭큭큭, 이 정도라면 십대고수든 우내사존이든 아무도 무섭지 않을 거 같은데 말이야. 큭큭큭큭.”

표자흠은 한동안 자신의 양손에 번지는 불그스름한 기운을 홀린 듯한 눈으로 바라봤다.

第四章
천하제일미

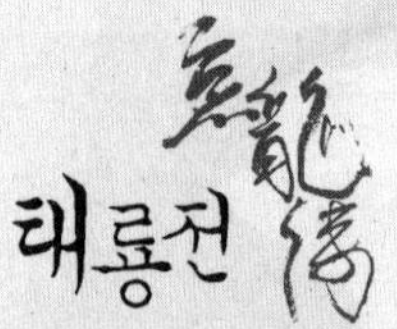
태룡전

마차 한 대가 사천으로 들어섰다. 사천과 호북의 경계 부근
에 있는 꽤 큰 마을로 들어선 마차는 그곳에서 가장 큰 객잔
앞에서 멈췄다.

마차가 멈추자, 마차를 호위하던 무사 중 한 명이 말에서
내려 마차로 다가갔다.

"아가씨, 객잔에 도착했습니다."

"수고했어요."

마차 안에서 흘러나온 목소리는 천상의 옥음처럼 아름다
웠다. 호위무사의 눈빛이 심하게 흔들렸다.

이내 마차 문이 열리고 안에서 두 명의 여인이 내려섰다.

꽤 예쁘장하게 생긴 여인들이었는데, 그녀들은 마차에서 내리자마자 선망 가득한 눈빛으로 마차 문을 바라봤다. 이윽고 마차에서 한 명의 여인이 사뿐히 내려왔다. 마치 꽃잎이 하늘하늘 떨어져 살포시 내려앉는 듯했다.

객잔 주변에 있던 사람들이 호기심 어린 눈으로 마차에서 내리는 여인을 바라봤다. 그리고 그 여인의 모습을 본 순간 모든 사람들의 시간이 정지했다.

"오늘은 여기서 쉬고 가는 건가요?"

여인의 입가에 미소가 맴돌았다. 호위무사들은 그 모습을 보지 않으려 고개를 돌렸다. 벌써 몇 번이나 경험하는 일이지만 여전히 적응이 되지 않았다.

"아, 아가씨, 어서 들어가세요."

시비 중 한 명이 서둘러 여인을 객잔 안으로 안내했다. 여인을 따라 주변에 있던 사람들의 시선이 움직였다.

여인이 객잔 안으로 들어가 더 이상 모습이 보이지 않음에도 구경하던 사람들은 여전히 움직일 줄을 몰랐다. 그들은 마치 혼이 빠져나간 듯한 표정으로 멍하니 객잔 입구를 바라봤다.

그러다가 퍼뜩 정신을 차린 사람 하나가 서둘러 객잔으로 들어갔다. 그것을 신호로 구경하던 모든 사내들이 객잔으로 몰려들었다.

구경꾼 중 여인들은 그저 한숨만 폭폭 내쉬다가 이리저리 흩어졌다. 개중 몇몇은 호기심 어린 눈으로 객잔으로 향하기도 했다.

그 모든 광경을 지켜보던 시비 한 명과 호위무사 두 명이 고개를 절레절레 저었다. 매번 이런 식이니 이젠 신기하지도 않았다. 그들은 이내 먼저 들어간 일행을 따라 서둘러 객잔 안으로 향했다. 어찌 되었든 맡은바 임무는 완수해야 하지 않겠는가.

객잔 안은 바글바글했다. 우문혜는 일층에 모인 수많은 사람들을 힐끗 쳐다본 후, 곧장 이층으로 올라갔다. 우문혜의 모습이 사라지고 얼마 안 있어 여기저기서 탄식이 흘러나왔다.

그리고 몇몇 사내들이 황급히 이층으로 올라갔다.

이곳 만래객잔의 이층은 돈이 없는 사람은 올라갈 수조차 없는 곳이었다.

우문혜는 이층에서 가장 전망이 좋은 자리에 가서 앉았다. 그녀가 자리를 잡자, 호위무사들이 그녀 근처에 서서 날카로운 눈으로 주위를 경계했다.

아직까지는 별다른 일이 벌어지지 않았지만, 우문혜가 워낙 아름다웠기 때문에 언제 무슨 일이 벌어질지 알 수 없었다. 호위무사들은 언제나 긴장감을 유지했다. 만일 우문혜에게 무슨 일이 생긴다면 그들은 절대 스스로를 용서하지 못할 것이다.

두 명의 시비는 우문혜를 대신해서 이것저것 주문을 하고 방을 잡았다. 당연히 객잔 후원에 딸린 별채를 통째로 빌렸다. 그렇게 하지 않으면 우문혜를 보기 위해 몰려드는 사람들을 도저히 감당할 수 없었다.

우문혜는 그 모든 호사를 당연하다는 듯 받아들였다. 그녀는 돈 한 푼 쓸 필요가 없었다. 모든 경비는 무림맹이 지급해 주고 있었다. 물론 무림맹이 돈을 지급해 주지 않는다 해도 상관없다. 그녀에게 돈은 썩어날 정도로 많았으니까.

"그 미고현이라는 곳에는 언제쯤 도착하는 거죠?"

"이 정도 속도로 가면 앞으로 열흘 가까이 걸릴 것 같습니다."

우문혜는 가볍게 고개를 끄덕였다. 드디어 만날 수 있게 되었다.

'무림맹에서 일한다는 얘기를 듣고는 어찌나 놀랐는지⋯⋯.'

우문혜는 속으로 그렇게 중얼거리며 추억에 잠겨들었다. 단유강은 유난히 그녀를 많이 따랐다. 그리고 그녀 역시 단유강을 예뻐했다. 추억이 깊어갈수록 그녀의 입가에 떠오른 미소가 점점 짙어졌다.

그렇게 우문혜가 한창 추억에 빠져 있을 때, 몇몇 사내들이 그녀가 있는 자리로 다가왔다. 하나같이 훤칠하게 생긴 미남

자들이었다.

"실례가 되지 않는다면 저희와 합석을 하시는 게 어떻습니까?"

우문혜는 그 말에 상념을 접고 다가온 사내들을 쳐다봤다. 그녀의 주위에 있던 네 명의 호위무사가 경계를 하며 그들을 쏘아봤다.

"아가씨께서는 아무하고나 합석을 하시지 않소."

호위무사 하나가 슬쩍 앞으로 나서며 말했다. 하지만 다가온 사내들은 그 말에도 그저 가볍게 웃기만 했다.

"하하, 우리는 그리 수상한 사람들이 아니오. 그러니 그렇게 경계하실 필요 없소이다."

가장 앞에 나섰던 사내가 그렇게 말하자, 그를 뒤따라왔던 자들 중 하나가 설명을 덧붙였다.

"이분은 당가에서 나오신 분입니다."

"아, 그러고 보니 아직 제 소개도 하지 않았군요. 결례를 범했소이다."

사내는 우문혜를 향해 정중히 포권을 취했다.

"당우균이라 하오."

우문혜는 흥미로운 눈으로 당우균을 바라봤다. 그리고 살짝 시선을 돌려 그 뒤에 선 세 명의 사내도 주욱 훑어봤다. 그들은 우문혜와 눈이 마주치자마자 당황해 안절부절못했다. 당당히 자기소개를 하면 될 일이었지만 그들은 그것조차 잊은 듯했다.

확실히 우문혜와 눈을 마주치고도 당우균처럼 당당히 말을 할 수 있는 사람은 상당히 드문 편이었다.

"혹시 당가의 분들이시오?"

호위무사 중 하나가 살짝 놀란 눈으로 물었다. 현재 당가는 무림맹이 가장 관심을 두고 있는 곳이었다. 호위무사들은 물론이고, 두 명의 시비마저 놀란 눈으로 당우균을 바라봤다.

"모두 그런 건 아니오. 내 뒤에 있는 분들은 모두 사천 유력 문파의 자제들이오."

당우균의 말에 호위무사들이 새삼스러운 눈으로 그들을 다시 확인했다. 사실 처음부터 내심 고개를 끄덕이긴 했다. 그들의 훤칠한 생김새나 당당한 기세는 명문의 자제들이 아니라면 가지기 힘든 것들이었다.

"아가씨, 어떻게 하시겠습니까?"

호위무사가 우문혜에게 공손히 물었다. 우문혜는 잠시 그들을 흥미로운 눈으로 살피다가 이내 고개를 저었다.

"피곤하네요."

우문혜는 그 말을 끝으로 자리에서 일어났다. 그리고 사뿐사뿐 걸어 다시 일층으로 내려갔다. 객잔 후원의 별채로 가려면 일층을 지나쳐야만 했다.

당우균은 당황한 눈으로 우문혜의 뒷모습을 바라봤다. 당장 달려가서 걸음을 멈추게 하고 싶었지만 차마 몸이 움직이지 않았다. 말도 더 이상 나오지 않았다. 지금까지 우문혜를 당당하게 상대했던 것만으로 상당한 심력을 소비한 것이다.

"머, 머, 멈추시오!"

당우균은 놀란 눈으로 갑작스럽게 외친 자를 쳐다봤다. 그는 당우균과 함께 왔던 사내 중 한 명으로, 문일비라는 자였다. 문일비는 사천 성도의 유력 문파 중 하나인 승천방 방주의 아들이었다.

문일비는 일단 소리를 치고 나니 거짓말처럼 마음이 가라앉는 것을 느끼고 놀람을 금치 못했다. 그는 자신감 넘치는 표정으로, 막 계단을 내려서려다가 몸을 돌린 우문혜를 바라봤다.

'크윽!'

그러나 우문혜의 얼굴을 본 순간 마음을 가득 채웠던 자신감이 눈이 녹는 것처럼 사라져 버렸다.

"불렀으면 말을 하셔야죠?"

우문혜의 말에 문일비는 다시 정신을 차렸다.

"어찌 이리도 무례할 수가 있단 말이오? 당 공자님의 호의를 이런 식으로 무시해도 되는 것이오?"

"그럼 내가 어찌해야 된다는 거죠?"

우문혜는 그렇게 물으며 빙긋 웃었다. 그녀의 미소에 문일비는 눈을 질끈 감았다. 너무나 눈부셔서 계속 보고 있으면 마치 눈이 멀어버릴 것만 같았다.

"그, 그러니까… 서, 성의를……."

"아하, 그러니까 성의를 봐서 합석을 해달라는 말인가요?"

"바로 그렇소! 이분은 당가에서도 촉망받는 분이시오. 아마 소저께서도 사귀어두면 좋은 일이 있을 거라 자신하오."

"어머, 대단하신 분이었나 보군요. 하지만 이를 어쩌죠? 전이미 임자가 있는 몸이라서요. 이렇게 외간 남자와 얘기하는 모습을 그이가 보시면 뒷일은 저도 장담을 못한답니다."

우문혜는 그 말과 함께 환한 미소를 지었다. 그 사람을 떠올리기만 해도 이렇게 기분이 좋아진다. 그렇게 오랜 세월을 함께 했는데도 마음은 점점 깊어만 갔다.

'하긴, 신경을 쓰지는 않으시겠지만.'

우문혜는 속으로 그렇게 중얼거리며 자신을 바라보는 자들에게 미소를 지어주었다. 그들은 이미 우문혜의 미소에 넋이 나가 더 이상 대화를 이어나가기 어려운 상태였다. 우문혜는 그대로 몸을 돌려 다시 걸음을 옮겼다.

그녀는 사라졌지만, 그녀가 남긴 분위기와 인상은 여전히 객잔에 남아 있었다. 그곳에 있던 사람들은 한참이 지나도록 멍한 표정으로 그렇게 서 있었다.

방에 들어선 단유강은 미소를 지으며 침상 위에 누워 있는 담교영을 바라봤다. 담교영은 너무나도 편안한 표정으로 침상에 누운 채 잠들어 있었다.

"하긴 내 침상이 좀 편하긴 하지."

단유강은 그렇게 중얼거리며 다가가 침상에 살짝 걸터앉았다. 그리고 담교영의 얼굴을 가만히 살펴봤다.

담교영이 자는 모습은 상당히 아름다웠다. 단유강은 자신도 모르게 손을 들어 담교영의 얼굴로 흘러내린 머리카락 몇 가닥을 귀 뒤로 넘겨주었다.

"으음."

단유강의 손이 얼굴에 닿자마자 담교영이 몸을 살짝 뒤틀었다. 그리고 서서히 눈을 떴다. 눈을 완전히 뜬 담교영은 단유강을 발견하고는 화들짝 놀라 벌떡 일어났다.

"대, 대주님! 어, 언제 오셨어요?"

"방금."

"깨, 깨우시지 그러셨어요."

담교영이 계속 당황해 말을 더듬자, 단유강이 빙긋 웃었다.

"자는 모습이 너무 보기 좋아서. 좀 더 쉬어도 괜찮으니까 다시 누워."

"아, 아니에요. 전 이만 돌아갈게요."

담교영은 당황한 얼굴로 허둥대며 침상에서 내려왔다. 그리고 인사를 하는 둥 마는 둥하고는 밖으로 서둘러 나가 버렸다.

단유강은 담교영이 밖으로 나가는 모습을 멍하니 바라보다가 이내 고개를 저으며 입맛을 다셨다.

"쩝, 그냥 있어도 괜찮은데."

잠시 그렇게 멍하게 있던 단유강이 빙긋 웃었다. 담교영에게는 꽤 귀여운 구석이 있었다. 방금 전 당황하던 모습도 그랬다.

"이런 감정이 생길 줄이야."

단유강은 지금 마음에 차오르는 기분이 그리 싫지 않았다. 그동안 한 번도 느껴보지 못한 감정이었다.

"그나저나……."

상념을 접은 단유강은 침상에 누우며 중얼거렸다. 오늘 미고현으로 들어왔던 마인들은 상당했다. 음혼사귀 정도는 문제도 되지 않을 정도였다. 게다가 마기를 몸속 깊은 곳에 감춰두고 있었다.

"그놈들이 조금만 더 능숙했다면 아마 나도 눈치채기 어려웠을 테지."

그렇게 생각하니 왠지 불안해졌다. 이곳 미고현은 단유강이 소중하게 생각하는 사람들이 모인 곳이다. 그런데 피에 미친 마인 하나가 모르는 새 미고현으로 스며들면 자칫 재앙이 일어날 수도 있었다.

"그건 절대 안 되지."

자신이 눈을 부릅뜨고 있는 한 그런 일은 결코 용납할 수 없었다. 그러려면 지금보다 더 큰 힘이 필요했다. 어떤 위험이 닥쳐오더라도 그것을 알아차릴 수 있는 능력이 꼭 있어야만 했다.

"답은 역시 수련뿐이군."

단유강은 침상에 누운 채 조용히 눈을 감았다. 그리고 기감을 확장시켰다. 활짝 열린 그의 뇌리에 미고현의 모습이 하나하나 박혀들었다.

백설영은 단유강을 물끄러미 바라봤다. 단유강은 침상에 누워 다리를 꼰 채 발을 까딱이고 있었다. 눈을 지그시 감은 상태였는데, 발이 까딱이지 않았다면 영락없이 잠을 자고 있다고 여겼을 것이다.

"적련의 오총관에 대한 건 어떻게 됐어?"

"아직도 적련의 비밀 뇌옥에 갇혀 있습니다."

단유강이 눈을 빛내자, 백설영이 보고를 이었다.

"고문을 당하고 있는 모양입니다."

"역시 뭔가가 있었군."

"오총관에게 받아내야 할 것들이 꽤 많은 모양입니다."

단유강이 이해한다는 듯 고개를 끄덕였다. 오총관은 적련의 다섯 실세 중 하나였다. 무림문파들과의 조율을 담당하긴 했지만 그가 가진 것은 그런 것들만이 아니었다.

"적련주 성격으로 봐서 꽤 강도 높은 고문을 동원했을 텐데, 오총관이 용케 버티고 있군."

"입을 열면 희망과 함께 목숨까지 단번에 사라진다는 것을 누구보다 잘 알고 있을 테니까요.”

오총관은 우부경이 련주가 되기 전부터 총관 자리에 있던 사람이다. 우부경의 성격이 어떤지, 또 일처리 방식이 어떤지 바로 옆에서 지켜봐 왔다. 지금 상황에서 가진 걸 내놓으면 남은 건 죽음뿐이었다.

“좋아. 이 정도는 되어야 재미가 있지. 한데 오총관이 아직도 틀어쥐고 있는 게 뭐지?”

“일단 오총관이 그동안 비밀리에 키우고 있던 무사들이 있습니다.”

“무사?”

“무림문파나 무림인들과의 관계를 조율하다가 개중 쓸 만한 자를 영입해 무공 교두로 삼은 모양입니다. 그 후, 막대한 돈을 쏟아부어 천 명에 달하는 무사를 키워냈다고 합니다.”

단유강이 턱을 쓰다듬으며 호기심 어린 눈을 했다.

“호오, 과연. 그 정도라면 버리기엔 너무 아깝겠지.”

게다가 적련의 자금을 이용해 키운 무사들이었다. 그냥 버리기엔 그 손실이 너무나 아까울 수밖에 없었다. 또한 천 명이나 되는 무사들이라면 웬만한 무림문파와 견주어도 손색이 없을 정도 아닌가. 물론 무공의 수준이 관건이지만 말이다.

백설영은 흥미로운 눈빛을 띤 단유강을 바라보며 말을 이었다.

“두 번째는 오총관이 보유한 상단입니다.”

단유강이 고개를 끄덕였다.

"하긴 적련의 총관들은 각자 비밀스런 상단 하나씩을 가지고 있지?"

"예. 사실 그 상단들은 적련주의 것이기도 합니다만, 오총관은 미고현에서의 임무에 즈음하여 적련주의 손이 미치지 못하도록 조치를 취해둔 모양입니다."

단유강이 만족스러운 눈으로 고개를 크게 끄덕였다.

"아주 좋군. 이대로라면 적련주와 싸워 이기는 건 불가능하겠지만 그래도 한 번 뒤흔들어 주는 건 충분하겠어."

"그래도 계란으로 바위 치기입니다."

"당연하지. 아무리 오총관이 애써봐야 적련이 가진 힘의 일 할이나 될까?"

"그보다는 조금 많습니다."

"아무튼 고작 그 정도 힘으로 적련과 대적할 수는 없지. 그래도 독기를 품고 같이 죽자고 덤비면 적련으로서도 무시하지 못할걸?"

단유강은 그렇게 중얼거리며 잠시 생각에 잠겼다. 백설영은 그 모습을 한동안 지켜보다가 조심스럽게 물었다.

"대주님께서는 어쩌실 생각이십니까?"

"일단 계획대로 해야지."

"하면……."

"오총관부터 구하고 봐야지. 그럼 적련에도 좀 빈틈이 생

기지 않겠어? 오총관이 숨겨둔 힘이 고작 그 두 가지는 아니
지?"

"예. 적련의 정보 조직에도 좀 손을 써둔 모양입니다. 최근
그들의 움직임이 미묘하게 달라졌습니다."

"그래? 그것도 마음에 드는군."

단유강은 지그시 눈을 감았다. 오총관에 대한 일은 오늘 즉
시 처리해야만 한다. 더 늦으면 곤란했다.

감았던 눈을 번쩍 뜬 단유강이 빛나는 눈으로 백설영을 바
라봤다.

"내가 직접 움직여야겠어. 오총관이 최대한 빨리 일을 시
작하는 게 적련에 틈을 만들기도 편할 테니까."

"예."

적련은 거대한 곳이다. 하지만 이런 식으로 빈틈이 생기면
생각보다 쉽게 그곳을 파고들 수도 있었다. 덩치가 큰 만큼
세세한 대응이 느릴 때도 많았다. 그리고 그것을 잘만 이용하
면 치명적인 타격을 가할 수도 있었다.

"언제부터 시작할 생각이야?"

"이미 시작했습니다."

백설영의 대답에 단유강이 만족스런 표정으로 고개를 크
게 끄덕였다. 아직 빈틈도 만들지 않았는데 벌써부터 파고들
준비를 해놨다는 뜻이다. 역시 백설영이었다. 단유강은 침상
에서 몸을 일으켰다.

“좋아, 잘해봐. 이참에 적련이 가지고 있던 것들을 모조리
집어삼켜 보는 것도 괜찮겠어.”

“그렇게 할 생각입니다.”

백설영의 어조는 자신감으로 꽉 차 있었다. 이런 기회는 결
코 흔치 않았다. 하지만 일단 기회가 온 이상 절대로 놓칠 생
각이 없었다. 그녀는 그만한 능력이 있었다.

“당분간 그쪽 위주로 나가자고. 필요한 거 있으면 언제든
말해. 당장에라도 움직일 수 있으니까.”

단유강의 말에 백설영은 절로 힘이 솟았다. 단유강이 뒤에
버티고 있다는 것만으로도 모든 일이 잘 풀릴 것 같은 기대감
이 생겼다. 단유강은 불가능을 가능으로 만들어낼 정도의 힘
과 능력이 있었다.

“아, 그런데 요즘 기묘한 소문이 하나 돌던데, 혹시 들어봤
어?”

“소문 말입니까?”

백설영의 뇌리에 최근 들어온 소문에 대한 것들이 좌르륵
정리가 되었다. 워낙 많아서 단유강이 무슨 소문에 관심을 가
지는지 얼른 알 수 없었다.

“무슨 천하제일미가 나타났다고 하던데 말이야.”

백설영은 즉시 그에 관련된 소문과 정보가 떠올랐다. 그녀
역시 관심을 가졌던 소문이라서 꽤 자세하게 기억하고 있었
다.

"상당한 미인이 마차를 타고 여행 중이라는 소문입니다."

"천하제일미는 교영이 아니었어?"

"지금까지는 그랬습니다만, 이번 소문의 주인공을 본 사람들은 하나같이 그녀가 천하제일미라고 말하는 데 주저하지 않는다고 합니다."

"그래?"

단유강의 눈에 호기심이 어렸다. 이미 담교영이 마음에 들어온 상태라 아무리 더 아름다운 여인이 나타난다 하더라도 마음이 흔들릴 리는 없지만, 그래도 미인이라니 관심이 생기는 건 당연했다.

"설영이는 어떻게 생각해?"

"소문만으로는 장담할 수가 없습니다만, 여러 가지 정황과 몇 가지 수집된 정보를 보면 사실일 가능성이 높습니다."

"호오, 교영이보다 더 아름다운 사람이 나타났단 말이야?"

"생각보다 더 굉장합니다. 그녀를 한 번 본 사람들은 한동안 움직이지도 못한다고 합니다."

"면사도 안 쓰고 다니나 보지?"

"그래서 소문이 더 빠르게 퍼지고 있습니다. 그녀의 얼굴을 한 번이라도 보기 위해 마차를 쫓아다니는 사람들까지 있는 실정이니까요."

"재미있군. 한 번 보고 싶은데?"

"어쩌면 그리 어렵지 않게 보실 수 있을지도 모릅니다. 호북에서 사천으로 넘어왔는데, 점점 미고현과 가까워지고 있으니까요. 물론 영 매가 조금 슬퍼할 수도 있겠지만요.”

백설영의 말에 단유강이 피식 웃었다.

“교영이는 그렇게 속이 좁은 아이가 아니야.”

백설영이 눈을 빛냈다. 그녀의 눈에 진한 호기심이 묻어났다. 단유강이 이렇게 직접적으로 담교영에 대해 이야기한 적이 처음이었기에 더 관심이 갔다. 둘 사이가 얼마나 진척되었는지도 궁금했다.

단유강은 백설영의 눈빛에 고개를 돌리며 손을 휘저었다.

“그만 가봐. 그런 눈으로 쳐다보지 말고.”

“제 눈이 어때서요? 확실히 뭔가 일이 있긴 있었군요?”

백설영의 집요한 관심에 단유강이 고개를 저었다.

“일이 있긴 뭐가 있어? 너랑 철판이 사이에 있었던 일에 비하면 아무것도 아니지.”

단유강의 말에 백설영의 얼굴이 홍시처럼 새빨개졌다.

“무, 무, 무슨 말씀이십니까?”

단유강의 얼굴에 짓궂은 미소가 떠올랐다.

“왜? 자세히 풀어서 얘기해 줘? 꼭 내 입으로 그 민망한 얘기들을 듣고 싶어?”

백설영이 크게 당황하며 한 발 물러났다.

“이, 이, 이만 물러가겠습니다.”

그 말을 남긴 백설영은 황급히 방에서 나갔다. 단유강은 그런 백설영을 바라보며 나직이 중얼거렸다.

"뭐가 그리 부끄럽다고. 큭큭. 그나저나 천하제일미라……. 왠지 예감이 좀 이상해지는군."

단유강은 천하제일미라는 여인에 대해 조금 더 자세히 알아봐야겠다고 다짐했다. 왠지 꼭 그래야만 할 것 같은 예감이 들었다.

달도 모습을 감춘 칠흑같이 어두운 밤, 흑의를 걸친 사람 하나가 비조처럼 날아올랐다. 순식간에 높다란 담장을 넘었는데도 아무런 소리도 나지 않았다.

"생각보다 허술한데?"

흑의에 복면까지 쓴 단유강은 빙긋 웃으며 몸의 기척을 지웠다. 단유강의 존재감이 그대로 사라져 버렸다. 그와 동시에 그곳에 몇몇 무사들이 지나갔다. 무사들이 사라지자 단유강이 다시 스르륵 나타났다.

"자, 그럼 일단 뇌옥으로 가볼까?"

단유강의 몸이 다시 어둠에 녹아들었다.

적련의 뇌옥은 적련에서 가장 깊숙한 곳에 있었다. 적련 내부에 존재하는 야산 지하로 뚫은 동혈(洞穴)이 바로 뇌옥이었다. 동혈 안에는 바위를 깎아 만든 뇌옥이 수십 개나 존재했다. 오총관은 그중 가장 깊은 곳에 갇혀 있었다.

각 뇌옥 옆에는 고문실이 존재했다. 뇌옥 안에서 고문실을 들여다볼 수 있기에 고문 도구를 보며 항상 불안과 공포에 떨어야 했다.

오총관은 만신창이가 된 몸으로 차가운 돌바닥 위에 널브러져 있었다. 이제는 움직일 힘도 없었다. 지금까지는 초인적인 인내와 독기로 버텼지만, 더 이상은 힘들 듯했다.

"크윽, 이렇게 끝나는 건가? 내가 어떻게 이 자리까지 올라왔는데……."

적련의 총관이 되기 위해 안 해본 짓이 없었다. 사람들이 흔히 말하는 몹쓸 짓도 서슴지 않았다. 수많은 사람을 파멸로 이끌고 나서 얻은 자리가 바로 적련의 오총관 자리였다.

한데 이제 그 모든 것이 사라질 위기에 처했다.

"아니지, 이미 사라졌지. 아직까지 버리지 못한 미련 때문에 이러고 있지만……."

오총관이 자조적인 목소리로 중얼거렸다. 그 순간, 뇌옥 안에 그림자 하나가 스며들었다.

"아직 완전히 사라진 건 아니지."

오총관은 갑자기 들려오는 목소리에 흠칫 놀랐다. 억지로 고개를 움직여 말한 사람을 바라봤다. 온통 검은색으로 몸을 도배한 사람 한 명이 서 있었다. 단유강이었다.

"훗, 또 같잖은 수작질이냐? 일없으니 꺼져라."

오총관의 입에서 독기 어린 말이 쏟아졌다. 지금까지 이런 방법으로 자신을 속이려 시도한 것이 몇 번인지 모른다. 처음에는 그조차 깜빡 속아 하마터면 비밀 무사들이 어디 있는지 발설할 뻔했다. 하지만 이제는 더 이상 속지 않는다. 그보다 훨씬 교묘한 방법으로 다가와도 오총관은 그저 눈을 질끈 감을 뿐이었다. 지금과 마찬가지로 말이다.

단유강은 눈을 감은 오총관을 바라보며 고개를 절레절레 저었다.

"적련주, 생각보다 대단한 놈인데?"

이런 식으로 몇 번 속여놓으면 누구도 믿을 수 없게 된다. 그리고 모든 상황에 의심이 생긴다. 지금 단유강이 오총관을 뇌옥에서 빼낸다 하더라도 오총관은 더 이상 움직이지 않을 공산이 컸다. 누군가 그를 미행해 뒤쫓아온다면 모든 기반을 송두리째 빼앗길 테니까 말이다.

단유강은 고민하지 않았다. 그런 고민은 나중에 해도 된다. 지금 오총관이 움직이지 않아도 상관없다. 일단 무사히 빼내는 것만으로도 적련을 한 번쯤 흔들 수 있지 않겠는가.

단유강은 오총관을 번쩍 들어 옆구리에 꼈다. 오총관이 깜짝 놀라 눈을 떴지만 이내 고개를 돌리며 다시 눈을 감았다. 단유강은 피식 웃으며 몸을 날렸다.

단유강과 오총관의 몸이 연기처럼 뇌옥을 빠져나갔다.

뇌옥에는 그곳을 지키는 무사들이 수도 없이 많았다. 하지만 단유강은 오총관을 들고도 그들에게 전혀 들키지 않고 동혈을 빠져나갔다.

오총관은 단유강이 움직일 때마다 크게 소리를 냈지만, 아무도 그 소리를 듣지 못했다. 오총관의 불신이 점점 더 깊어졌다.

이내 단유강은 오총관을 적련 밖으로 빼냈다. 실로 귀신같은 움직임이었다. 밖으로 나온 단유강은 일단 급한 대로 오총관의 몸을 조금 살폈다. 고문에 몸이 상할 대로 상해 단기간에 치료는 불가능해 보였다.

"쯧, 심하게도 굴렸군."

단유강은 품에서 단약 하나를 꺼내 오총관의 입에 강제로 넣었다. 오총관은 깜짝 놀라 그것을 뱉으려 했지만 단약은 그의 입에 들어간 순간 물처럼 녹아 그대로 목을 타고 넘어갔다.

"크으윽!"

불로 지지는 듯한 통증이 목에서부터 배까지 이어졌다. 그 뒤로는 마치 칼로 온몸을 저미는 듯한 고통이 일어났다.

"크아아악!"

오총관은 비명을 질렀다. 단유강은 주변에 기막을 펼쳐 소리가 밖으로 새어나가지 않게 조치를 취했다. 그리고 다시 오총관을 들고 몸을 날렸다.

"끄응."

오총관은 신음을 흘리며 정신을 차렸다. 눈을 뜨니 가장 먼저 보이는 것은 새파란 하늘이었다. 어느새 아침이 된 것이다. 잠시 멍한 눈으로 하늘을 바라보던 오총관은 갑자기 지금의 상황이 떠올라 화들짝 놀라며 벌떡 몸을 일으켰다.

주위를 둘러보니 자신을 구해준 흑의인이 보였다. 오총관이 경계심 가득한 얼굴로 단유강을 노려봤다.

"대체 무슨 꿍꿍이인지 모르지만 포기하는 게 좋을 거야. 난 아무것도 할 생각이 없으니까."

"뭘 하든 그건 내 알 바 아니지만, 여기서부터는 좀 조심하는 게 좋을 거야."

오총관은 단유강의 말에 입을 다물었다. 그리고 조심스럽게 주위를 살폈다. 왠지 눈에 익은 곳이었다.

"동정호 근방이야. 무사들이 수련하는 곳이 여기서 멀지 않지?"

오총관의 눈에 살짝 경악이 어렸다. 하지만 그 경악은 이내 경계로 변했다.

"역시 그랬군. 노리는 게 있었어."

"잘도 감춰놨더군. 여기까지가 한계였어. 뭐, 그건 적련도 마찬가지인 것 같지만."

오총관은 왠지 단유강의 말이 이상하게 느껴져 입을 다물고 계속 귀를 열었다.

"이 근방에 적련의 정보원들과 무사들, 그리고 상단에서

파견한 사람들이 쫙 깔렸으니까 조심하지 않으면 아마 들킬 거야. 애써 여기까지 왔는데 모든 일을 수포로 돌리고 싶지는 않겠지?"

오총관이 더더욱 의심스러운 눈길로 단유강을 바라봤다.

"대체 뭘 노리는 거냐? 원하는 게 뭐지?"

오총관의 물음에도 단유강은 자신이 하고 싶은 말만 했다.

"하고 싶지 않아?"

"뭘 말이냐?"

"복수."

오총관은 순간 등줄기를 짜르르 타고 흐르는 전율을 느꼈다. 복수, 얼마나 달콤한 말인가. 자신을 이 지경으로 만든 놈에게 복수를 할 수 있다면 얼마나 짜릿하겠는가. 하지만 오총관은 이내 고개를 저었다. 그건 불가능한 일이었다.

"뭐, 가능성이 아예 없는 건 아니야. 무사가 천 명이나 있고, 그럴듯한 상단도 있잖아? 적련의 정보도 조금 긁어올 수 있고 말이야. 그 정도면 꽤 짜릿한 복수를 할 수 있을 것 같은데?"

오총관은 아무 말도 하지 못했다. 뭔가 혼란스러운 기분이 들었다. 무작정 부딪치면 적련에 큰 피해를 줄 수도 있을 것이다. 하지만 그걸 과연 복수라고 할 수 있을까? 그리고 과연 복수밖에는 길이 없는 걸까? 그건 아니었다. 하지만 오총관은 이상하게도 복수라는 말에 가슴이 설레었다. 그리고 이내 그 한 가지밖에 생각할 수 없게 되었다.

오총관이 복수에 대한 생각으로 뇌리를 꽉 채우고 있을 때, 단유강이 피식 웃으며 그의 정신을 일깨웠다.

"왜? 혹시 적련주라도 될 생각이야?"

그 말에 오총관은 정신이 번쩍 들었다. 오총관은 미소를 띤 단유강을 바라보며 한기가 뚝뚝 묻어나는 목소리로 말했다.

"난 그딴 것 필요없다. 날 이 지경으로 만든 련주, 우부경을 박살 내고 싶을 뿐이다. 그거면 족해."

오총관은 일단 냉정을 되찾으려 애썼다. 그리고 다시 단유강을 노려봤다.

"네놈이 원하는 건 뭐지? 아무런 대가도 바라지 않고 이런 일을 한다는 개소리는 집어치우는 게 좋아."

"당연히 나도 원하는 게 있지. 아니면 너 같은 쓰레기를 왜 구했겠어?"

오총관은 그 말에 발끈했지만 입을 열지는 않았다. 어쩌면 자신이 쓰레기일 수도 있다는 생각이 문득 들었기 때문이다. 총관 자리에 오르기 위해 자신이 한 행동들을 보면 오히려 쓰레기가 더 나을지도 모른다.

"적련이 너무 거슬려서 말이야."

단유강의 말에 오총관이 눈살을 찌푸렸다. 말도 안 되는 소리였다. 그저 거슬린다고 이런 일을 계획하는 사람은 없다.

"내가 원하는 건 적련과 네가 동시에 공멸하는 거야. 가장 이상적인 일이지. 두 쓰레기가 함께 사라지는 거니까. 너만 박살 나도 상관없어. 나머지는 내가 알아서 할 테니까. 어때? 아주 매력적이지?"

오총관은 멍한 눈으로 단유강을 바라봤다. 자신이 보기에 눈앞에 있는 놈은 미친놈이었다. 하지만 자신도 모르게 입가에 미소가 그려졌다. 나쁘지 않다, 이런 최후라면.

"복수는 확실히 하는 셈이군."

"그렇지. 네가 얻을 수 있는 대가가 바로 그거야, 복수."

오총관이 섬뜩한 미소를 지었다.

"아주 매력적이군. 한데 내가 널 어떻게 믿지?"

"믿든 말든 상관없어. 난 그저 행동할 뿐이니까."

오총관은 조금 이상한 기분이 들었다. 왠지 눈앞에 있는 사람이라면 믿을 수 있을 것 같았다. 그리고 점점 기분이 좋아졌다. 복수라는 말을 떠올리기만 해도 절로 미소가 그려졌다, 섬뜩할 정도로 차갑고 날카로운 미소가.

"좋아, 네 말을 따르도록 하지."

"탁월한 선택이야. 내 도움이 없다면 저놈들에게 들키지 않고 이곳을 빠져나가는 건 불가능하거든."

단유강은 그렇게 말하며 오총관을 옆구리에 끼었다. 그리고 오총관이 가리키는 방향으로 몸을 날렸다. 단유강의 움직임은 은밀하면서도 빨랐다. 두 사람은 그렇게 순식간에 그곳에서 사라졌다.

적련주 우부경의 얼굴이 한껏 일그러졌다.

"지금 뭐라고 했습니까? 오총관이 사라졌다니요?"

보고를 한 무사는 송구스런 얼굴로 고개를 푹 숙였다. 입이 열 개라도 할 말이 없었다. 오총관을 놓친 책임은 전적으로 자신에게 있었다.

"후우, 언제 사라졌습니까?"

"조금 전에 사라진 걸 확인했습니다. 그 전 교대자가 확인했을 때는 있었으니, 아마 한 시진은 안 넘었을 것입니다."

무사의 보고에 우부경은 짜증스런 목소리로 손을 밖으로 내저었다.

"가서 찾으세요. 무슨 수를 쓰더라도 내일까지 오총관을 내 앞에 대령하세요."

무사가 고개를 꾸벅 숙이고 밖으로 나갔다.

"어쩌자고 일이 이렇게 꼬이는지."

우부경은 불길한 느낌을 받았다. 오총관이 만일 무사히 도망친다면 앞으로 어떤 일이 벌어질지 장담할 수가 없다. 자신에게 복수라도 하겠다고 덤비면 정말로 골치 아플 것이다.

"설마, 생각이 아예 없는 놈도 아니고, 그렇게까지 하지는 않겠지. 하지만 그냥 도망가도 문제는 문제인데……."

오총관에게서 받아내야 할 것을 받지 못했다. 오총관이 감춰둔 천 명의 무사는 앞으로 적련의 큰 힘이 될 재산이었다.

게다가 오총관이 관리하는 상단 또한 사라진다면 적련에 큰
손해다.

　우부경은 이런저런 고민 속에 방 안을 서성였다. 그리고 그
렇게 날이 밝았다. 결국 오총관은 그날도, 그 다음날도 돌아
오지 않았다.

　단유강은 피곤한 얼굴로 침상에 쓰러지듯 누웠다.
　"후우, 이거 쉽지 않군."
　오늘은 정말 여기저기 돌아다녔다. 적련의 총단이 있는 곳
은 하남성 허창이다. 그곳에 가서 오총관을 구해낸 후, 그대
로 동정호로 향했다. 그리고 다시 이곳 사천의 미고현까지 온
것이다.
　보통 사람이라면 절대 불가능한 일이었지만 단유강은 그
렇게 하는 것이 가능했다. 하지만 지나치게 힘을 많이 소모했
다.
　"그래도 성과는 제법 괜찮아서 다행이야."
　단유강의 입가에 미소가 떠올랐다. 단유강은 그대로 잠에
빠져들었다.
　잠시 후, 방문이 열리고 담교영이 들어왔다. 담교영은 단유
강 옆에 앉아 하염없이 잠든 얼굴을 바라봤다. 그녀의 얼굴에
도 단유강의 것과 비슷한 미소가 떠올랐다.

적련주 우부경은 손으로 이마를 짚으며 고개를 절레절레 저었다. 설마 오총관이 이런 식으로 나올 줄은 몰랐다.

"버러지 같은 놈 때문에 골치 아프게 됐군."

그렇지 않아도 수습해야 할 일들이 수두룩했다. 오총관이 하던 일을 이제는 우부경을 비롯한 다른 총관들이 나눠 맡아야 했다. 오총관은 그동안 무림문파나 무림인들과의 관계를 조율해 왔다. 그건 생각보다 중요한 일이었고, 쉽지 않았다.

그걸 수습하는 것만 해도 쉽지 않은 판에 오총관이 보란 듯이 탈출해 적련에 싸움을 걸어왔다.

오총관이 가진 힘은 적련에 비하면 아무것도 아니었다. 하지만 그것은 선을 넘지 않았을 경우의 일이었다. 지금 오총관은 함께 죽자고 달려들고 있었다.

덕분에 천망단과 얽힌 일은 완전히 뒷전으로 밀려나 버렸다. 그곳의 일이 정말로 신경 쓰였지만, 분위기를 보니 건드리지만 않으면 상관이 없을 듯했다. 굳이 들쑤셔서 일을 복잡하게 만들면 적련만 손해였다.

"물론 오총관의 일이 정리되면 그쪽도 마저 손을 봐야겠지만."

그냥 둘 생각은 없었다. 어떻게든 정리를 할 것이다. 그것이 적련을 건드린 대가였다. 지금까지 우부경은 적련을 그렇게 이끌어왔다. 적이 될 소지가 있으면 뿌리째 뽑아버려야 뒤탈이 없는 법이다.

흑마성교를 더 충동질하는 방법도 있지만, 그렇게 하려면 은거기인의 정체를 완전히 알아내야 한다. 게다가 오총관과 싸우는 데 흑마성교의 힘이 절실히 필요했다.

우부경이 인상을 찌푸린 채로 이런저런 생각을 하고 있을 때, 삼총관이 집무실로 들어섰다. 우부경은 그를 보며 반색을 했다.

"삼총관, 어서 오세요. 그래, 오총관이 어디 숨었는지는 알아내셨습니까?"

삼총관은 쓴웃음을 지으며 고개를 저었다.

"아직 찾지 못했습니다. 하지만 중요한 일을 보고드리기 위해 왔습니다."

"중요한 일이라고요?"

"그렇습니다. 미고현에 있는 단가상단이 사업을 확장하고 있습니다."

우부경이 의아한 표정을 지었다.

"그것이 그렇게 중요한 일인가요?"

"그렇습니다. 단가상단이 확장하려는 사업이 우리 적련의 빈틈을 파고들고 있습니다."

우부경의 표정이 대번에 변했다.

"그게 무슨 말이죠? 며칠 전 정례에서는 아무런 말씀도 없지 않으셨잖습니까?"

"그때는 미처 파악하지 못했습니다. 그만큼 움직임이 은밀했습니다. 게다가 오랜 시간 준비한 듯 치밀하기 그지없습니다."

우부경은 손으로 관자놀이를 꾹꾹 눌렀다. 갑자기 골치가 아파왔다.

"대체 무슨 일이 어떻게 된 겁니까?"

"련의 표국과 전장이 흔들리고 있습니다."

우부경의 눈이 화등잔만 해졌다. 표국과 전장은 적련에서 가장 중요한 두 가지 사업이었다. 그 두 가지 사업을 위해 무림문파들과 그렇게 긴밀한 관계를 유지해 온 것이다. 역으로 이번에는 그 때문에 골머리를 썩고 있지만 말이다.

"표국과 전장이라니! 그 두 가지가 흔들린다면 련 자체가 흔들린다는 뜻 아닙니까!"

게다가 지금은 오총관과 싸우고 있다. 오총관이 노리는 것이 바로 표국이었다. 오총관은 보유한 천 명의 무사를 이용해 적련의 표행을 방해하고 있었다.

삼총관은 더욱 심각한 표정으로 말을 이었다.

"오총관의 방해로 운송에 차질을 빚은 의뢰인들을 단가표국이 흡수하고 있습니다. 또한 전장에 돈을 맡긴 사람들이 불안을 느끼고 다시 돈을 모두 찾아가고 있습니다. 이 또한 오총관의 상단과 단가상단이 벌이는 일인 듯합니다."

우부경의 얼굴이 사정없이 일그러졌다.

"하면, 지금 단가상단과 오총관이 손을 잡고 우리를 공격하고 있다는 말인가요?"

"손을 잡았는지는 확실치 않습니다만, 우연이라고만 보기엔 공교로운 것도 사실입니다. 하지만 단가상단과 오총관은 확연한 차이가 있습니다. 단가상단은 충분히 상황에 대비해 준비를 한 티가 역력한데, 오총관은 막무가내로 몰아붙이고 있습니다."

"하면 오총관을 정리하는 건 의외로 쉬울 수도 있겠군요?"

"그렇습니다. 하지만 그사이 단가상단이 어떻게 나오느냐가 문제입니다. 아마 그냥 두고 보지만은 않을 것 같습니다."

당연했다. 오총관이 정리되면 더 이상 적련에 빈틈을 만들기가 쉽지 않을 테니까 말이다. 우부경이 참혹한 얼굴로 삼총관을 노려보자, 삼총관이 설명을 덧붙였다.

"미고현에 기반을 둔 단가상단이라는 곳의 힘이 생각보다 대단합니다. 자금력이 아무래도 우리 적련 못지않은 듯합니다. 힘으로라도 눌러 버리고 싶지만 아시다시피 상황이 여의치 않은지라……"

우부경은 골이 지끈지끈 아파왔다. 피가 거꾸로 솟구쳐 올라 얼굴이 시뻘게졌다. 이 모든 것이 오총관 때문이었다. 오총관이 아니라면 이런 일쯤 아무렇지도 않게 해결했을 것이다. 아니, 애초에 이런 일이 벌어지지도 않았을 것이다.

"해결책을 찾으세요. 어떻게 해서든."

우부경의 말에 삼총관이 일단 고개를 조아렸다. 하지만 그라고 해서 뾰족한 방법이 있는 건 아니었다. 삼총관은 그렇게 인사를 하고는 조용히 물러났다.

우부경은 한동안 심호흡을 하며 분을 삭이다가 이내 고개를 저으며 한숨을 내쉬었다.

"하아, 갑자기 문제가 심각해지는구나. 아무래도 그분의 힘을 조금만 빌려야겠어. 설마 모른 척하지는 않으시겠지."

우부경은 그렇게 말하면서도 내심 불안했다. 아직 그분께 제대로 된 인상을 남기지 못했다. 그분이 원하는 것은 하나였다. 적련을 발전시켜 천하제일의 상단으로 만드는 것이었다. 그렇게 하면 무림맹을 견제할 수 있는 힘을 주겠다고 약속했다.

"어차피 천하제일의 상단이 될 테니 그 힘을 조금만 미리 받을 수도 있는 것 아닌가."

우부경은 그렇게 자기 좋을 대로 결론을 짓고는 자리에서 일어나 벽에 걸린 그림을 옆으로 치웠다. 그러자 벽장 하나가 나타났다. 벽장 안에는 새장이 있었고, 새장 안에는 피처럼 붉은 전서구 한 마리가 들어 있었다.

우부경은 그 전서구를 꺼내기 전에 한참을 망설였다. 과연 지금 이 전서구를 써도 자신에게 아무런 해가 없을지 고민하고 또 고민했다.

하지만 결론은 이미 나 있었다. 쉬운 길이 있으면 그곳으로 손을 뻗는 것이 인간의 자연스러운 심리였다. 우부경은 그 쉬운 길에 대한 유혹을 뿌리치지 못했다.

적련주의 집무실에서 붉은 전서구 한 마리가 날아올랐다. 전서구는 적련 상공을 한 바퀴 선회하고는 순식간에 붉은 선이 되어 사라졌다. 마치 피의 길을 허공에 그리는 듯했다.

"종적을 놓쳤다고?"

단유강은 놀란 눈으로 백설영을 바라봤다. 백설영은 송구스러운 표정으로 고개를 살짝 숙였다.

"죄송합니다. 저들도 예전에 겪은 일이 있으니 충분히 대비할 거라고 예상을 했어야 하는데……."

"이왕 벌어진 일, 어쩔 수 없지. 일단 최대한 종적을 찾아봐. 한두 명도 아니니 꼬리를 잡을 수도 있으니까."

"그렇게 하겠습니다."

백설영은 대답을 하긴 했지만 아직도 충격에서 벗어나지 못한 표정이었다.

그동안 신강과 청해에서 적련이 끌어들인 마인들을 확실히 감시하고 추적해 왔는데, 그들의 종적이 갑자기 사라져 버렸다. 그동안 이런 실패는 한 번도 한 적이 없기에 그 충격이 더욱 컸다.

"그나저나 적련의 저력이 생각보다 대단한데? 이런 와중에 거기까지 신경을 쓸 수 있을 줄은 몰랐어."

"아마 오래전부터 준비를 해둔 모양입니다."

백설영이 약간 의기소침한 목소리로 말하자, 단유강이 빙긋 웃었다.

"그 정도의 일로 마음 쓸 필요없다. 어차피 적련하고 연결된 놈들이니 적련을 들쑤시다 보면 나오게 되어 있어."

그 말에 백설영의 표정이 조금 풀렸다. 하긴 적련이 이렇게나 많이 도와줬는데 그들이 그냥 모른 척하고 넘어갈 리 없었다.

"적련은 제대로 흔들고 있지?"

"예. 문제없이 진행되고 있습니다. 이대로 진행된다면 적련이 보유한 표국은 더 이상 운영이 불가능해질 것입니다."

일단 표국이 무너지면 적련은 무력을 상당 부분 잃게 된다. 그렇기 때문에 표국이 무너지기 전에 승부수를 띄울 수밖에 없다. 아마 조만간 오총관과 결판을 내려 할 것이다. 물론 오총관도 그것을 피하지 않을 것이고 말이다.

"좋아, 기대되는군."

만족스런 눈으로 고개를 끄덕이던 단유강이 문득 떠올랐다는 듯 백설영에게 물었다.

"아, 그리고 지난번 그 새로 나타났다던 천하제일미 말이야."

백설영은 기다렸다는 듯 즉시 대답했다.

"예. 알아봤습니다만, 정보가 거의 없습니다. 이름조차 알려지지 않았습니다. 무림맹주와 만났다는 정보는 입수했습

니다만, 둘이 무슨 관계인지 어떤 얘기가 오갔는지 아무것도
알려지지 않았습니다.”

“무림맹의 비호를 받는 건가?”

“무림맹에서 마차와 호위무사를 지원해 준 모양입니다.”

단유강은 턱을 쓰다듬으며 생각에 잠겼다. 상당히 신경이
쓰였다. 게다가 지금 얘기를 듣고 보니 그냥 넘겨 버릴 일은
아닌 듯했다. 분명히 뭔가가 있었다.

“목적지는 어디지?”

“확인할 수 없었습니다. 무슨 일인지 무림맹이 그 일을 완
전히 덮었습니다. 모종의 거래가 오간 걸로 파악됩니다.”

백설영은 그렇게 말한 후, 자신의 의견을 덧붙였다.

“다만, 무림맹을 떠나 사천으로 들어온 경로를 파악해 보
면 서창 방면으로 가고 있는 게 아닌가 합니다.”

“서창 방면? 그럼 그 경로에 우리 미고현도 포함되는 거 아
닌가?”

“목적지가 서창이라면 포함되지 않을 것이고, 만일 다른
곳이라면 가능성이 있습니다.”

“목적지가 여기일 가능성은 없겠지?”

단유강이 웃으며 말하자 백설영도 따라 웃으며 고개를 저
었다. 그건 거의 가능성이 없었다. 미고현에 그런 대단한 여
인과 관계된 자가 있다면 월영단이 모를 리 없었다. 백설영이
알기로 미고현에 그렇게 대단한 사람은 없었다.

"조금 더 알아봐. 느낌이 이상해."

"예, 그렇게 하겠습니다."

백설영은 가볍게 대답했다. 단유강이 이런 식으로 느낌을 언급한 적은 한 번도 없었기에 조금 생소하기도 했다. 하지만 일단 맡은 이상 최선을 다할 생각이었다.

마차 한 대가 관도를 따라 움직이고 있었다. 마차는 빠르지도, 느리지도 않은 속도로 이동했다. 그리고 조금 떨어진 곳에서 마차를 따라가는 수많은 사람들이 있었다.

우문혜는 밖에서 그런 일이 있든 말든 전혀 신경 쓰지 않았다. 오히려 우문혜와 함께 있는 두 명의 시비가 더 안절부절못했다.

"아가씨, 사람들이 점점 늘어나고 있는데 어쩌죠?"

"어쩌긴 뭘 어째? 내가 저 사람들까지 어떻게 해줘야 하는 건가?"

"그, 그건 아니지만……."

두 시비는 서로의 얼굴을 쳐다본 후, 우문혜의 눈치를 살폈다. 우문혜는 더없이 평온한 표정이었다. 그녀들은 더더욱 존경스런 눈으로 우문혜를 바라봤다.

밖에서 따라오는 자들은 객잔에 머물 때나 마차를 멈추고 쉬어 갈 때마다 볼 수밖에 없었다. 그들을 보면 상태를 확실히 알 수 있었다.

'상사병에 걸린 자들이 이렇게 많이 쫓아오고 있는데도 태연하시다니.'

게다가 그들은 달리는 마차를 어렵지 않게 쫓아올 수 있을 정도의 사람들이다. 즉, 고강한 무공을 보유한 자들이었다. 그런 사람이 수십 명이나 쫓아오는데도 아무렇지도 않은 표정을 짓고 있으니 존경할 만했다.

'만일 내가 저분의 입장이었다면 무서워서 잠도 제대로 못 잘 거야.'

그들이 딴 맘을 먹고 해코지라도 하면 감당할 수 없을 것이다. 한데도 우문혜는 평소와 전혀 다름없는 생활을 했다.

"그나저나 미고현은 아직도 멀었어?"

우문혜의 물음에 두 시비는 퍼뜩 정신을 차렸다.

"아, 이제 거의 다 왔어요. 내일 중으로 도착할 수 있을 거예요."

"내일? 그럼 오늘은 노숙을 해야 할지도 모르겠네."

우문혜의 말에 두 시비가 동시에 고개를 끄덕였다.

"무사님께서 아마 그렇게 될 거라고 하셨어요."

그동안 노숙을 몇 번 하긴 했었다. 하지만 그때는 이렇게 쫓아오는 사람들이 없을 때였다. 만일 오늘 노숙을 하게 된다면 어떤 일이 벌어질지 장담할 수 없었다.

갑자기 그것을 떠올린 두 시비의 얼굴이 창백해졌다. 우문혜는 빙긋 웃으며 말했다.

"걱정할 것 하나도 없어. 아무 일도 없을 테니까."

"하, 하지만……."

"아, 차라리 밤새도록 달리라고 부탁을 드려볼까요? 그럼 내일 정오가 되기 전에 미고현에 도착할 수 있을 거예요."

시비의 말에 우문혜가 고개를 저었다.

"고작 몇 시진 단축하려고 모두를 힘들게 할 필요는 없지. 그냥 노숙을 하자꾸나."

"하지만……."

"걱정하지 말라니까 그러는구나. 난 너희들이 생각하는 것보다 조금 강한 편이란다."

시비들이 마지못해 고개를 끄덕였다. 하긴 무공을 익혔다면 자신들보다는 강할 것이다. 하지만 아무리 그렇다 하더라도 수십의 고수가 덤벼들면 속절없이 당하는 수밖에 없다. 비록 네 명의 호위무사가 있긴 하지만 마차를 쫓아온 자들은 하나하나가 호위무사들보다 강한 사람들이었다.

두 시비의 표정이 걱정으로 물들었다. 우문혜는 더 이상 말해봐야 입만 아프다는 걸 잘 알고 있기에 그저 미소만 지었다.

당우균은 못마땅한 얼굴로 작당을 모의하는 자들을 노려봤다. 그들 역시 자신과 마찬가지로 우문혜의 미모에 반해 이렇게 무작정 마차를 쫓아온 자들이었다.

‘한심한 놈들.’

그들은 한데 모여 오늘 밤 치를 거사에 대해 모의를 하고 있었다. 그들의 목적은 납치였다.

‘어찌 저런 저속한 생각을 할 수 있는지.’

당우균은 속으로 그렇게 중얼거리며 우문혜의 얼굴을 떠올렸다. 그 기품 어린 모습을 떠올리는 것만으로도 절로 미소가 그려졌다. 그런 자에게 나쁜 마음을 품는 것조차 죄악으로 여겨졌다. 당우균은 작당 모의를 하는 자들을 다시 쳐다봤다. 그들 역시 처음에는 자신과 같았으리라. 하지만 너무 오랫동안 그녀의 모습을 보지 못한 게 문제였다.

‘당최 마차에서 나올 생각을 하지 않으니…….’

그리고 마차에서 나오더라도 호위무사들과 시비들이 그녀를 보호한답시고 가려서 제대로 모습을 확인할 수조차 없었다. 게다가 객잔의 후원까지 마차를 타고 가서 곧장 별채로 들어가니 보고 싶어도 볼 수가 없었다.

당우균은 그들의 마음이 조금 이해되기도 했다. 이렇게 몇 날 며칠을 쫓아왔다. 모든 일을 내팽개치고 온 것이다. 이 상태로 결론을 짓지 못한다면 아마 이들은 대부분 폐인이 되어버리고 말 것이다.

‘정녕 무서운 여인이로구나.’

하지만 아름다운 여인이기도 했다. 모든 것이 용서될 정도로 말이다. 당우균은 저들이 하는 행동을 그냥 묵과해야 하나, 아니면 나서서 말려야 하나 고민했다.

결론은 금방 나왔다. 자신이 나서서 뭘 어쩌기에는 이미 늦어 버렸다. 아니, 힘이 없었다. 그들은 비단 사천에서만 온 것이 아니었다. 다른 지방에서 소문을 듣고 찾아온 자들도 있었다. 물론 호북이나 호남 정도에 불과했지만, 그래도 개중에는 꽤 대단한 무가에서 온 자들도 있었다.

'기회를 봐서 그녀를 데리고 도망가야겠구나. 몹쓸 짓을 당하게 둘 수는 없지.'

당우균은 눈을 빛내며 귀를 기울였다. 저들이 어떤 작당을 하는지 명확히 알아야 기회를 만들 테니까 말이다.

第五章
흑마성교

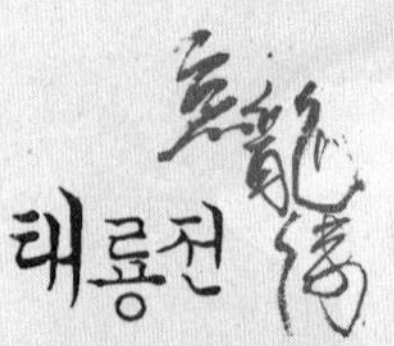

태룡전

　날이 저물자 마차가 멈췄다. 호위무사들은 능숙한 솜씨로 마차 주변에 모닥불을 피웠다. 그들은 그 불을 이용해 간단한 요리를 했다. 그래 봐야 기껏 육포를 굽고, 건량을 솥에 넣어 끓인 정도였지만, 그래도 구수한 냄새가 사방에 진동했다.

　우문혜는 여전히 마차에서 내리지 않았다. 마차에 함께 타고 있던 시비들이 내려서 음식을 마차 안으로 날랐다.

　그 광경을 지켜보던 수십 명의 사내들이 눈을 빛냈다. 그들의 눈빛에는 음심이 가득했다.

　이윽고 밤이 깊어졌다. 모닥불이 어스름한 빛을 주위에 뿌려댔다. 서른 명이 넘는 사내들이 그 빛에 의지해 서서히 움직이기 시작했다.

그들은 마차를 포위하듯 다가갔다. 마차를 지키는 호위무사들이 그들의 움직임을 보고는 눈을 빛내며 검을 뽑았다.

스릉! 스릉!

"이게 무슨 짓들이오! 감히 무림맹과 대적할 셈이오?"

호위무사 중 한 명이 외쳤지만 그들은 코웃음만 쳤다.

"흥! 무림맹이 이런 일이 벌어졌다는 걸 어찌 알겠느냐? 네놈들만 입을 다물고 있으면 아무도 모르지 않겠느냐?"

호위무사들의 안색이 급변했다. 이들이 어떤 마음을 먹고 이런 행동을 하는지 너무나 명백히 드러나는 말이었다.

'아무래도 오늘 여기서 뼈를 묻어야겠구나.'

호위무사들은 그런 생각을 하며 단전에 있는 내공을 온몸으로 휘돌렸다. 그들의 검이 예기를 뿌렸다.

"계획했던 대로 절반은 저놈들을 맡아라. 마차 안은 우리가 정리할 테니까."

누군가의 말에 사내들이 조금 더 빨리 포위망을 좁혔다. 일촉즉발의 상황, 갑자기 마차 문이 열렸다.

모두의 움직임이 멈췄다. 그리고 그 모든 시선이 마차로 모였다.

스륵.

마차 안에서 한 여인이 모습을 드러냈다. 옷자락 스치는 소리에 사내들이 몸서리쳤다.

우문혜는 마차에서 내려 사방을 둘러봤다. 모닥불의 흔들리는 불빛이 그녀의 모습을 더욱 신비롭게 만들었다. 그녀는 마치 밤의 여신 같았다.

모두가 넋을 잃은 표정으로 그녀를 바라봤다. 아무도 움직일 생각조차 하지 못했다.

"이 야심한 밤에 무슨 일인가요?"

우문혜의 목소리에 사내들이 온몸을 부르르 떨었다. 그리고 몇몇 사내가 멀어져 가는 정신을 어떻게든 붙잡으려 고개를 마구 흔들었다. 간신히 정신을 차린 사내 하나가 이를 악물고 말했다.

"소저께서 오늘 밤 협조를 좀 해주셨으면 하오."

"협조요? 무슨 일이기에 제 협조가 필요한가요?"

우문혜의 목소리에는 사내들의 마음을 마구 뒤흔드는 힘이 있었다. 하지만 지금 그녀 앞에서 당당하게 말하는 사내는 끝까지 꿋꿋하게 버텼다.

"우리 모두와 음양이 교차하는 밤을 보내면 되오."

우문혜의 입가에 미소가 걸렸다.

"그냥 덮치겠다고 하면 되지, 굳이 포장을 할 필요가 있나 싶군요."

우문혜는 그렇게 말하고는 고개를 돌려 한쪽을 바라봤다. 그곳에는 당우균이 서 있었다. 당우균은 우문혜와 눈이 마주치자 움찔 놀랐다.

"그쪽 소협도 같은 목적으로 이곳에 오신 건가요?"

당우균은 처음에는 당황했지만 이내 차분한 얼굴로 우문혜에게 전음을 보냈다. 그 전음을 들은 우문혜가 빙긋 웃으며 고개를 끄덕였다.

"역시 당가의 후손답군요. 아니었다면 정말로 실망했을 거예요."

우문혜는 그렇게 말하며 주위를 주욱 훑어봤다.

"뭣들 하는 거죠? 목적을 세웠으면 성취를 위해 노력을 해야죠. 참고로 난 맥없이 당해줄 수 없답니다. 제 낭군이 아시면 정말로 큰일이 나거든요."

우문혜의 말에 사내들이 퍼뜩 정신을 차렸다. 그들은 온 힘을 모아 그녀를 향해 달려들었다.

"제압해!"

수십 명의 사내들이 몸을 날리는 모습은 장관이었다. 그들 중 절반은 검을 휘두르며 네 명의 호위무사를 덮쳤다. 그리고 나머지 절반은 맨손으로 우문혜를 잡기 위해 금나수를 펼쳤다.

퍼버버벙!

채채채챙!

폭음이 울렸다. 검과 검이 부딪치는 소리가 밤하늘을 갈랐다. 당우균은 안타까운 눈으로 그 광경을 지켜보며 중얼거렸다.

"어찌 내 말을 무시하신단 말이오. 대체 이 상황에서 어떻게 당신을 빼내서 도망가라고……."

당우균은 경악에 찬 눈으로 우문혜를 바라봤다. 그는 입이 벌어져 침이 흐르는 것도 모른 채 우문혜와 그녀가 만들어놓은 광경을 바라봤다.

우문혜는 마차에서 내릴 때의 모습 그대로였다. 서 있는 위치도 그대로였고, 모닥불에서 흘러나온 빛을 받아 뇌쇄적인 아름다움을 뿌리는 것도 그대로였다.

그리고 그녀 주위로 수십의 사내들이 하늘을 보고 누워 있었다. 그들의 표정 역시 불신과 허탈함이 가득했다. 아혈을 제압당해 말을 할 수도 없었기에 답답한 심정을 토로하지도 못했다.

당우균만 놀란 것이 아니었다. 네 명의 호위무사와 두 명의 시비 역시 놀람을 금치 못했다.

우문혜는 그저 가볍게 손을 휘둘렀을 뿐이다. 하지만 그 한 번의 손짓이 만들어낸 결과는 결코 가볍지 않았다.

사내들이 달려드는 순간, 우문혜의 몸이 너무나 우아한 모습으로 한 바퀴 빙그르르 돌았다. 그와 동시에 섬섬옥수를 뻗어 부드럽게 손짓을 했다.

그녀의 움직임에 따라 산들바람이 불었다. 그리고 그 바람은 정신이 아찔해질 정도로 향기로웠다.

멀찍이서 구경하던 당우균에게 그 모습은 또 한 번의 충격이었다. 처음 우문혜를 바라본 순간 느꼈던 것과 같은 크기의 충격을 다시 받아야 했다.

하지만 그 바람을 정면으로 마주친 사내들은 당우균과는 조금 다른 기분을 느껴야 했다.

바람은 그대로 진기(眞氣)가 되어 몸으로 스며들었다. 그렇게 들어온 진기는 혈도 곳곳을 막아버렸고, 몸의 제어권을 강탈했다. 사내들이 할 수 있는 것은 그저 차가운 바닥에 몸을 누이는 것, 한 가지뿐이었다.

"어, 어, 어떻게 이럴 수가……."

당우균은 간신히 정신을 차렸다. 우문혜의 모습이 전혀 달리 보였다. 지금까지는 그저 평범하지만 아름다운 여인일 뿐이었다. 하지만 가공할 신위를 보고 나니, 뭔가 비밀을 가진 사람으로 보였다.

'십대고수라면 이런 신위를 보일 수 있을까?'

십대고수를 겪어본 적이 없으니 판단하기가 애매했다. 하지만 당우균이 보기에 우문혜의 능력은 십대고수에 결코 뒤지지 않아 보였다. 아니, 어쩌면 그보다 훨씬 더 대단할지도 몰랐다.

'설마 반로환동(返老還童)?'

당우균은 그런 생각을 하며 침을 꿀꺽 삼켰다. 만일 정말로 눈앞에 보이는 저 여인이 반로환동을 한 고수라면 자신이 지금까지 한 행동은 그야말로 미친 짓이었다.

우문혜는 복잡한 표정을 지은 당우균을 향해 빙긋 웃어주며 손짓했다. 우문혜의 손짓을 본 당우균은 어정쩡한 걸음으로 그녀에게 다가갔다.

"무, 무슨 볼일이신지……."

"차라도 한잔 드시라고 불렀어요. 괜찮죠?"

당우균은 정신없이 고개를 끄덕였다. 우문혜는 아찔한 미소를 한 번 더 보여주고는 열린 마차 문을 향해 손을 가볍게 휘저었다. 마차 안에서 주전자 하나가 둥실 떠서 날아왔다. 우문혜는 그것을 가볍게 쥐고 손으로 몇 번 쓰다듬었다.

향긋한 다향이 사방으로 퍼져 나갔다.

어느새 찻잔 하나가 우문혜의 손에 들려 있었다. 우문혜는 근처에 있는 몇 개의 작은 바위 중 하나에 살포시 앉아서 찻잔에 차를 따랐다.

당우균은 우문혜가 찻잔을 내밀자 얼떨결에 그것을 받아 마셨다.

"앗뜨뜨!"

뜨거운 차를 그냥 마시려다가 입을 덴 당우균은 하마터면 차를 몽땅 쏟을 뻔했다. 당우균은 당황한 얼굴로 우문혜의 눈치를 살폈다. 우문혜는 여전히 미소를 짓고 있었다.

'정말 미치겠군.'

당우균은 황급히 고개를 돌렸다. 더 이상 우문혜의 미소를 보고 있으면 어떻게 돼버릴 것만 같았다.

"그렇게 서 있지 말고 편히 앉아서 마시도록 해요."

"아, 예. 그, 그러겠습니다."

당우균은 말 잘 듣는 아이처럼 근처에 있는 작은 바위 위에 살짝 걸터앉았다.

잠시 침묵이 감돌았다. 당우균은 조심스럽게 차를 후후 불어가며 마셨다. 뱃속이 따뜻해지니 비로소 긴장이 조금씩 풀려갔다.

"당가는 요즘 어떤가요?"

우문혜의 물음에 당우균이 머뭇거렸다. 정확히 무슨 질문을 하는지 파악하지 못했기 때문이다. 우문혜는 그의 마음을 짐작한다는 듯 설명을 덧붙였다.

"예전처럼 사천의 패자인지 묻는 거예요."

"예에?"

당우균이 당황스런 표정을 지었다. 당가가 사천의 패자로 지내던 시절은 꽤 오래전에 끝났다. 이제 다시 기지개를 켜고 있는 상황이었다. 요즘 사람들이라면 당가가 과연 그런 적이 있었는지도 아마 잘 모를 것이다.

당우균은 다시 우문혜의 얼굴을 살폈다. 놀리거나 장난을 치는 건 절대 아니었다. 당우균의 표정이 약간 곤혹스러워졌다.

"그러니까… 이제 곧 다시 그렇게 될 겁니다."

그의 말에서 우문혜는 얻고 싶었던 내용을 모두 얻을 수 있었다. 그녀는 고개를 가볍게 끄덕였다.

"그렇군요. 힘내도록 해요."

우문혜는 그렇게 말하고는 자리에서 일어났다.

"저들의 처리를 맡기도록 하죠. 다 죽이든, 아니면 살려서 고이 돌려보내든 알아서 하세요. 하아, 우리 그이가 알면 안 되는데."

우문혜는 그렇게 중얼거리며 다시 마차 안으로 들어갔다.

당우균은 멍한 눈으로 우문혜의 뒷모습과 바닥에 널브러진 사람들을 번갈아 쳐다봤다. 이내 그의 입에서 한숨이 흘러나왔다.

'이걸 나 혼자 다 정리하라고?

오늘 마신 찻값은 생각보다 조금 비쌌다.

우부경은 믿을 수 없었다. 설마 자신의 청을 일언지하에 거절하리라고는 전혀 예상치 못했다.

"어찌 내게 이러실 수가 있단 말인가."

물론 그동안 적련이 특별히 그분께 도움을 준 것은 없다. 사실 도움을 받은 것이 훨씬 더 많다. 그분이 가진 무력과 금력은 상당했다. 그분은 적련에 그 힘을 조금 나눠 주었다.

적련이 천하십대상단에서도 다섯 손가락 안에 들어가게 된 것은 최근 몇 년 사이의 일이다. 그것이 모두 그분의 도움덕이었다.

하지만 우부경은 그것만으로 만족할 수 없었다. 물론 그분 역시 그걸로 만족하지 않았다. 우부경의 목표이자, 그분이 원하는 바는 적련이 천하제일의 자리에 올라서는 것이었다.

"한데, 이렇게 중요한 시기에 외면하시다니!"

이건 이해할 수 없는 처사였다. 지금까지 적련이 쌓아놓은 탑이 한순간에 와르르 무너질 수도 있는 상황인데 어찌 이리 매정하게 고개를 돌릴 수 있단 말인가.

우부경은 여기서 더 물러날 수 없었다. 오총관과의 싸움은 이제 극에 달했다. 단가상단이 방해만 하지 않았다면 벌써 결판이 났을 테지만, 단가상단이 워낙 교묘하게 방해를 하는 통에 아직도 해결하지 못했다.

그렇게 싸움이 지지부진해지자, 그 빈틈을 파고드는 단가상단에게 야금야금 먹히고 있었다. 적련 휘하의 표국은 휘청거리다 못해 표사들이 하나둘 이탈하는 중이었고, 전장 역시 상황이 좋지 않았다.

우부경은 지금까지 단 한 번도 실패가 없었다. 우부경이 적련을 맡은 이후로 그야말로 승승장구였다. 최근 미고현의 일과 오총관의 일이 유일한 실패였다. 그리고 그 유일한 실패가 지금 그의 발목을 붙잡고 있었다.

"조금 주춤할 뿐이야. 이 정도쯤이야 금방 만회할 수 있어."

우부경은 이를 악물었다.

"내가 멋지게 이번 일을 해결하면 그분도 날 다시 보시겠
군. 물론 그때가 되면 내 몸값도 예전과는 많이 달라질 테고.
그분께서도 분명 후회하시겠지. 안타깝게도 말이야."

우부경의 눈빛이 붉게 타올랐다.

단유강은 백설영의 보고를 들으며 눈살을 찌푸렸다.

"그게 정말이야?"

"네. 미처 손을 쓰기도 전에 그렇게 돼버렸습니다."

단유강은 고개를 갸웃거렸다.

"오총관이 가진 힘이 그렇게 녹록하지 않을 텐데? 어떻게
한순간에 끝장이 날 수 있지?"

"아무래도 마인들을 동원한 것 같습니다."

단유강이 눈을 빛냈다. 마인들을 동원했다면 충분히 가능
하다. 하지만 마인들이 함부로 자신들을 드러냈다는 건 정말
로 의외였다. 그렇게 대대적으로 힘을 쓰면 그 흔적이 반드시
남게 된다. 무림맹이 그것을 찾아내면 마인들은 그날부터 발
뻗고 자지 못할 것이다.

"어쩌면 우리 일에도 마인들을 이용할지도 모르겠군."

"충분히 가능성이 있습니다."

백설영의 얼굴이 딱딱하게 굳었다. 지금 그녀가 이렇게 심
각하게 보고를 한 이유가 바로 그것 때문이었다.

"지금까지 파악한 마인의 수만 해도 삼백 명에 달합니다. 그들이 모조리 몰려오면 피해없이 막는 건 불가능합니다."

"그런데 아직 파악하지 못한 마인들이 더 있을 수도 있단 말이지."

"그렇습니다."

이건 상당히 심각한 문제였다. 미고현은 이제야 발전의 기반을 만들었다. 만일 수백 명이나 되는 마인들이 몰려들면 미고현은 다시 예전으로 돌아가야 할 것이다. 아니, 예전보다 더 못한 상황이 될 것이다.

"그나저나 적련을 잡아먹는 건 어떻게 돼가고 있지?"

"순조롭게 진행 중입니다. 오히려 이번에 적련의 움직임이 변한 덕분에 훨씬 더 빠르게 일을 마무리할 수 있을 것 같습니다."

단유강이 고개를 끄덕였다.

"그건 다행이군."

적련을 최대한 빨리 무너뜨릴수록 미고현에 오는 피해가 적었다. 그리고 최대한 빨리 그들의 기반을 집어삼켜야 그들의 파상적인 공세를 버틸 힘을 축적할 수 있다. 물론 단유강은 미고현이 피해를 입게 그냥 놔둘 생각이 전혀 없었다.

"일단 최대한 준비를 해. 나도 나름대로 힘을 써볼 테니까."

"예."

백설영은 동경과 기대가 뒤섞인 눈으로 단유강을 바라보며 대답했다. 단유강이 힘을 쓰겠다는 말 한마디가 그녀에게 정말로 커다란 힘을 주었다.

"그나저나 요즘도 정보 조직들이 미고현에서 많이들 활동하나?"

"규모에 변화는 없습니다."

"주로 어떤 정보를 수집하는지 알고 있나?"

"대주님의 뒤에 누가 있는지와 음혼사귀를 처단한 은거기인에 대한 정보를 캐고 있습니다. 그리고 단가상단과 단가표국의 주인에 대한 정보도 수집하고 있습니다."

단유강이 피식 웃었다. 결국 다 같은 사람에 관한 정보였다. 하지만 그것을 아는 사람은 거의 없다.

"그래서, 성과는 좀 있대?"

백설영의 얼굴에도 미소가 피어올랐다.

"대주님의 배후는 아예 오리무중입니다. 전혀 실체에 접근조차 못하고 있습니다. 그래서 다들 더욱 안달이 났습니다."

"하하하하, 재미있네. 있지도 않은 배후를 찾으려니 당연하지."

"그리고 단가상단과 단가표국의 주인이 대주님이거나 대주님의 배후라는 것은 밝혀졌습니다."

"뭐, 어차피 숨기려던 것도 아니고, 알 만한 사람은 다 알고 있는 정보 아니었나?"

백설영이 쓴웃음을 지었다.

"꼭 그런 건 아니었습니다. 월영단에서 나름대로 정보를 차단하고 있었습니다. 전격적으로 하지 않아 빈틈은 많았습니다만……."

"됐어, 어차피 중요한 것도 아니고. 다만 적련이 조금 더 이를 갈지도 모르겠군."

백설영은 그 말에 긍정도 부정도 하지 않았다. 아마 적련은 오래전부터 그것을 알고 있었을 가능성이 높았다.

"은거기인에 대한 정체는 조금씩 윤곽을 드러내고 있습니다."

단유강의 눈이 살짝 커졌다.

"그건 조금 의외인데?"

"물론 아직 제대로 접근하려면 멀었습니다. 한동안 더 고생을 해야 할 듯합니다."

"좋아. 그쪽은 그 정도로 됐어. 오늘은 여기까지 하지. 참, 나가는 길에 애들 좀 모아줘. 오늘 오랜만에 같이 술이나 한잔하자고 해. 단가주루에서 모이면 되겠군."

"예. 그렇게 하겠습니다."

백설영이 미소를 남기고 밖으로 나갔다. 단유강은 그녀의 뒷모습을 가만히 바라보다가 문득 담교영이 보고 싶어졌다.

"어디, 주루에 가기 전에 교영이가 까주는 과일이나 몇 조각 먹어볼까?"

단유강은 힘차게 몸을 일으켰다.

적련과 오총관 사이에서 일어난 분쟁은 순식간에 끝나 버렸다.

오총관은 스스로 목을 매 자살을 한 걸로 처리가 되었다. 물론 그렇게 되도록 처리한 것은 흑마성교의 마인들이었다. 오총관이 가지고 있던 대부분의 것들은 적련에 흡수되었다.

사태가 비교적 빨리 종결되긴 했지만 그래도 적련으로서는 상당한 피해를 입을 수밖에 없었다. 사건이 어떤 방식으로 언제 종결되었는지는 외부에 제대로 알려지지 않았지만, 이번 일로 적련의 입지가 많이 흔들린 것은 분명했다.

그리고 아직도 단가상단은 계속해서 적련을 흔들고 있었다.

이대로 조금만 더 무너져 내리면 적련은 천하십대상단이라는 이름을 내놓아야 할지도 몰랐다.

어쨌든 적련에 한바탕 휘몰아쳤던 바람은 그렇게 잦아들었다.

우부경은 차가운 눈으로 표자흠과 유염천을 바라봤다.

"도움에 감사드립니다."

"별것 아니었소이다. 우리가 지금 할 수 있는 게 힘으로 밀

어붙이는 것 외에는 없으니, 그런 쪽으로라도 조금이나마 도움이 되었다니 다행이오."

표자흠은 그렇게 대답하며 날카로운 눈으로 우부경을 살폈다. 고작 이런 인사를 하기 위해 자신을 만나자고 했을 리 없었다. 우부경과 표자흠은 만나지 않으면 않을수록 좋은 사이였다.

"제가 이렇게 두 분을 뵙고자 한 것은, 그 은거기인의 정체를 알아냈기 때문입니다."

우부경의 말에 표자흠과 유염천의 눈이 화르륵 타올랐다. 다른 건 몰라도 그 은거기인만은 그냥 둘 수 없었다. 그는 수라혈검대를 죽인 자였고, 흑마성교의 위명에 금이 가게 한 자였다.

향후 흑마성교가 일어섰을 때, 그가 여전히 산 채로 존재한다면 흑마성교는 먹칠을 한 채로 세상에 모습을 드러내야만 한다. 그것은 향후 흑마성교의 교세를 확장하는 데 있어 치명적인 결함으로 작용할 것이다.

"말씀해 보시오. 그자가 누구든 우리가 처리해 버릴 테니까."

표자흠이 자신만만한 태도에 우부경은 잠시 머뭇거리다가 조심스럽게 입을 열었다.

"흑월검마(黑月劍魔)라고 합니다."

"흑월검마!"

표자흠은 믿을 수 없었다. 흑월검마는 자그마치 칠십 년 전의 인물이다. 어마어마한 신위로 당시 십대고수 중 수위를 다투던 자로, 한창 활동이 활발하던 때의 나이가 무려 일흔다섯이었다.

그 후 그가 홀연히 사라질 때의 나이가 일흔일곱이었으니, 지금은 거의 백오십 살에 가깝다는 말이 된다.

"대체 그 노물이 왜 늙어 죽지도 않고 그곳에 있단 말이오!"

표자흠이 짜증을 내자 유염천이 그를 살짝 만류하며 질문했다.

"확실한 정보요? 그가 흑월검마인 것이 분명한 것이오?"

우부경이 무거운 표정으로 고개를 끄덕였다.

"확실합니다."

"대체 어떻게 확인한 거요?"

"예전 흑월검마와 잠깐 함께 지냈던 적이 있는 사람이 지금 적련에서 일을 하고 있습니다."

"그 사람이 직접 확인했소?"

"그렇습니다. 흑월검마는 한창때의 모습 그대로라고 했습니다."

"가공할 노릇이군."

표자흠과 유염천은 고개를 절레절레 저었다. 은거기인이 다른 사람도 아닌 흑월검마라니, 흑월검마는 당시 누구도 막을 수 없을 정도로 강했다. 그가 아직도 살아 있다면 대체 얼마나 더 강해졌는지 짐작도 할 수 없었다.

잠시 방 안에 침묵이 감돌았다. 그 침묵을 깬 것은 유염천이었다. 유염천은 표자흠을 바라보며 말했다.

"안 좋은 방향으로만 생각할 필요가 없지 않겠습니까? 무려 칠십 년이나 지났습니다. 더 약해졌을 수도 있습니다. 만일 그랬다면 그는 아무런 문제도 되지 않습니다."

유염천의 말에도 표자흠의 안색은 펴지지 않았다. 그건 너무 유리한 쪽으로 편중된 생각이었다. 칠십 년 전 그대로의 모습이라면 더 강해졌다고 보는 것이 옳다. 아니, 그렇게 최악을 상정해야 대책을 세우는 데 유리해진다.

다시 침묵이 감돌자, 이번에는 우부경이 나섰다. 그는 굳은 표정으로 유염천과 표자흠을 번갈아 바라봤다.

"흑마성교의 힘이라면 흑월검마가 아무리 강해졌다 하더라도 충분히 상대하실 수 있지 않겠습니까?"

우부경의 말은 은근히 표자흠과 유염천의 자존심을 긁었다. 즉, 고작 흑월검마 하나를 두려워해서야 흑마성교가 앞으로 무림맹과 대적을 할 수 있겠느냐는 뜻이었다.

"시기가 좋지 않소. 흑마성교가 완전히 자리를 잡았다면 모를까, 아직 기반도 제대로 다지지 않은 상태에서 자칫 큰 피해라도 입으면 향후 대업에 큰 차질을 빚지 않겠소? 게다가 이번 일로 무림맹에서 어떤 눈치를 챘을지도 모르고 말이오.”

“하면 어떻게 하실 생각이십니까?”

표자흠은 굳은 표정으로 잠시 고민에 빠졌다. 하지만 결론은 이미 났다. 더 이상 뒤로 물러설 수는 없었다. 상대가 아무리 대단하다고 해도 피해선 안 되는 경우가 있는 법이다. 그리고 지금이 바로 그때였다.

“내가 직접 상대하겠소. 아무리 흑월검마라도 내가 나서는 이상, 목을 내놔야 할 것이오.”

표자흠의 말에 우부경이 반색을 했다. 하지만 유염천은 걱정 가득한 표정으로 그의 결정을 만류했다.

“교주님, 교주님께서 몸을 드러내시는 것은 좋지 않습니다. 교의 기반을 완전히 다지기 전에 교주님의 종적이 드러나면 대업에 큰 차질을 빚을 수도 있습니다.”

표자흠은 단호히 고개를 저었다. 유염천의 말이 옳다는 것은 알지만 지금은 피해선 안 되는 상황이었다. 그리고 자신이 몸을 사린다 해도 결국 결과는 마찬가지가 될 것이다. 흑마성교를 도와줄 적련이 휘청거리고 있는데 홀로 남아 무엇을 하겠는가.

“이건 피할 수 없는 일이다.”

표자흠의 결심이 완전히 굳었다는 것을 깨달은 유염천은 즉시 태도를 바꿨다. 유염천은 표자흠이 어떤 사람인지 너무나 잘 파악하고 있었다.

“하면 제가 계책을 생각해 보겠습니다. 교주님께서 최대한 드러나지 않고 흑월검마만 유인해 처리할 방법을 강구해 보겠습니다.”

유염천은 그렇게 말하고 우부경을 바라봤다. 우부경은 무표정한 얼굴로 앉아 있었지만, 눈빛 깊은 곳에는 만족감이 자리 잡고 있었다. 유염천은 그것을 확인하고는 조용히 입을 열었다.

“적련에서도 도와줄 거라 믿겠소.”

“여부가 있겠습니까. 저희 적련의 일인데 제가 손을 놓고 있을 리 없지 않습니까. 어떤 일이라도 온 힘을 다해 거들겠습니다. 그리고 향후 흑마성교의 교세를 천하에 떨칠 수 있도록 지원을 아끼지 않겠습니다.”

우부경의 시원스런 대답에 유염천도, 그리고 표자흠도 만족한 듯 고개를 끄덕였다.

유염천과 표자흠은 직감적으로 흑마성교의 개파대전이 멀지 않았다는 것을 깨달았다. 물론 그러기 위해서는 이번 일을 성공적으로 마무리해야 하지만 말이다.

미고현에는 수많은 정보원들이 활동하고 있다. 그들은 나름대로 자리를 잡고 마치 평범한 사람인 것처럼 위장하고서 정보를 수집해 각자가 포함된 조직을 위해 일한다.

그들이 원하는 정보는 대부분 단유강과 관계된 일이다.

특히 화영련은 의뢰까지 받고 왔기에 아무런 성과가 없다면 막대한 손해를 감수해야 한다. 화영련은 의뢰비가 비싸기도 하지만, 일단 받아들인 의뢰를 실패할 경우 배상금도 엄청났다. 화영련은 미고현에 그럴듯한 기루까지 열고 정보 수집에 열을 올리고 있었다.

덕분에 미고현에 생긴 화영련의 기루는 화영련 미고현 지부가 되었다. 졸지에 지부를 확장한 것이다. 이번 일에 백검문으로부터 받은 보수가 만만치 않았기에 그 정도 투자를 할 수밖에 없었다.

청화루(淸華樓).

화영련에서 세운 기루의 이름이었다. 청화루의 루주는 적미진이라는 여인이었는데, 여러모로 능력이 뛰어난 여인이었다.

적미진은 아미를 한껏 찌푸린 상태로 이마를 짚었다. 최근 매일같이 상부에서 독촉을 받아 신경이 날카로워질 대로 날카로워진 상태였다.

"어떻게 이렇게까지 감을 잡을 수 없는 거지?"

적미진은 슬슬 의심이 들기 시작했다. 이렇게까지 알 수 없다면 지금까지의 경험으로 보아 딱 한 가지 경우였다.

"배후 따위는 없는 거 아닐까?"

적미진이 슬슬 그쪽으로 결론을 내릴까 고민하고 있을 때, 문이 벌컥 열리며 한 여인이 뛰어 들어왔다.

“언니! 알아냈어요! 제가 알아냈다고요!”

적미진은 눈을 동그랗게 뜨고 외치는 여인을 물끄러미 바라보며 눈살을 찌푸렸다.

“내가 그렇게 호들갑을 떨지 말라고 몇 번이나 말했느냐?”

적미진의 엄한 목소리에 여인이 찔끔 놀라 금세 입을 다물었다. 하지만 그녀의 눈에는 어서 말하고 싶은 열망이 가득했다. 적미진은 그것을 보며 피식 웃었다.

“그래, 말해봐라. 대체 뭘 알아왔는지.”

“그 사람의 배후에 대해 알아냈어요.”

“그 사람이라니, 설마 단유강을 말하는 것이냐?”

“네, 그렇다니까요! 천망칠십오대의 대주 단유강 말이에요.”

적미진의 눈이 화등잔만 해졌다. 대체 그걸 어떻게 알아냈단 말인가. 더구나 지금 호들갑을 떨고 있는 여인은 정보 수집 능력이 그다지 뛰어나지 않았다. 적미진은 이내 미심쩍은 눈으로 그녀를 훑어봤다.

“아이 참, 그런 눈으로 보지 마세요. 진짜 확실한 정보라니까요?”

“그래. 어디 한번 들어나 보자. 배후가 어딘데?”

“어디가 아니라, 사람이에요.”

여인은 그렇게 한 번 뜸을 들인 후, 천천히 입을 열었다.

"흑월검마예요."

적미진의 눈이 커다래졌다. 흑월검마라니.

"지금 장난을 치자는 것이냐?"

"아니라니까요?"

적미진은 호통을 치려다가 너무나 진지한 여인의 표정에 잠시 화를 가라앉혔다.

"대체 그런 얼토당토않은 정보를 어디서 얻었느냐?"

"제가 이 정보를 얻기 위해서 몇 번이나 몸을 굴렸는지 아세요? 나중에는 아흔이 넘은 노인 앞에서도 옷을 벗어야 했다니까요?"

여인은 그렇게 너스레를 한 번 떤 후, 본격적으로 설명을 시작했다.

"그 아흔이 넘은 노인이 바로 적련에서 일하는 사람인데요, 이곳에 온 이유가 사람을 알아보러 왔다고 하더라고요. 그 사람이 흑월검마와 한때 함께 지냈었다고 하더라고요."

적미진의 눈이 흥미롭게 빛나기 시작했다.

"그래? 그래서 어떻게 되었느냐?"

"여기 와서 확인을 했대요. 흑월검마가 분명하다고. 예전하고 하나도 바뀌지 않았다고 하던데요?"

적미진이 고개를 갸웃거렸다.

"예전하고 하나도 바뀌지 않았다고? 무려 칠십 년이나 지났는데? 혹시 흑월검마 본인이 아니라 아들이나 손자일 수도 있겠구나."

여인이 강하게 고개를 저었다.

"아니래요. 흑월검마는 자식을 낳을 수 없는 몸이라고 하던걸요?"

"그건 또 어찌 알았느냐?"

"그 노인한테 들었죠. 흑월검마 본인에게 직접 들었대요."

"그래?"

적미진은 고개를 끄덕이며 생각에 잠겼다. 방금 들은 말을 완전히 믿기는 어려웠지만 확인 정도는 충분히 해볼 수 있을 것 같았다.

"좋아. 넌 앞으로 누구에게도 이 말을 해선 안 된다. 알겠느냐?"

"그야 당연하죠. 제 입 무거운 거 잘 아시면서."

적미진은 속으로 고개를 절레절레 저었다. 지금 눈앞에 있는 여인은 화영련 내에서도 가장 입이 가벼운 사람 중 하나였다. 하지만 그녀 역시 화영련의 정보원, 방금 말한 정보의 무게가 얼마나 대단한지는 잘 알고 있을 것이다.

미고현 정보원들 사이에 은근한 소문이 돌기 시작했다. 음혼사귀를 처리한 은거기인의 정체가 바로 흑월검마라는 이야기였다.

흑월검마는 칠십 년 전의 인물이다. 그런 사람이 아직도 살아 있다는 자체도 놀라운데, 아직까지 음혼사귀를 박살 낼 수 있을 정도로 강하다는 것이 더 놀라웠다.

미고현의 정보원들은 그 소문의 진위를 파악하는 데 심혈을 기울이기 시작했다. 만일 그것이 사실이라면 천망칠십오대의 뒤를 봐주는 인물이 바로 그라는 뜻이 된다. 향후 미고현의 판도가 달라질 것이고, 더 나아가 무림의 판도에도 크게 영향을 미칠 것이 분명했다.

그렇게 소문은 이 사람 저 사람을 거쳐 결국 정보원이 아닌 일반인에게까지 조금씩 흘러들어 가기 시작했다.

사실 이건 조금 이상했다. 보통 정보원은 그런 중요한 정보를 절대 흘리고 다니지 않는다. 정보원들에게 있어 보안은 생명과도 같았다. 그런데도 일반인에게 그 소문이 흘러들어 갔다는 것은 쉽게 벌어지기 힘든 일이었다.

"면목없습니다, 공자님."

문노의 말에 단유강은 고개를 저었다. 이건 어떻게 할 수 있는 문제가 아니었다.

"문노가 무슨 잘못이 있겠어. 그저 재수가 없었던 거지. 알아보니까 예전에 문노랑 같이 다녔던 사람이 지금 적련에 있나 봐."

"그래도 조금 이상하긴 합니다. 사실 절 봤으면 제 아들이

나 손자라고 했어야 정상일 것 같은데 말입니다."

"문노가 고자란 소문이 지금 자자해."

"예에? 대체 어떤 미친놈이 그따위 헛소문을 퍼뜨리고 다닌답니까?"

문노의 얼굴이 붉으락푸르락해졌다. 어떤 남자라도 그런 얘기를 들으면 기분이 나빠질 것이다. 문노는 그 정도가 특히 더 심했다.

"공자님은 아시겠군요. 저랑 같이 다녔던 놈이 대체 누구인지. 그 미친놈을 일단 단죄해야겠습니다."

"아아, 진정해. 아직 설치면 곤란하다고."

"아무리 그래도 내가 고자라니……. 이건 정말로 용납이 안 됩니다!"

"소문이니까. 그것 말고도 문노가 애를 못 낳는 몸이라는 소문도 함께 돌고 있어. 아마 그 소문이 와전돼서 고자로 바뀐 모양이야."

문노의 얼굴이 일그러졌다. 상황이 어찌 되었든 자신이 고자라는 소문이 파다하게 돌고 있다는 뜻 아닌가. 그리고 아이에 대한 소문은 문노도 할 말이 없었다.

"끄응, 내가 왜 그따위 헛소리를 하고 다녔는지, 원."

"그게 중요한 게 아니라, 문노에 대한 소문이 왜 이렇게 파다하게 퍼졌는지가 중요해."

"예? 그게 무슨 말씀이십니까?"

"흑월검마라는 이름은 결코 가볍지 않아. 그가 살아 있다는 것만 해도 굉장한 정보라고. 그런 걸 이렇게 허술하게 세상에 풀어놓는 멍청한 정보 조직이 있을 수 있다고 생각해?"

그제야 문노의 표정이 심각해졌다.

"그건 그렇군요. 아무래도 사람들을 미고현으로 끌어들여 소란을 피울 생각인가 봅니다."

"지금으로선 그게 제일 신빙성있는 추측이지. 실제로 소문이 퍼진 후에 미고현에 사람이 늘고 있고."

두 사람이 소문에 대해 심각하게 얘기하고 있을 때, 백설영이 들어왔다.

"대주님, 마인들이 움직이고 있습니다."

"마인들?"

"예. 서른 명쯤 되는 마인들이 미고현 쪽으로 이동 중입니다."

단유강은 턱을 쓰다듬으며 백설영을 바라봤다.

"서른 명이 넘는 마인들이라……."

뭔가 아귀가 맞지 않았다. 시기는 공교롭지만, 지금까지 숨어 있던 마인들이 갑자기 이렇게 튀어나왔다는 건 분명히 목적이 있기 때문이었다.

"대놓고 이동하나?"

"네. 마치 보란 듯이 이동하고 있습니다."

"유인인가?"

"그렇게 생각됩니다."

"움직이지 않을 수 없게 만들려는 수작이군. 막상 가면 다른 놈들이 있을 테고 말이야. 그나저나 그렇게 대놓고 이동하면 무림맹이 가만히 있지 않을 텐데?"

무림맹이 움직이기 전에 다시 숨을 자신이 있다는 뜻이다. 실제로 무림맹이 움직일 수 있는 한계는 근처의 천망단을 동원하는 것뿐인데, 마인들을 상대로 천망단이 할 수 있는 일은 거의 없었다.

"생각보다 영악한 놈들이군요. 피를 탐하는 마인들은 대부분 머리가 굳어 있기 마련인데, 제법입니다. 허허허."

문노가 허허 웃으며 기세를 피워 올렸다. 지금 마인들이 하는 것은 문노를 자극하기 위한 행동이었다.

흑월검마에 대한 소문을 흘린 것은 흑월검마의 성격을 이용한 것이다. 흑월검마는 예전 활동할 당시 무림인이 아닌 일반인들을 건드리는 걸 극도로 싫어했다. 한때 일반인에 관한 문제로 정파와의 싸움도 불사했기에 별호에 마(魔)자가 붙을 정도였다.

게다가 은근히 자신에 대한 소문을 즐겼다. 사람들이 자신에 대해 칭송을 하는 걸 몰래 엿들으며 즐거워하는 것이 흑월검마의 취미라 알려질 정도였다.

서른 명이나 되는 마인이 미고현에 들이닥쳐 마음껏 날뛴다면 아무리 흑월검마라 해도 모든 사람들을 보호할 수 없을 것이다. 그것은 그의 성정을 생각해 보면 지극히 치명적이었다. 이렇게 되면 흑월검마가 취할 행동은 딱 하나였다.

"자신은 있어?"

"허허, 공자님, 저 문노입니다, 문노. 문을 지키는 게 얼마나 힘든 일인지 누구보다 잘 아시지 않습니까."

문노의 말에 단유강이 빙긋 웃었다.

"지키기 싫다고 도망쳐 놓고서 그런 말이 잘도 나오네?"

"허허허허, 덕분에 흑월검마라는 이름도 얻지 않았습니까. 허허허허허."

단유강이 손을 휘휘 저었다.

"알았어. 다 죽이지는 말고 적당한 놈으로 몇 놈 잡아놔. 뒤를 좀 캐봐야 하지 않겠어?"

문노가 정중히 포권을 취했다.

"명대로 하겠습니다."

허리를 꼿꼿이 편 문노의 신형이 어느새 사라져 버렸다. 그 옆에 있던 백설영은 깜짝 놀라 눈을 크게 떴다. 움직이는 기척도 느끼지 못했는데 사라져 버렸으니 놀랄 만도 했다.

그렇게 잠시 놀란 눈으로 서 있던 백설영은 이내 걱정스런 표정을 지었다.

"괜찮을까요? 적들도 준비를 단단히 했을 텐데……."

"나중에 문노 앞에서 그런 소리 하지 마라. 길길이 날뛸 테니까."

“하지만 아무리 어르신이라도…….”

백설영은 문노의 정체를 처음부터 알고 있었다. 아니, 천망칠십오대의 인물은 모두 문노의 정체를 알고 있었다. 연백철만 제외하고 말이다.

아무리 흑월검마라 하더라도 상대가 제대로 알고 함정을 파면 당할 수밖에 없다. 게다가 상대는 마인이다. 피에 미친 살인귀들이 눈을 까뒤집고 달려들면 아무리 흑월검마라 해도 어려운 상황이 될 것이다.

단유강은 백설영의 표정이 풀리지 않자, 천천히 입을 열었다.

“설마 흑월검마가 알려진 그대로의 실력이라고 생각하는 건 아니지?”

“예? 그, 그게 무슨…….”

“칠십 년 전에 한창 문노가 날뛸 때 말이야. 그때 진짜 모든 실력을 다 보여줬다고 생각해?”

“서, 설마…….”

“사람들은 아직 문노가 가진 힘의 절반도 모르고 있어. 게다가 그건 칠십 년 전이라고.”

백설영은 자신도 모르게 침을 꿀꺽 삼켰다. 단유강은 그 모습을 보며 씨익 웃었다.

“우리 집 사람들은 세월이 지나면 점점 더 강해지는 게 보통이거든.”

오싹 한기가 들었다. 백설영은 멍한 표정으로 고개를 돌려 방금 전까지 문노가 서 있던 자리를 바라봤다. 만일 지금 단유강이 한 말이 사실이라면 적들은 재앙을 만날 것이다. 왠지 적들이 불쌍해졌다.

'함정을 판다고 머리를 굴리고 아등바등거렸을 텐데…….'

第六章
흑월검마

태룡전

역진창은 최근 사천으로 넘어온 마인이었다. 본래 청해 지방에서 마공을 익히고 살아가다가 피를 취하면 마공이 급격히 높아진다는 것을 깨닫고 피를 탐하기 시작했다.

청해나 신강 지방에서 마공을 익히는 것은 상관없지만, 피를 탐하게 되면 천마신교의 제재를 받는다. 약하면 마공만 폐하고 살아날 수 있지만, 심하면 목숨을 내놔야 했다.

역진창이 바로 그런 경우였다. 그는 피를 탐한다는 사실을 천마신교에 들켜 쫓기고 있었다. 그러던 와중에 적련의 도움을 받아 사천으로 넘어왔다.

"흑마성교라……."

역진창의 입가에 잔인한 미소가 맺혔다. 흑마성교에 대한 얘기를 들었을 때, 바로 이거다 싶었다. 흑마성교는 그와 같이 피를 탐하는 마인들로 이루어진 집단이다.

"교는 무슨."

천마신교는 종교의 색채가 짙다. 마신을 모시는 의식을 행하고, 마신으로부터 은혜를 받는다고 믿는다. 그래서 천마신교의 교인들 중에는 꼭 마인들만 있는 것은 아니었다. 신강과 청해에 사는 일반인들 사이에서도 폭넓게 퍼져 있었다.

하지만 흑마성교는 그렇지 않다. 이름만 교일 뿐이지, 실상은 방파에 더 가깝다. 역진창의 입장에서는 그게 오히려 훨씬 더 좋았다. 그가 청해에서 마공을 익히고 살면서도 굳이 천마신교에 몸을 의탁하지 않은 이유가 바로 지켜야 할 교리가 있기 때문이었다.

"그나저나……."

역진창은 주위를 둘러봤다. 자신이 이끄는 마인들이었다. 아직 마기도 제대로 갈무리하지 못하는 자들이었다. 이들을 이끌고 다닌 지 벌써 하루가 지났다. 확인은 안 해봤지만 무림맹의 귀에도 벌써 들어갔을 것이다.

'계획대로 몸을 숨길 수 있을까?'

역진창이 걱정하는 점은 딱 그거 하나였다. 솔직히 말하면 이들의 생사에는 전혀 관심이 없었다. 그에게 중요한 건 자신의 목숨과 임무의 성공 여부였다.

역진창은 걸음을 멈추고 손을 슬쩍 들었다. 그를 쫓아오던 서른 명의 마인이 일제히 멈춰 섰다. 대충 미고현에서 빠른 걸음으로 반 시진쯤 걸리는 거리였다. 흑월검마가 작정하고 달려온다면 반 각도 걸리지 않을 것이다.

"슬슬 시작해."

역진창의 명에 마인들이 서둘러 움직였다. 마인들은 마기를 풀풀 날리며 적당한 곳에 자리를 잡고 품에서 뭔가를 꺼냈다. 긴 대롱이었는데, 그것을 바닥에 꽂아 비스듬하게 기울였다. 대롱의 끝이 한 방향을 향했다.

"좋아. 아무리 흑월검마라도 저걸 간단히 막아낼 순 없겠지."

역진창은 그 모습을 지켜보며 만족스럽게 웃었다. 그리고 앞쪽으로 몸을 날렸다. 대롱들이 박혀 있는 곳에서 대략 삼십 장쯤 떨어진 곳에 도착한 역진창은 품에서 주머니 하나를 꺼내 그 안에 든 것을 바닥에 골고루 뿌렸다. 주머니에서 거무스름한 가루가 쉴 새 없이 흘러나왔.

모든 작업을 끝낸 역진창의 시선이 슬쩍 옆으로 향했다. 수풀이 우거진 곳이었는데, 그곳에 이번 일의 대미를 장식할 사람이 숨어 있었다. 물론 역진창은 아무런 기척도 느끼지 못했다. 그저 그럴 거라고 미리 얘기를 들었기에 아는 것이다.

"온다."

역진창은 긴장된 눈으로 훌쩍 몸을 날렸다. 어느새 대롱들

뒤쪽에 내려선 그는 정면을 바라봤다.

"우리를 무시하는 건지, 위협하는 건지, 기세를 아주 그냥 줄줄 뿌리면서 오는군."

입은 투덜거렸지만 몸은 오싹 소름이 돋았다. 정말로 무시무시한 기세였다. 아직 눈에 제대로 보이지도 않는데 그 기세가 피부를 따끔따끔 찔러오니 질리지 않을 수 없었다.

"이거 좀 불안해지는데?"

아무리 흑마성교의 교주가 강하다고 하지만 저런 자와 싸워 이길 수 있을 것 같지는 않았다. 그래도 두렵지는 않았다. 지금 그들이 준비한 것은 그만큼 대단했다.

"사람이라면 절대 당할 수밖에 없지."

역진창은 그렇게 생각하며 마른침을 삼키고 앞을 바라봤다. 어느새 그의 눈에도 다가오는 사람이 보였다. 처음에는 윤곽만 대충 보였지만 이내 얼굴까지 똑똑히 확인할 수 있었다. 나이가 예순에서 일흔 사이로 보이는 노인이었다.

"오싹오싹하구나."

역진창이 이를 드러내며 웃었다. 이런 오싹한 기분을 느끼는 것도 꽤 오랜만이었다. 예전 천마신교의 교주를 먼발치에서 보며 느꼈던 것과 비슷했다.

흑월검마는 기세를 흩날리며 천천히 걸어오고 있었다. 그가 한 발 한 발 다가올 때마다 마치 대기를 뭔가가 짓누르는 듯한 압력이 점점 강해졌다.

"굉장하군."

역진창은 놀람을 금치 못했다. 하지만 여전히 계획의 성공을 의심하지 않았다. 어느새 흑월검마가 걸음을 멈췄다. 정확히 역진창이 바닥에 독 가루를 뿌려놓은 장소였다. 역진창은 속으로 쾌재를 불렀다. 이대로 독 가루가 뿌옇게 일어나기만 하면 흑월검마는 돌이킬 수 없는 피해를 입게 될 것이다.

"자, 이렇게 네놈들이 차려준 함정에 들어왔다. 어디 한번 재롱을 부려보아라."

역진창은 침을 꿀꺽 삼켰다. 과연 흑월검마였다. 함정에 걸려들었다는 것을 알면서도 이렇게 당당할 수 있는 사람은 아마 전 무림을 뒤져도 거의 없을 것이다.

"과연 대단하십니다. 하지만 조심하시는 게 좋을 겁니다."

역진창은 말도 함부로 할 수 없었다. 처음부터 기세에 눌렸기에 태도도 제법 공손했다. 하지만 그동안 섭취했던 타인의 피가 단전에서 마구 들끓는 걸 막을 수는 없었다. 역진창의 몸에서 진득한 마기가 흘러나왔다.

"흐아압!"

역진창은 신중하게 주먹을 내질렀다. 하품이 나올 정도로 느린 일권이었다. 하지만 그 주먹에 담긴 기세는 상당했다.

"뭐 하자는 거냐?"

흑월검마, 문노는 역진창이 하는 행동에 눈살을 찌푸렸다.

그의 주먹에 실린 기세가 제법 대단하긴 했지만 무려 삼십 장이나 떨어진 곳에 서 있는 자신에게 타격을 줄 수 있을 리 없었다.

후우웅!

권풍이 쏘아져 나갔다. 역진창은 만족스런 표정으로 흑월검마를 바라봤다. 자신의 주먹이 만들어낸 거친 바람이 흑월검마 주위의 공기를 마구 찢어발겼다. 그와 더불어 바닥에 깔린 독 가루가 일제히 허공에 떠올라 어지럽게 흩날렸다.

"쏴라!"

역진창은 잠시도 지체하지 않고 외쳤다. 순간 서른 명의 마인이 저마다 땅에 꽂은 대롱에 마기를 불어넣었다.

슈슈슈슈슉!

대롱에서 불꽃이 뿜어져 나왔다. 아니, 불꽃 모양의 덩어리가 수도 없이 쏘아져 나갔다. 그것은 그대로 목표를 향해 날아갔다.

쫘과과과과광!

어마어마한 폭음이 울렸다. 땅이 뒤집히고 하늘이 뒤흔들렸다.

역진창은 주먹을 불끈 쥐었다.

"성공이다!"

일단 첫 번째 작전은 대성공이었다. 바닥에 뿌린 독은 쇄혼독이었다. 쇄혼독은 악독한 이름과는 달리 목숨을 위협하는

독이 아니었다. 혼을 부수는 독, 다시 말해 내공을 흩어놓은
산공독의 일종이었다.

쇄혼독은 산공독 중에서도 최고로 손꼽히는 독이었다. 일
단 조금만 흡입해도 그대로 내공을 흩어버린다. 먹은 양에 따
라 내공이 흩어져 있는 시간이 달라지는데, 일반적으로 저렇
게 쇄혼독이 안개처럼 뿌옇게 일어난 곳에서 다섯 모금을 호
흡하면 영원히 내공을 쓸 수 없게 된다.

그런 지독한 독을 깔아놓고, 거기에 화룡포(火龍砲)를 쏟아
부었다. 아무리 흑월검마라 하더라도 호흡을 멈춘 상태에서
그 모든 공격을 막아낼 수는 없을 것이다. 역진창은 그렇게
믿었다.

"좋아. 이제 마무리만 하면 되는군."

그 정도로 흑월검마를 죽일 수 있으리라고는 생각지 않았
다. 하지만 상당한 힘을 소진했을 것은 확실했다. 잘하면 내
공이 없을지도 모른다. 무려 백오십에 가까운 나이를 먹은 자
다. 내공이 없이 육체를 유지할 수 있을 리 없었다.

역진창은 기대 어린 눈으로 자욱하게 흙먼지로 뒤덮인 곳
을 바라봤다. 이제 저 먼지가 가라앉고 나면 흑월검마를 처리
할 수 있을 것이다.

'내가 흑월검마를 처리하는 거다. 이 역진창이!'

역진창은 흥분으로 가슴이 떨려왔다. 천하의 흑월검마를
자신의 손으로 죽일 수 있다고 생각하니 그 흥분을 주체할 수

없었다.

이내 흙먼지가 가라앉았다. 그리고 드러난 광경에 역진창은 떡 벌어진 입을 다물지 못했다.

거무스름한 색의 투명한 막이 둥글게 흑월검마를 감싸고 있었다. 쇄혼독이고 화룡포고 간에 아무것도 흑월검마에게 타격을 입히지 못한 것 같았다. 흑월검마를 감싸고 있는 막은 마치 검은 달[黑月]처럼 보였다.

"흑월검마……."

역진창은 그제야 알았다. 저자가 왜 흑월검마라 불리는지 말이다. 흑월검마는 섬뜩한 웃음을 얼굴에 그린 채 천천히 걸음을 옮겼다. 그의 몸을 감싸고 있는 막은 여전히 사라지지 않고 있었다.

"설마 준비한 함정이 이게 전부는 아니겠지? 아닐 거라 믿는다. 이래서야 너무 재미가 없지 않느냐."

역진창은 흑월검마의 말이 마치 유부의 사자가 자신에게 내리는 사형선고처럼 들렸다.

표자흠은 멀리 떨어진 곳에서 흑월검마가 화룡포를 막아내는 광경을 보고 있었다. 자욱한 흙먼지 속에 있는 흑월검마의 모습을 표자흠은 전혀 놓치지 않고 확인할 수 있었다.

"놀랍군. 저 정도라면 아무리 나라도 쉽지 않겠어."

내심 우내사존과 싸워도 지지 않을 자신이 있었는데, 막상 흑월검마를 보고 나니 과연 우내사존은 얼마나 강할지 예측조차 할 수 없었다.

표자흠은 이대로 달려들어 싸우느냐, 아니면 그냥 몸을 빼느냐를 두고 한동안 망설였다. 하지만 답은 금세 나왔다.

"정말로 어쩔 수가 없군."

흑월검마와 싸워 이긴다는 보장이 없었다. 게다가 이긴다 하더라도 아무런 피해 없이 빠른 시간 안에 결판을 낼 자신이 없었다. 싸움이 길어지면 결국 다른 자들이 개입하게 될 것이다.

'무림맹이 끼어들면 끝장이지.'

무림맹주 일검단천 혁무길은 아무리 그라 해도 결코 경시할 수 없는 사람이다. 그는 십대고수 중 가장 강한 자였다. 어쩌면 우내사존과 어깨를 나란히 할지도 모른다는 평이 있을 정도로 강했다.

"대업을 위해서다."

표자흠은 애써 스스로에게 변명을 하며 몸을 돌렸다. 그의 눈에 힘없이 스러지는 마인들의 모습이 얼핏 스쳤다.

문노는 손을 휘휘 저었다. 그의 손짓에 따라 일어난 바람이 바닥에 남아 있던 쇄혼독을 모조리 날려 버렸다. 그리고 다시 손을 휘저어 아직도 땅에 박혀 있는 화룡포를 모조리 꺾었다.

"이 정도면 다시는 쓸 수 없겠지."

　문노는 만족스런 표정으로 주위를 둘러봤다. 여기저기 널브러진 마인들의 시체가 보였다. 문노는 그중 아직 목숨을 부지하고 있는 마인 한 명을 향해 천천히 다가갔다.

　"그나마 명이 좀 질긴 놈이군. 좋아, 고문에도 잘 견디겠어."

　문노의 섬뜩한 말에 바닥에 쓰러져 있던 마인 역진창이 몸을 부르르 떨었다. 두려웠지만 도망갈 수도 없었다. 온몸에 남아 있는 진기가 하나도 없었다.

　"웃차."

　문노는 역진창의 뒷덜미를 잡아 올렸다. 그리고 몸을 돌려 다시 미고현 쪽으로 걸음을 옮겼다. 역진창은 문노의 손에 뒷덜미를 잡힌 채 질질 끌려갔다. 그의 얼굴이 공포와 절망으로 얼룩졌다.

　"그 은거기인의 정체가 흑월검마일 줄은 정말 생각지도 못했군."

　혁무길의 말에 사마자문 역시 고개를 크게 끄덕였다.

　"그렇습니다. 저도 설마 흑월검마가 거기서 튀어나올 줄은 몰랐습니다."

　"흑월검마는 어쩌고 있다던가?"

　"그것이… 천망단의 대원으로 있었다고 합니다."

　"천망단의 대원?"

혁무길이 놀란 눈을 감추지 못했다. 흑월검마라면 활동하던 당시에도 하늘 높은 줄 모르는 광오함을 가진 자였다. 그런 사람이 천망단의 대주도 아니고, 일개 대원으로 지냈다는 걸 도저히 믿을 수 없었다.

"놀랍군. 그를 아는 사람이라면 아무도 믿지 않을 걸세."

"저 또한 믿기지 않습니다."

혁무길은 잠시 그렇게 놀란 마음을 추스른 후, 본격적인 애기를 꺼냈다.

"군사의 생각에 어떻게 했으면 좋겠나? 그런 대단한 자를 계속 천망단의 대원으로 둘 수는 없지 않은가?"

"그렇지 않아도 마침 미고현에 나가 있는 자혜에게 연락을 취해뒀습니다."

그 말에 혁무길이 반색했다. 흑월검마를 상대하는 일을 아무에게나 맡길 수는 없었다. 사마자혜라면 충분히 자격이 있었다. 그리고 그녀라면 충분히 무림맹에 좋은 방향으로 일을 진행시킬 능력이 있었다.

"일단 그가 원하는 것이 무엇인지 파악하라고 했습니다. 만일 계속 은거를 원한다면 천망단의 대주 자리를 줄까 합니다. 아무래도 일개 대원으로 있는 것보다는 훨씬 나을 테니까요."

혁무길이 고개를 끄덕였다.

"좋은 생각이군. 아마 꽤 좋아할 걸세. 그 사람이 다른 사람 밑에 있다는 걸 상상도 할 수 없군."

혁무길의 나이는 생각보다 많았다. 무공의 경지가 극에 이르며 노화가 멈췄기 때문에 지금의 모습을 유지하고 있을 뿐이었다. 실제 혁무길의 나이는 백 살이 넘었다.

당연히 혁무길은 젊은 시절 흑월검마를 겪어봤다. 혁무길은 아주 어렸을 때부터 무림에 두각을 나타냈기 때문에 여러 가지 이유로 흑월검마를 만나야 했다. 그때마다 혁무길이 느낀 것은 광오였다. 흑월검마는 그 누구보다 광오한 사람이었다.

"한데 어차피 이렇게 알려질 대로 알려진 마당에 은거가 되긴 되겠나?"

"당연히 안 되겠지요. 해서 은거를 하지 않을 것 같으면 무림맹의 요직으로 끌어들이라 했습니다."

"제대로 잡아둘 수만 있으면 정말로 든든하겠군."

"무림맹의 장로 자리나 호법 정도를 생각하고 있습니다."

"좋군. 잘되었으면 좋겠어."

혁무길은 기분 좋게 웃었다. 그리고 사마자문도 그렇게 웃었다. 왠지 예감이 좋았다. 최근 무림의 분위기가 심상치 않은데 이런 강자가 나타나 도와준다면 정말로 든든할 것이다.

사마자혜는 한껏 긴장한 얼굴로 앞에 앉아서 사람 좋은 웃음을 흘리고 있는 노인을 조심스럽게 살폈다. 예전에도 본 적이 있는 사람이었다. 천망단의 대원이었으니 말이다. 하지만 그때는 이 노인이 그렇게 대단한 사람인 줄 몰랐다.

'그런데 저 사람은 대체 왜 여기 있는 거야?'

사마자혜는 노인과 함께 나와 눈치없이 구는 사내를 살짝 흘겨봤다. 하지만 이내 다시 시선을 노인에게로 돌렸다. 지금은 저런 사내에게 신경을 쓸 겨를이 없었다.

"날 보자고 한 이유가 뭔가?"

문노의 말에 사마자혜가 흠칫 놀랐다. 상대를 불러놓고 이렇게 오랫동안 입을 다물고 있는 건 큰 실례였다.

"아, 죄송합니다. 전 무림맹의 전언을 가지고 왔습니다."

문노의 입가가 살짝 비틀어졌다.

"전언이라… 마치 말을 듣지 않으면 가만두지 않겠다는 것처럼 들리는구나."

사마자혜가 다급히 손사래를 쳤다.

"아, 그, 그런 게 아닙니다. 그저 어르신의 의중을 여쭙기 위함입니다."

"흐음, 그래?"

사마자혜는 문노의 입가가 다시 원래대로 돌아오는 걸 확인하고 속으로 안도의 한숨을 내쉬었다. 상대는 흑월검마, 무려 칠십 년 전의 거물이다. 게다가 무슨 수를 썼는지 나이도 그렇게 많아 보이지 않는다.

'반로환동이라고 하기에는 좀 그렇고……'

반로환동이라면 적어도 이보다는 훨씬 젊어 보여야 한다. 환골탈태를 거치면서 몸이 무공을 펼치거나 움직이는 데 최적의 형태로 변하면, 보통 이십대의 강인한 몸으로 바뀌기 마련이다. 한데 눈앞에 있는 노인은 그런 것과는 거리가 멀어 보였다.

"맹주께서는 어르신께 호법의 자리를 약속하셨습니다."

"호법? 나보고 무림맹 뒤나 봐주는 자리에 앉으란 말이냐?"

"천망단 또한 무림맹입니다. 어차피 이곳에 계시든 본맹에 계시든 마찬가지 아닌가요?"

사마자혜의 말에 문노가 씨익 웃으며 고개를 끄덕였다.

"어쩌면 그렇게 생각할 수도 있겠구나. 어차피 세상에 드러났으니. 하지만 난 여기가 더 좋다. 굳이 무림맹으로 갈 생각도 없고, 무림맹의 뒤나 봐주고 있을 생각도 없다."

사마자혜의 표정이 살짝 굳었다. 애초에 두 가지 길을 염두에 두고 왔지만, 그래도 본맹으로 데려가고 싶었다. 그게 향후 여러 가지 일을 처리함에 있어서도 더 좋았다. 사마자혜는 눈앞에 앉은 전대 고수의 눈빛을 살폈다.

'확고하네, 지나칠 정도로.'

그녀는 일단 미련을 버리기로 했다. 기회는 지금만 있는 것이 아니다. 앞으로 무슨 일이 어떻게 벌어질지 알 수 없다. 나중에 마음이 바뀔 수도 있지 않겠는가.

"하면 계속 이곳에 계실 수 있도록 편의를 봐드리겠습니다."

사마자혜는 그렇게 말하고는 문노 옆에 있는 단유강의 눈치를 힐끗 살폈다. 지금 그녀가 하려는 말은 단유강에게 상당히 기분이 나쁠 수도 있는 제안이었다.

'하아, 그러니까 이런 곳에 오지 않았으면 좋았잖아.'

사마자혜는 살짝 굳은 표정으로 말을 이었다.

"어르신께 천망단의 대주 자리를 드리겠습니다."

사마자혜의 말에 문노가 빙긋 웃었다. 이 정도는 충분히 예상을 했던 반응이다. 문노는 웃으며 고개를 돌려 단유강을 바라봤다. 단유강은 그저 뚱한 표정으로 앉아서 귀를 후비고 있었다.

문노는 고개를 절레절레 저었다. 자신이 어찌 대주 자리에 앉아 단유강을 부리겠는가. 그건 있을 수 없는 일이었다. 더구나 지금은 더더욱 시기가 좋지 않았다.

"그것도 거절하지. 내가 원하는 건 그냥 날 가만히 내버려둬달라는 거야. 별로 어렵지 않지?"

"하, 하지만……."

사마자혜는 정말로 당황했다. 설마 이것까지 거절할 줄은 몰랐다. 그녀는 뚱한 표정의 단유강을 슬쩍 바라봤다.

'설마 저 사람이 이곳에 있어서 거절을 한 건 아니겠지?'

사마자혜는 조금 혼란스러웠다. 그녀가 아는 흑월검마는

결코 이런 사람이 아니었다. 물론 직접 만나 대화를 나누는 건 이게 처음이나 다름없지만, 그에 관해서는 충분히 많은 기록을 숙지했다.

'이해할 수가 없네.'

자신보다 새파랗게 어린 자가 대주로 있으면 껄끄러운 게 당연하다. 흑월검마는 그런 껄끄러움을 즐기는 사람이 아니었다. 껄끄러운 게 있으면 무조건 매끈하게 만들어야 직성이 풀리는 사람이었다. 그 방법이 무엇이 되었든 말이다.

한데 지금 눈앞에 있는 흑월검마는 그런 사마자혜의 생각을 여지없이 부쉈다. 이런 지나칠 정도의 배려는 흑월검마와 전혀 어울리지 않았다.

"단 대주님 때문이라면 염려하지 않으셔도 됩니다. 단 대주님께는 조만간 청룡단이나 현무단으로 가실 수 있도록 조치를 취해 드리겠습니다."

사마자혜의 말에 그때까지 뚱한 얼굴로 있던 단유강이 눈살을 찌푸렸다.

"왜 가만히 있는 날 걸고넘어지는 거야?"

사마자혜가 어이없다는 눈으로 단유강을 바라보자, 문노가 급히 나섰다.

"아아, 그렇게까지 신경 써줄 필요 없네. 난 지금 이대로가 좋으니까."

문노는 그렇게 말한 후, 단유강을 슬쩍 바라봤다.

“그리고 대주님도 아주 마음에 들고 말이야.”

사마자혜의 표정이 혼란스러워졌다. 그녀는 문노와 단유강을 번갈아 쳐다봤다.

'대체 무슨 사이지?'

둘 사이에는 분명 뭔가가 있었다. 사마자혜는 그것이 과연 무엇일지 고민해 봤지만 이내 생각을 접었다. 지금은 그런 걸 고민하고 있을 때가 아니었다. 그녀의 눈길이 잠시 단유강에게 머물렀다가 떨어졌다.

'어째 저 사람만 관계되면 되는 일이 하나도 없는 것 같아.'

사마자혜는 난처한 얼굴로 다시 입을 열었다.

“맹주님께서는…….”

사마자혜가 입을 연 순간, 문노가 손을 들어 그녀의 말을 끊었다. 사마자혜는 입을 다물고 문노를 바라봤다.

“됐다. 거기까지만 해라. 아무리 얘기해 봐야 변하는 건 없으니까.”

문노의 말이 끝나기가 무섭게 단유강이 그 뒤를 이었다.

“나도 그냥 내버려 뒀으면 좋겠군. 여기다 벌여놓은 게 많아서 떠나기엔 좀 아깝거든.”

단유강의 말에 사마자혜의 표정이 살짝 일그러졌다. 하지만 감히 흑월검마가 보고 있는 앞에서 인상을 쓸 수는 없었다. 결국 사마자혜는 한숨을 내쉬었다.

"하아, 알겠습니다. 하면 그렇게 알고 돌아가지요."

그녀는 자리에서 일어나 문노를 향해 공손히 포권을 취했다. 그러고 나서 힘없이 몸을 돌렸다. 그녀의 어깨가 축 처졌다. 이곳에만 오면 일이 꼬이니 왠지 힘이 쭉 빠졌다.

사마자혜가 밖으로 나가자, 여전히 주루 안에 남아 있던 문노가 단유강에게 슬쩍 말을 걸었다.

"뒷모습이 너무 처량하지 않습니까, 공자님."

"좀 안쓰럽긴 하지만 그래도 어쩔 수 없잖아?"

단유강의 말에 문노의 얼굴에 미소가 떠올랐다.

"요즘 생각하는 건데, 공자님도 이제 슬슬 세상을 좀 돌아봐야 하지 않겠습니까?"

단유강의 얼굴에 귀찮음이 뚝뚝 묻어났다.

"내가 왜 그런 귀찮은 짓을 해? 나 아직 오 년밖에 안 쉬었어. 앞으로 십오 년은 더 쉬어야 된다고."

"허허허, 사실은 이제 쉴 만큼 쉬시지 않으셨습니까?"

"쉴 만큼 쉬긴, 아직 멀었지."

문노의 표정이 조금 진지해졌다.

"전 공자님이 이런 기회를 놓치지 않으셨으면 좋겠습니다. 이곳에 머물면서 사람들을 돌봐주시는 것도 나쁘지 않지만, 기왕이면 세상을 좀 더 돌아보면서 다양한 경험을 하고, 더 많은 사람들을 만나보시는 것도 괜찮지 않겠습니까?"

"글쎄."

단유강이 심드렁하게 대답했다. 하지만 문노는 전혀 신경 쓰지 않고 말을 이었다.

"허허허, 아마 그편이 나중에 어르신들을 다시 뵐 때도 좋을 겁니다."

문노의 말에 단유강이 피식 웃었다.

"훗, 과연 그럴까? 세상 경험이야 한 이십 년 더 있다가 해도 된다고 말씀하시지 않을까?"

문노의 이마에 식은땀 한 방울이 흘렀다.

"그, 글쎄요. 그건 저도 확신을 못하겠군요. 허허허허."

문노는 어색한 표정으로 웃음을 흘렸다. 단유강은 그 모습을 보며 다시 한 번 피식 웃었다.

잠시 그렇게 웃던 단유강은 문득 의아한 표정을 지으며 문노를 바라봤다.

"그나저나 정체가 알려졌는데도 태연하네?"

"허허, 이왕 이렇게 된 거 어쩌겠습니까? 그냥 즐겨야지요."

"즐겨? 흐음, 그게 제일 좋긴 하지만……. 왠지 좀 수상한데?"

단유강의 말에 문노가 어색한 표정을 지었다.

"수상하다니요. 공자님께 한결같이 충성을 바치고 있는 제가 그리도 못 미더우십니까?"

단유강이 손을 휘저었다.

“아아, 그런 얘기가 아니잖아. 사실 집에서 도망친 건 나 혼자만이 아니란 말이지. 문노도 같이 도망친 거잖아? 더구나 문노는 이번이 두 번째고. 그런데도 이렇게 태연한 걸 보면 뭔가 믿는 구석이 있나 봐?”

“그런 거 없습니다.”

“없다고? 흐음, 뭐, 그렇다고 치고. 그나저나 문제는 문제로군. 이제 완전히 들킨 거나 다름없으니. 생각해 보니까 문노가 말한 대로 여행이라도 떠나는 게 나을지도 모르겠군.”

“허허허, 잘 생각하셨습니다. 다년간 공자님을 보필한 제가 판단하건대, 공자님께서는 더 넓은 세상을 보셔야 합니다.”

단유강이 의심스런 눈으로 문노를 살폈다. 문노는 단유강의 눈길을 슬며시 피하며 고개를 돌렸다.

“왜 내 눈을 피해? 눈을 보이면 안 되는 일이라도 저지른 건가?”

“허허허, 제가 왜 공자님의 눈을 피합니까? 그런 적 없습니다. 그저 한곳만 바라보고 있자니 눈도 아프고 고개도 아프고 해서……”

단유강이 눈을 번쩍 빛냈다.

“뭔가 있군.”

“없습니다.”

"솔직히 불어. 뭐야?"

"정말로 없습니다. 허허허."

문노가 입을 열기 싫다는데 억지로 강요해 봐야 얻을 수 있는 건 없다. 단유강은 순순히 포기했다. 하지만 의심스런 눈빛은 그대로였다.

"뭐, 좋아. 넘어가지. 설마 문노가 내 뒤통수야 치겠어?"

"허허허, 당연하지요. 공자님께서는 저만 꽉 믿으십시오. 허허허허."

문노의 웃음소리가 주루 안에 가득 울려 퍼졌다.

백검문의 문주 원위천은 총관의 보고를 받자마자 인상을 확 일그러뜨렸다.

"흑월검마? 그놈들의 배후가 흑월검마였다고?"

"그렇습니다. 화영련의 보고도 그렇지만, 사실 사천 쪽에는 소문이 파다하게 났습니다."

원위천은 갑자기 화영련에 넘긴 대금이 아까워졌다. 무려 황금을 오백 냥이나 주고 얻은 정보였다. 한데 굳이 화영련이 아니더라도 어차피 알게 되었을 것이다. 그것도 거의 시간의 차이 없이 말이다.

"아깝군."

아까울 수밖에 없었다. 금 오백 냥은 은으로 만 냥이나 된다. 아무리 백검문이라도 만 냥이나 되는 거금을 아무렇지도 않게 쓸 수는 없었다.

총관은 원위천의 기분을 조금이나마 풀어주기 위해 보고를 조금 더 덧붙였다.

"화영련에서 흑월검마에 대한 자세한 정보를 함께 보내왔습니다. 또한 천망단에 있는 자들의 과거도 조사해 왔습니다."

"금을 오백 냥이나 먹었는데 그것도 안 하면 날도둑놈이지."

원위천은 그렇게 말하며 손을 내밀었다. 그의 표정은 어느새 약간 풀려 있었다. 총관은 원위천의 손에 두툼한 서류 뭉치를 건넸다.

총관으로부터 서류를 받아 대충 읽어 내려가던 원위천의 표정이 점점 심각해졌다. 흑월검마는 감히 백검문 따위가 건드릴 수 없는 사람이었다. 그 혼자서 백검문 전체와 싸워 이길 수 있을 정도의 강자였다.

"끄응, 이거 일이 너무 꼬이는군."

최근 백검문의 일 중 제대로 풀린 게 하나도 없었다. 청검산장은 이제 완전히 안정기로 접어들어 더 이상 손을 댈 수 없을 지경이 되었다. 청검산장의 총관으로 있던 놈은 얼마 전에 결국 쫓겨났고, 백검문과 손이 닿아 있는 청검산장의 인물들 역시 총관과 마찬가지의 신세가 되었다.

게다가 최근 적련이 휘청거리면서 백검문에 대한 지원이

뚝 끊겨 버렸다. 그렇지 않아도 적련에 상당히 의지하고 있던 백검문에게는 마른하늘의 날벼락이나 다름없었다. 그래서 백검문의 재정 상태가 상당히 악화되었다.

이대로라면 백검문은 버티기 어려웠다. 문파의 규모를 대폭 줄이거나, 아니면 뭔가 모험을 해서라도 돌파구를 찾아내야만 했다.

"총관, 뭔가 방법이 없겠나? 이대로라면 우린 끝장이야."

총관은 입을 다문 채 묵묵히 서 있었다. 그라고 해서 특별한 방법이 있을 리 없다. 그 역시 답답할 따름이었다.

두 사람이 그렇게 답답한 마음을 어쩌지 못해 인상만 쓰고 있을 때, 귓가에 누군가의 목소리가 울렸다.

"백검문의 무사들을 모두 포기하면 최고의 자리에 올려주지."

원위천은 깜짝 놀라 주위를 두리번거렸다. 하지만 아무리 살펴도 숨은 사람은 없었다. 원위천은 즉시 감각을 곤두세웠다. 하지만 역시 아무런 기척도 잡아내지 못했다. 등줄기에 식은땀이 흘렀다.

'고수다, 상상도 할 수 없을 정도로.'

원위천은 두려운 마음이 들었다. 상대는 자신이 어찌할 수 없을 정도의 고수였다.

"어느 고인이 방문하신 겁니까?"

원위천이 억지로 차분하게 입을 열자, 방 안에 흐릿한 그림

자가 떠올랐다. 원위천은 그 그림자의 형체를 완전히 알아볼
수가 없었다.

"내 물음에 아직 답을 하지 않았다."

사내의 말에 원위천은 긴장하며 조심스럽게 물었다.

"무슨 뜻인지 모르겠습니다."

원위천은 최대한 공손하게 말했다. 눈앞에 두고 직접 확인
하니 더더욱 두려웠다. 보이는데도 기척은 전혀 느껴지지 않
았다. 하지만 신기하게도 기세는 느껴졌다. 방 안을 꽉 채운
기세가 그를 짓눌렀다.

'이건 십대고수보다 더하다.'

원위천은 십대고수 중 몇 명을 만난 적이 있었다. 물론 이
렇게 적대적인 상황은 아니었지만 그들이 얼마나 대단한지는
여실히 느낄 수 있었다. 하지만 지금 눈앞에 있는 사람은 십
대고수들에게 느꼈던 것보다 훨씬 더 대단해 보였다.

"말 그대로다. 네 수하들을 몽땅 포기하면 힘을 주겠다는
뜻이야."

점점 사내의 형체가 또렷해졌다. 중년인 한 명이 고고하게
서 있었다.

"난 비문위라 한다. 내 제안을 받아들이겠느냐?"

"대체 어떤 힘을 주시기에 제 수하를 모두 포기하라 하십
니까? 그들 역시 제 힘입니다."

백검문이 없다면 원위천은 그저 그런 무인에 불과하다. 하

나 백검문의 문주라는 자리는 결코 적지 않은 힘을 가졌다. 그 모든 힘을 포기했는데 대가가 형편없으면 곤란하지 않겠는가.

"걱정할 것 없다. 어차피 그들 역시 다시 네 힘이 될 테니까. 오히려 더 강력한 힘을 얻은 수하들을 잔뜩 얻을 수 있을 것이다."

비문위의 말에 원위천의 눈이 탐욕으로 번득였다.

'그렇다면 우리 애들을 데려다 키워주겠다는 뜻인가?'

"어찌하겠느냐?"

원위천이 고개를 돌려 총관을 바라봤다. 총관 역시 눈을 빛내고 있었다. 총관은 원위천과 눈이 마주치자 굳은 표정으로 고개를 한 번 끄덕였다.

"구체적으로 어떻게 하시겠다는 말씀이신지요?"

비문위가 피식 웃었다.

"너희들도 짐작은 하고 있지 않나? 네 수하들을 내가 강화시켜 주겠다는 뜻이다. 또한 문주인 네가 훨씬 더 강해질 수 있도록 해주지."

원위천은 가슴이 차가워졌다. 이렇게 파격적인 도움을 준다면 원하는 대가 역시 만만치 않을 터, 그 대가가 무엇일지 벌써부터 두려워졌다.

비문위는 원위천의 마음을 훤히 들여다보고 있다는 듯 말을 이었다.

"나는 나중에 무림맹과 대적하려 한다. 대가는 그때 받도록 하지."

원위천은 가슴이 철렁 내려앉는 듯했다. 무림맹이라니. 무림맹에는 헤아릴 수 없을 정도로 많은 고수가 있다. 또한 천하 곳곳에 눈과 귀, 그리고 손과 발이 깔려 있다. 그런 곳과 대적하려면 몸이 만 개라도 모자란다.

"그, 그것은……."

"훗, 왜? 겁나는가? 하지만 무림맹이 무너졌을 때의 이득은 너무나 달콤하지 않겠나?"

비문위의 말에 원위천이 입을 다물었다. 과연 그랬다. 백검문은 당당한 정파다. 하지만 무림맹과 굳이 같은 노선을 걸어갈 필요는 없다. 현 무림맹의 체제를 전복시킬 수 있다면, 또한 그 중심에 백검문이 있다면 얻게 될 것은 상상을 초월할 것이다. 원위천은 마른침을 꿀꺽 삼켰다.

"하, 하면 귀인께서는……."

"내 정체는 알 필요 없다. 때가 되면 다 알게 될 터. 또한 무림맹이 무너지는 것은 운명이나 다름없으니 크게 걱정할 필요는 없다. 게다가 내 손을 잡은 건 백검문뿐이 아니다."

원위천은 그제야 가슴을 쓸어내렸다. 그리고 희망과 탐욕이 뒤섞인 눈으로 비문위를 바라봤다. 비문위는 오연한 얼굴로 원위천과 총관을 내려다보고 있었다.

원위천과 총관은 누가 먼저랄 것도 없이 벌떡 자리에서 일어나 비문위 앞에 엎드렸다. 그 모습이 너무나 자연스러워 마치 오래전부터 비문위에게 복종하던 사람처럼 보였다.

"하겠습니다."

비문위가 만족스런 표정으로 크게 고개를 끄덕였다.

"좋다, 이제 힘을 주지. 이 힘을 어떻게 쓰든 네 자유다. 마음껏 날뛰어도 좋다. 단, 내 얘기는 절대 입 밖에 꺼내지 말도록."

"명심하겠습니다."

비문위가 품에서 목곽 하나를 꺼냈다. 어른 주먹 다섯 개를 나란히 늘어놓은 정도의 크기였다. 목곽은 천천히 원위천에게 날아갔다. 그리고 이내 원위천의 눈앞에서 둥둥 떠 있었다.

원위천과 총관은 눈이 휘둥그레졌다. 그저 손짓 한 번으로 이런 대단한 일을 해내는 걸 보니 절로 가슴이 쿵쾅거렸다.

딸깍.

뚜껑이 열렸다. 원위천과 비문위의 눈이 더더욱 커졌다. 어찌나 놀랐는지 눈꼬리가 조금 찢어졌는데도 모를 지경이었다. 목곽 안에는 보옥 다섯 개가 들어 있었다. 휘황찬란한 광채를 뿜어내는 보옥은 하나만 있어도 백검문 정도는 통째로 사버릴 수 있을 정도의 값어치는 되는 듯했다.

원위천과 총관이 너무 놀라 멍한 표정으로 보옥을 바라보고 있자, 비문위가 입을 열었다.

"내가 주기로 약속한 힘의 일부다."

비문위는 그 말을 끝으로 사라져 버렸다. 원위천과 총관은 비문위가 사라진 줄도 모르고 하염없이 보옥을 바라봤다.

第七章
만남

태룡전

단유강은 오랜만에 찾아온 여유로움을 한껏 즐기며 느긋하게 미고현을 돌아다녔다. 최근에는 이렇게 자신의 점포나 사람들이 사는 모습을 살펴보는 것도 어려웠다. 그 정도로 바쁜 일의 연속이었다.

'적련을 무너뜨리는 일이 그리 쉬울 리 없지.'

일단 첫 번째 목표는 적련을 무너뜨리는 것이다. 그건 지금도 착착 진행 중이다. 물론 단유강이 직접 나서서 하는 게 아니라 백설영 선에서 다 처리되고 있었다.

"쯧, 오총관이 조금만 더 버텨줬으면 훨씬 수월했을 텐데."

흑마성교의 개입으로 오총관이 너무 급격히 무너졌다. 어차피 단유강이나 백설영도 마인들이 개입할 거라고 예상은 했다. 하지만 이렇게 전격적으로 일을 벌일 줄은 몰랐다.

"그래도 일단 빈틈을 파고들어 상처를 벌려놓긴 했으니까."

오총관과 적련의 싸움이 만들어낸 빈틈은 생각보다 크고 많았다. 백설영은 그 모든 것을 하나도 놓치지 않고 다 이용했다. 덕분에 아직도 적련은 그 상처를 아물게 하지 못했다.

또한 마인들이 움직였기 때문에 무림맹이 대대적으로 나서서 마인을 찾고 있었다. 벌써 일부 마인들이 무림맹의 정보망에 걸려들어 도주하고 있었다.

단유강이 적련을 무너뜨리려는 목적은 적련의 뒤에 숨은 자들을 끌어내려는 것이었다. 상황을 보아하니 적련뿐 아니라 마인들 역시 그들과 관계된 것이 분명했다. 무림맹이 마인들까지 소탕해 주면 단유강은 더 좋았다.

"목적이 뭐든 이렇게 손발을 잘라놓았으니 움직이지 않을 수 없겠지."

그렇게 그들이 움직이는 순간을 잘 포착하면 그들의 정체를 어느 정도 파악할 수 있을 것이다.

한창 그렇게 적련과 그 배후에 대해 생각하며 걸어가던 단유강이 갑자기 걸음을 뚝 멈췄다. 그리고 형언할 수 없는 표정을 지었다.

단유강은 지금 막 누군가 미고현에 들어왔다는 사실을 알아챘다. 최근 기감에 대한 수련을 꾸준히 하고 있기에 이렇게 마을을 돌아보는 동안에도 결코 감각을 거두지 않았다.

평소라면 그냥 그런가 보다 하고 넘겼을 것이다. 미고현에 들락거리는 사람이나 마차는 수를 헤아리기 어려울 정도로 많았다. 그런 마차와 사람들을 기감을 이용해 모두 확인한다는 건 거의 불가능한 일이었다. 단유강은 그렇게 미고현을 들락거리는 사람들을 직업별로 구분하는 수련을 병행했다.

사람이 직업을 얻어 한 가지 일을 꾸준히 하다 보면 자신도 모르게 기운이 조금씩 변하게 된다. 단유강은 그렇게 만들어진 기운을 상인, 무인, 농사꾼 등으로 나누어 구분했다.

그래서 들락거리는 사람들이 대충 어떤 직업을 가지고 있는지는 알지만 정확히 그 사람이 누구인지 맞추는 건 몇몇 잘 아는 사람들을 제외하면 불가능했다.

지금 미고현에 들어선 사람들은 곧장 천망단의 장원으로 향하고 있었다. 단유강이 파악하기에도 그들은 무공을 익힌 무인이었다. 물론 그렇지 않은 사람도 섞여 있긴 했다.

그렇게 몇몇 기척이 모여 있었는데, 단유강은 그들에게 전혀 관심이 없었다. 단유강이 관심을 두는 것은 그 지척들의 한가운데 위치한 사람이었다. 아무것도 느껴지지 않지만, 분명히 존재하는 기척. 이건 보통 실력으로는 가질 수 없는 기운이었다.

하지만 단유강은 이런 식의 기운을 가지고 있는 사람은 알고 있다. 그것도 한두 명이 아니라 수십 명이나 된다.

"설마……."

단유강은 한참이나 멍하니 서 있었다. 단유강의 감각은 오로지 미고현에 들어온 마차에 집중되었다. 그렇게 얼마나 서 있었을까, 단유강의 신형이 꺼지듯 사라졌다. 그가 서 있던 자리에 한 줄기 바람이 미약하게 회오리치며 하늘로 솟구쳤다.

우문혜를 태운 마차가 천망단 장원 앞에서 멈췄다. 마차에 대한 소문은 생각보다 많이 퍼진 상태였다. 마차를 따라오던 무림인들을 우문혜가 모두 정리하긴 했지만 미고현에 들어서면서부터 쫓아온 사람들은 어쩔 수 없었다. 물론 우문혜는 그런 사람들에게 전혀 신경 쓰지 않았다.

마차가 멈추자 마차를 호위하던 무사 중 하나가 장원 안으로 서둘러 들어갔다. 이제 안에 연락해 칠십오대의 대주라는 단유강에게 말을 전하기만 하면 임무가 끝난다.

'아쉽군.'

임무가 끝난다는 후련함보다 더 이상 우문혜를 볼 수 없다는 아쉬움이 먼저 들었다. 그 아쉬움이 점차 그의 발을 늦췄다.

"무슨 일인가요?"

안으로 조금 들어가니, 눈이 커질 정도로 아름다운 여인이 나타나 물었다. 호위무사는 잠시 놀랐지만 이내 마음을 가라 앉히고 말했다.

"무림맹에서 나왔소. 천망칠십오대의 대주는 어디 있소?"

천망단에 찾아가 이런 말을 하면 황망히 안내를 하는 것이 보통인데, 눈앞의 아름다운 여인은 전혀 동요하지 않고 차분하게 입을 열었다.

"무림맹에서 나오셨다고요? 일단 신분패를 보여주세요. 본맹으로부터 아무런 연락도 받은 적이 없으니 확인이 필요하군요."

호위무사의 눈썹이 한차례 요동쳤다. 하지만 이내 품에서 신분패를 꺼내 들었다. 여인의 말이 하나도 틀린 게 없기 때문이었다.

"여기 있소."

신분패를 확인한 여인, 담교영은 빙긋 웃었다. 그 미소가 어찌나 눈부신지 만일 우문혜와 함께 이곳까지 오지 않았다면 단번에 마음이 넘어가 버렸을 것이 분명했다.

"지금 대주님은 잠시 출타 중이세요. 조금만 기다려 주세요. 용무가 있다면 제게 일단 말씀해 주셔도 좋고요."

담교영의 말에 호위무사가 잠시 머뭇거렸다. 하지만 이내 고개를 끄덕였다. 말을 아낄 이유가 없었다. 자신의 임무는 지금 이 순간 모두 끝났다.

"밖에 세워진 마차에 타고 계신 분을 모셔주시오. 칠십오

대주를 만나러 오신 분이오.”

호위무사의 말이 끝나기 무섭게 장원 곳곳에서 대원들이 나타났다.

“대주님을 만나러 오신 분이라고? 무림맹 분이시오?”

가장 먼저 나타난 제갈무군이 물었다. 호위무사는 고개를 저었다.

“무림맹 분은 아니오. 하지만 맹주님께서 특별히 모시라고 하신 분이니 각별히 주의해 주시기 바라오.”

호위무사의 말에 대원들이 묘한 표정을 지었다.

“일단 밖으로 나가서 모셔오는 게 맞지 않겠소?”

호위무사는 그렇게 말하며 이상한 기분을 느꼈다. 천망단의 대원들이 나타난 순간 왠지 모르게 주눅이 들었다.

호위무사는 일류를 훌쩍 넘어서는 실력을 가지고 있었다. 조금만 더 노력하면 청룡단이나 백호단의 부단주 정도는 될 수 있을 정도의 실력이었다. 한데 고작 천망단의 대원들 앞에서 주눅이 든다는 건 이해하기 어려운 일이었다.

호위무사는 굳은 얼굴로 대원들을 둘러봤다. 처음 나타나 자신에게 말을 건 담교영 외에도 꽤 아름다운 여인이 한 명 있었고, 쌍둥이 사내들도 보였다. 그리고 연백철과 제갈무군도 있었다. 문노와 대주인 단유강을 제외한 모든 천망단원이 나타난 것이다.

호위무사가 주눅이 든 것은 당연했다. 그들 모두가 은연중에 기세를 흘렸기 때문이다. 무림맹주와 관계된 사람이 단유강을 찾아왔다는 사실이 왠지 마음에 안 들었다. 그런 사람이 뭐가 아쉬워 여기까지 왔단 말인가. 뭔가 꿍꿍이가 느껴져 대수롭지 않게 넘길 수가 없었다.

특히 마차에 대해 미리 알고 있던 백설영은 더더욱 이상한 생각이 들었다. 마차에 탄 사람은 최근 천하제일미를 넘어 고금제일미라 칭해지는 여인이었다. 그런 여인이 대체 이곳에는 왜 왔단 말인가.

'설마 우리에 대해 무림맹에서 알고 포섭하러 온 거는 아니겠지?'

이상한 생각이 한 번 들기 시작하자, 점점 더 이상한 쪽으로 생각이 들어갔다.

"좋소. 일단 나가서 귀빈을 맞이하는 게 좋겠지."

하후량이 피식 웃으며 앞장섰다. 호위무사는 묘하게 신경을 긁는 하후량의 말과 태도에 눈살을 찌푸렸다. 하지만 뭐라 대꾸도 할 수가 없었다.

'대체 뭐지? 내가 왜 이런단 말인가.'

설마 자신이 기세에 눌렸다고는 전혀 생각지 못했기에 호위무사의 의문은 더욱 깊어졌다.

칠십오대 대원들은 우르르 정문으로 몰려갔다. 장원 밖으로 나가니 마차가 보였다. 꽤 그럴듯한 마차였다. 저 정도 마차를 무림맹에서 직접 내줬다면 안에 탄 사람도 보통은 넘을 것이다.

대원들이 마차 앞에 늘어서자, 호위무사들이 긴장하며 눈을 빛냈다. 물론 천망단의 일개 대원들이 자신에게 위협이 되리란 생각은 전혀 하지 않았다. 마차 안에 탄 사람의 신변에 혹시라도 문제가 생기지 않을까 염려하는 것뿐이었다.

"됐어요. 물러나세요."

마차 안에서 들려오는 소리에 호위무사들이 움찔했다. 그럴 수 없다고 말하려다가 문득 얼마 전에 겪었던 일이 떠올랐다. 마차 안에 탄 여인은 자신들의 보호가 필요 없을 정도로 강하다.

호위무사들이 마차 옆으로 물러나자, 마차의 문이 열렸다. 그리고 안에서 시비 두 명이 서둘러 내렸다.

대원들의 눈에 호기심이 어렸다. 대체 마차에 탄 사람이 누구인지 궁금했다. 방금 전에 들은 목소리만으로 판단하면 젊은 여인일 것이 분명했다. 그런 젊은 여인이 대체 대주인 단유강을 왜 찾아왔는지도 궁금했다.

이윽고 마차에서 우문혜가 사뿐사뿐 내려섰다. 그녀가 모습을 드러낸 순간, 좌중에 침묵이 감돌았다. 입을 연 사람은 많았지만 누구도 소리를 내지 못했다. 입을 연 사람들은 입에서 침이 흐르는 줄도 모르고 멍하니 우문혜를 바라봤다.

우문혜는 마차에서 내려 천망단의 대원들을 쭉 둘러보고는 환하게 미소 지었다.

"우리 유강이와는 무슨 관계에 있는 분들인가요?"

우문혜가 단유강을 너무나도 친밀하게 부르자, 모두 정신이 번쩍 들었다. 특히 담교영은 경계심 가득한 눈으로 우문혜를 바라봤다.

"단유강 대주 아래에 있는 천망칠십오대의 대원들입니다."

어느새 호위무사가 우문혜의 옆에 다가와 조용히 말했다. 그러자 우문혜가 더욱 환한 미소와 함께 고개를 끄덕였다.

"어쩐지 하나같이 범상치 않아 보인다 했더니, 그랬군요."

우문혜의 말에 대원들 모두가 긴장했다. 상대는 어쩌면 자신들의 진면목을 단번에 꿰뚫어 봤을지도 모른다는 생각이 들었다. 만일 그게 사실이라면 정말로 보통 사람이 아니었다.

"뭣들 하는 거요, 어서 이분을 안으로 모시지 않고?"

호위무사 중 하나가 외치자, 천망단의 대원들이 머뭇거렸다. 그리고 그들 모두의 시선을 받은 백설영이 나직이 한숨을 내쉬며 할 수 없다는 듯 앞으로 한 발 나섰다.

"대주님을 뵙고자 하는 이유가 무엇인가요?"

백설영의 물음에 호위무사들이 잠시 당황했다. 하지만 그들은 이내 노한 표정으로 백설영에게 사나운 기세를 쏘아 보냈다.

"감히! 천망칠십오대는 일을 항상 이런 식으로 처리하나!"

호위무사의 외침에 백설영이 차가운 표정으로 그를 살짝

노려봤다.

"원래는 더 제대로 일을 하죠. 보여 드릴까요?"

백설영은 그렇게 말하며 우문혜를 똑바로 쳐다봤다. 우문혜의 아름다운 얼굴을 본 순간 마음이 순식간에 포근해져서 속으로 놀라긴 했지만 그래도 이를 악물고 말했다.

"신분패를 보여주세요."

우문혜가 빙긋 웃으며 고개를 저었다.

"그런 건 가지고 있지 않은데……."

우문혜는 그렇게 말하며 옆에 선 호위무사에게 고개를 돌렸다. 호위무사는 사나운 눈으로 백설영을 노려봤다. 하지만 신분패를 확인하는 건 너무나 당연한 일이었기에 품에 손을 넣어 그것을 꺼낼 수밖에 없었다.

신분패를 확인한 백설영은 여전히 차가운 눈으로 호위무사를 쳐다봤다. 호위무사는 백설영의 눈빛에 몸을 움찔 떨었지만, 이내 인상을 쓰며 백설영을 노려봤다. 신분패까지 확인했으니 이제 더 이상 자신의 말을 거부하지 못할 거라 생각했다.

하지만 백설영은 그의 생각과는 전혀 다른 방향으로 움직였다.

"무림맹 무사시군요."

백설영의 말에 호위무사가 가슴을 펴며 위압적인 눈빛을 뿌렸다. 알아서 모시라는 의미가 담겨 있었다. 하지만 백설영은 그 모습을 보고는 피식 웃으며 한 손을 내밀었다.

"명령서를 주세요."

백설영의 말에 호위무사가 멈칫하더니 무시무시한 눈으로 백설영을 쏘아봤다.

"왜 그런 눈으로 보시는 거죠? 설마 명령서도 없이 이곳에 와서 이런 행패를 부리시는 건 아니겠지요?"

"행패?"

호위무사는 화가 머리끝까지 치밀었다. 그는 지금까지 천망단의 일개 대원에게 이런 취급을 받은 적은 한 번도 없었다.

"명령서를 보여주세요."

백설영은 호위무사의 생각 따위는 안중에도 없다는 듯 다시 한 번 명령서를 요구했다. 사실 이건 예전 단유강이 사마자혜에게 한 번 써먹었던 방법이다. 하지만 고작 천망단에 오면서 별도의 명령서를 가지고 오는 사람은 없었다.

"명령서 따위는 필요……."

호위무사는 명령서 따위는 필요없다는 말을 하려다가 입을 다물었다. 원칙대로 하자면 명령서는 반드시 필요했다. 원칙상으로는 무림맹의 무사나 천망단의 무사나 같은 직위였다. 다만 천망단이 홀대를 받는 것뿐이었다.

게다가 엄밀히 따지면 천망단의 대원은 천망단에 속하지 않은 사람의 명령을 받을 이유가 없었다. 그것이 무림맹의 요직에 있는 사람들의 명령이거나, 전쟁을 치르는 중이라면 얘기가 달라지지만, 그렇지 않은 경우는 전혀 다른 자들의 명령에 따를 의무가 없었다. 다만 존중해 주는 것뿐이었다.

호위무사는 백설영이 너무 강력하게 나오자, 상당히 곤혹스러웠다. 명령서 따위 있을 턱이 없지 않은가. 무림맹의 그 누구도 천망단에서 명령서를 요구받을 거란 생각은 하지 않을 것이다.

"그럼 명령서가 없단 말인가요?"

백설영의 목소리에서 한기가 뚝뚝 묻어났다. 호위무사는 화가 치밀었지만 뭐라 대꾸하지도 못했다. 이렇게 밝은 대낮, 수많은 구경꾼들이 보는 앞에서 원칙을 고수하는 천망단원을 핍박할 수는 없었다.

"이제 그쯤 했으면 되지 않았나요?"

우문혜의 부드러운 목소리가 백설영을 살포시 감쌌다. 백설영은 자신의 눈빛에서 독기가 순식간에 빠져나가는 것을 느끼며 당황한 시선으로 우문혜를 바라봤다. 실로 신비롭기 그지없는 여인이었다.

"예쁜 소저가 둘이나 있네. 두 사람은 우리 유강이와 무슨 관계인가요?"

백설영과 담교영은 우문혜의 질문에 머뭇거리며 대답을 하지 못했다. 평소라면 옆에 있던 제갈무군이나 다른 대원들이 나서서 대신 대답을 해주거나 놀리거나 하며 도와줬겠지만 오늘은 그러지 못했다. 그들은 여전히 멍한 얼굴로 우문혜만 하염없이 바라보고 있었다.

담교영은 우문혜를 바라보다가 왠지 서글픈 생각이 들었다. 이렇게 아름다운 여인이 다가가는데 손을 내저을 남자는 아무도 없을 것 같았다. 더 슬픈 건, 그런데도 질투조차 나지 않는다는 것이다.

'사람이 이렇게까지 아름다울 수도 있구나.'

너무 격차가 심하면 부럽다는 생각마저도 들지 않는다. 담교영은 오늘 그것을 절실히 느꼈다.

담교영은 우문혜에게 단유강과 무슨 관계냐고 묻고 싶었다. 하지만 차마 입이 떨어지지 않았다. 우문혜가 뭔가 얘기하면 그대로 이루어질 것만 같아서 너무나 두려웠다.

담교영이 그렇게 안절부절못하자, 우문혜가 빙긋 웃었다. 그리고 고개를 돌려 한쪽을 바라보며 말했다.

"마침 오는 모양이네. 유강이한테 직접 들어야지. 호홋."

우문혜의 즐거운 듯한 목소리와 웃음에 담교영은 더더욱 서글퍼졌다. 담교영도 고개를 돌려 우문혜가 바라보는 쪽으로 시선을 향했다.

맹렬히 달려오는 한 사람이 보였다. 단유강이었다.

단유강은 어느새 우문혜 앞에 서 있었다. 우문혜의 미소가 더욱 환해졌다. 단유강과 우문혜는 누가 먼저랄 것도 없이 서로 끌어안았다.

담교영의 얼굴이 절망으로 물들었다. 다리에 힘이 풀렸다. 그리고 단유강이 격정과 애정에 가득 찬 목소리로 상대방을 부르는 소리를 들었다.

"할머니!"

순간, 근처에 있던 모든 사람들이 그대로 얼어붙었다.

백설영과 담교영을 비롯한 모든 사람들이 단유강과 우문혜를 불신 가득한 눈빛으로 바라봤다.

할머니라니.

'아무리 많이 잡아줘도 스물다섯이야. 그런데 할머니라니.'

담교영은 속으로 고개를 절레절레 저었다. 단유강과 얽히면 상상을 초월하는 일들이 심심찮게 벌어진다. 오늘 이 일은 그중에서도 단연 압권이었다. 고작 스무 살 정도로 보이는 할머니라니, 그것도 경국지색의 미모를 갖춘 할머니라니 말이다.

일행은 어느새 단가주루의 최상층에 자리를 잡았다. 천망단의 장원에는 이 많은 인원을 동시에 수용할 방이 없었기 때문에 부득이 이곳으로 올 수밖에 없었다.

주루 안에는 단유강을 비롯한 천망단의 모든 대원들과 우문혜를 따라온 네 명의 호위무사와 두 명의 시비, 그리고 어느새 얘기를 전해 듣고 나타난 제갈미미와 사마자혜가 있었다.

그 모든 사람들의 시선이 우문혜와 단유강에게서 떨어지지를 않았다.

사람들의 시선을 한 몸에 받든 말든 전혀 상관없다는 듯, 우문혜과 단유강은 둘만의 대화에 집중했다.

"대체 제가 여기 있는 건 어떻게 아시고 오신 거예요?"

"이게 왔더구나."

우문혜가 품에서 서찰 하나를 꺼냈다. 단유강은 그것을 낚아채듯 받아서 펼쳤다. 그리고 손을 부들부들 떨었다.

"문노!"

단유강의 외침에 문노가 슬그머니 우문혜의 등 뒤로 움직였다.

"너무 그러지 말거라. 다 날 생각해서 한 일 아니냐."

단유강은 한숨과 함께 손으로 이마를 짚었다. 할머니를 본 것은 좋았지만, 앞으로의 일이 걱정이었다. 집에서 도망 나온 지 벌써 오 년이 지났다. 이제 잡혀가도 할 말이 없었다.

여기서 더 도망가는 건 불가능했다. 우문혜야 어찌어찌 따돌린다 하더라도, 그 와중에 할아버지가 와버리면 정말로 끝장이었다. 단유강은 그런 생각을 하다가 문득 뭔가가 떠올랐다.

"그런데 할머니는 여길 어떻게 오셨죠? 아주 멀쩡하시네요?"

"이 녀석, 내가 만신창이가 되길 바라는 거냐?"

"그럴 리가요. 그냥 궁금해서 그러죠. 저랑 문노는 만들어진 길을 따라 왔는데도 몸이 완전 걸레가 됐는데 할머니는 너무 깨끗하시잖아요."

"내가 그런 험한 길을 따라서 올 이유가 없잖느냐. 누구처럼 도망 나온 것도 아닌데."

순간 단유강의 얼굴이 창백하게 질렸다.

"서, 서, 설마……!"

우문혜가 빙긋 웃었다.

"그 설마가 맞다. 우리 그이, 네 할아버지가 보내주셨다."

단유강의 얼굴에서 핏기가 완전히 사라져 버렸다. 이제는 일말의 남아 있던 가능성마저 사라졌다. 할아버지가 보내주셨다면 아마 지금 당장에라도 이곳에 나타나실 수도 있었다.

단유강의 생각을 다 안다는 듯 우문혜가 자애로운 미소를 지었다.

"그런 표정 지을 거 없다. 네 수련은 일단 끝났으니까."

"예?"

단유강은 난데없는 우문혜의 말에 눈이 번쩍 뜨였다.

"쯧쯧, 어차피 첫 번째 수련이 끝나서 앞으로 이십 년 정도 편히 쉬어야 한다고 하시더구나."

"예에?"

단유강의 눈이 화등잔만 해졌다. 이건 정말 말도 안 되는 일이었다. 그 고생을 하며 도망을 나왔는데, 그게 모두 헛짓거리라니!

"내가 여기까지 온 이유도 네게 그 말을 해주고 싶어서란다. 어떠냐, 이 할머니가 더 좋아지지?"

단유강은 힘없이 고개를 끄덕였다. 하긴 모르고 있었을 때보다 마음이 훨씬 편해지긴 했다. 이제부터 굳이 드러내지 않기 위해 애쓸 필요가 사라졌다.

단유강의 시선이 우문혜 뒤에서 눈치만 살피던 문노에게로 향했다. 생각해 보면 자신이 집을 나가도록 꼬드긴 사람이 바로 문노였다.

"문노……. 정말 내가 혹시나, 그러니까 절대 그럴 리가 없지만 그냥 노파심에서 묻는 건데… 문노도 몰랐던 사실이지? 그렇지?"

문노는 차마 대답을 하지 못하고 고개를 슬며시 돌렸다. 그리고 문노가 하지 못한 대답을 우문혜가 대신 해주었다.

"모르긴, 우리 집에서 그거 모르고 있던 사람은 너 하나란다."

단유강의 고개가 허탈함을 가득 안고 풀썩 떨어졌다.

"대체 무슨 말을 하고 있는 걸까요?"

담교영의 물음에 백설영은 씁쓸한 표정으로 고개를 가로저었다. 단유강과 우문혜는 열심히 뭔가 얘기를 나누고 있었는데, 그 소리가 전혀 들리지 않았다. 소리를 완전히 차단한 것이다.

그녀들뿐 아니라 방 안에 있는 모든 사람들이 궁금한 눈으로 단유강과 우문혜를 바라보고 있었다. 그들 중 누구도 단유강과 우문혜가 소리를 차단할 정도의 능력이 있다는 사실에 놀라지 않았다.

무림맹에서 온 사람들은 우문혜의 그 엄청난 능력을 이미 확인했고, 천망단의 대원들 역시 단유강의 능력이 굉장하다는 사실을 알고 있었다.

"그나저나 할머니라니……."

담교영과 백설영은 새삼스러운 눈으로 우문혜를 바라봤다. 누가 저 모습을 보고 단유강의 할머니라고 할 것인가. 특히 백설영은 평소 단유강이 버릇처럼 말하던 할머니에 관한 내용이 떠오르자 고개를 절레절레 저었다.

그동안은 단유강이 한참이나 과장을 한다고 여겼다. 그리고 할머니의 젊은 시절 모습을 어머니로부터 기억하거나 그림으로 기억하고 있다고 생각했다.

"하아."

두 여인의 입에서 동시에 한숨이 흘러나왔다.

"세상에 저렇게 아름다운 사람이 있을 수도 있네요."

담교영이 씁쓸한 표정을 지으며 중얼거리자, 백설영도 동감한다는 듯 고개를 끄덕였다. 그리고 조금 안타까운 눈으로 담교영을 바라봤다.

확실히 저렇게 아름다운 사람과 함께 살아왔다면 웬만한 미녀는 눈에 차지도 않을 것이다. 담교영이 아무리 천하제일 미라 칭송받고 있지만 우문혜에 비하면 태양 아래 날아다니는 반딧불에 불과했다.

두 여인이 그렇게 각자의 생각에 빠져들고 있을 때, 단유강의 고개가 아래로 푹 꺾였다. 그것을 마지막으로 대화가 끝났다. 담교영은 정신을 차리고 긴장한 얼굴로 단유강을 바라봤다.

단유강은 여전히 자리에 앉은 채, 고개를 숙이고 가만히 있었다. 자리에서 먼저 일어난 것은 우문혜였다. 우문혜는 일어나자마자 담교영을 바라보고는 빙긋 웃었다.

그 미소가 어찌나 눈부신지 담교영은 허탈한 미소로 답을 할 수밖에 없었다.

'그 미소는 정말 반칙이라고요. 비교돼서 웃을 수도 없잖아요.'

담교영이 속으로 그런 생각을 하고 있다는 걸 짐작이라도 한 듯, 우문혜가 그녀를 향해 다가왔다. 걸음걸이마저도 하늘하늘 선녀가 걷는 듯 아름다웠다.

담교영 앞에 선 우문혜는 여전히 미소를 지우지 않은 채 담교영의 이모저모를 뜯어봤다. 담교영은 자신의 온몸 구석구석을 살피는 시선에 움찔 놀랐다. 마치 발가벗겨진 채로 속을

다 드러내고 서 있는 듯했다.

"그렇게 놀랄 필요 없어. 담교영이라고 했지?"

"아, 예. 그, 그렇습니다."

우문혜가 살포시 웃으며 손을 살짝 휘저었다.

"호홋, 그렇게 딱딱하게 말할 필요 없어. 편하게 해, 편하게. 어디 보자……. 흐음."

우문혜는 담교영의 몸 여기저기를 살피더니 이내 고개를 끄덕였다.

"아주 예쁜 몸과 얼굴을 가졌구나. 이거, 질투가 날 정도인데?"

우문혜의 말에 담교영은 순간 자신도 모르게 어이없다는 표정을 지었다. 지금 누가 해야 할 말을 누가 하고 있단 말인가. 그 말은 자신이 우문혜에게 해주고 싶은 말이었다. 게다가 나이가 대체 몇인가.

'적어도 환갑은 넘으셨겠지?'

아무리 일찍 시집을 갔어도 단유강 정도 되는 손자가 있으려면 환갑도 모자란다. 단유강이 지금 자신의 나이가 스물여덟이라고 했으니 그에 맞춰 대강 계산을 하면 일흔은 훌쩍 넘었을 나이다.

그런 사람이 겉보기에는 단유강보다 어려 보이니 만일 단유강의 말을 듣지 않았다면 절대 믿지 못했을 것이다.

"내 말에 기분이 상했나 보네? 하지만 내 말은 진짜란다.

넌 내가 어렸을 때와 참으로 닮았어."

그 말을 하는 우문혜의 눈이 반짝반짝 빛나고 있었다. 담교영은 그녀의 눈빛이 너무나 예쁘다고 생각했다.

"그, 그 말씀을 어떻게 믿을 수 있겠어요? 지금도 이렇게 아름다우신데……."

그 말에 우문혜가 환하게 웃었다.

"아하하하! 지금이야 당연히 예뻐야지. 안 그럼 그동안 내가 들인 공이 너무 아깝잖아? 너도 무공을 익혔으면 알 텐데? 미용에 좋은 무공이 따로 있다는 걸 말이야."

담교영은 물론이고, 근처에서 말을 듣던 모든 사람들의 뇌리에서 어처구니가 사라졌다.

"주안술(駐顔術)을 말씀하시는 건가요?"

담교영은 정말로 어이가 없어서 물었다. 하지만 우문혜는 진지하게 대답했다.

"주안술 가지고는 어려워. 늙어 보이지 않는 거야 경지에 이르면 당연히 따라오는 거잖아?"

결국 담교영의 입이 벌어졌다. 늙지 않는 경지라는 건 들어보기만 했지 실제로 그런 것이 가능하다는 것은 지금 막 우문혜의 말을 듣고서야 알았다.

우문혜는 모두의 반응에 전혀 신경 쓰지 않고, 빙긋 웃으며 말을 이었다.

"그래서 내가 하나 창안했지. 휘안공(徽顔功)이라는 거야."

이름만 들어도 어떤 무공인지 알 만했다. 하지만 담교영을 비롯한 모든 사람들이 우문혜의 아름다움은 결코 그런 무공으로 인해 비롯된 것이 아닐 거라 믿었다. 아무리 얼굴을 아름답게 만들어주는 무공이라고 하지만 엄연히 한계라는 게 존재하는 법이다. 본바탕이 아름다워야 효과가 극대화될 것 아닌가.

우문혜는 기쁜 표정으로 손을 들어 담교영의 얼굴을 살며시 감쌌다. 담교영은 우문혜의 갑작스런 행동에 깜짝 놀랐지만 저항하지는 않았다. 그녀의 손길은 너무나 따뜻했다.

"앞으로 내게 좀 배워보지 않겠느냐? 아마 가르쳐 줄 것이 아주 많을 것 같구나."

우문혜의 물음에 담교영은 그저 고개를 끄덕이는 것 외에는 아무것도 할 수 없었다.

근처에 있던 모든 여인들이 담교영을 부러운 눈으로 바라봤다. 그리고 단유강은 여전히 자리에 앉은 채로 고개를 푹 숙이고 있었다.

第八章
변화

태룡전

　우문혜가 미고현에 들어온 이후, 많은 사람들이 단유강의 생활에 큰 변화가 올 거라고 생각했다. 최소한 침상에서 하루 종일 뒹구는 것은 더 이상 하지 못할 거라고 예상했다. 하지만 그 예상은 크게 빗나갔다.

　단유강은 여전히 많은 시간을 침상에서 보냈으며, 우문혜는 단유강이 그렇게 뒹구는 걸 당연하게 받아들였다.

　결국 변한 건 아무것도 없었다. 우문혜의 거처가 단가객잔에 딸린 별채 중 가장 훌륭한 곳으로 정해졌다는 것을 제외한다면 말이다.

"아하암."

단유강은 늘어지게 하품을 했다. 최근 적련의 일을 처리한 이후로는 딱히 몸을 움직일 일이 없었다. 적련과 얽힌 일은 이제 백설영이 알아서 하고 있었다. 이대로 별다른 일이 없다면 몇 달 안에 적련은 와해되고 말 것이다. 물론 적련과 손을 잡은 마인들이 숨죽이고 있다면 말이다.

미고현은 알아서 잘 돌아가고 있었다. 미고현의 발전을 방해하던 가장 큰 두 세력, 당가와 적련이 미고현에서 손을 떼다시피 했기 때문이다.

당가는 여전히 정보 조직을 이용해 단유강의 행보를 살피고 있었고, 적련은 미고현을 견제할 겨를이 없었다. 백설영은 한 번 잡은 기회를 놓칠 정도로 어수룩하지 않았다.

미고현에 남은 걸림돌은 이제 서창의 무가들뿐이었다. 하지만 그들 역시 자파의 일을 수습하느라 눈코 뜰 새 없이 바빴다. 단가표국을 치려다 실패한 일은 생각보다 파장이 컸다. 게다가 적련을 상대하며 살짝 여력을 빼돌린 백설영이 서창에 흐르는 돈줄을 여기저기 건드리고 있었다. 이래저래 서창 유수의 문파들은 위기의 연속이었다.

그렇게 모든 일을 백설영이 알아서 처리하고 있으니 단유강은 할 일이 없었다.

"역시 능력 좋은 부하를 두면 편하다니까."

다른 사람 같으면 부하의 능력이 뛰어나면 자신 역시 뭔가를 해보려 노력하겠지만 단유강에게는 전혀 해당 사항이 없었다. 단유강은 수하의 뛰어난 능력을 자신의 나태함을 위해 아낌없이 사용했다.

그렇게 단유강이 이리저리 뒹굴고 있을 때, 방문이 스르륵 열렸다. 단유강은 놀란 눈으로 방문을 바라봤다. 비록 방심하고 있었다고는 하지만 전혀 기척을 못 느꼈기 때문이다.

"할머니……."

단유강이 어색한 미소를 지었다. 방에 들어온 사람은 우문혜였다.

"설마 내 기척도 읽지 못한 게냐?"

"그렇게 조용히 오시면 누구라도 못 읽는다고요."

"누구라도?"

단유강이 쓴웃음을 지었다.

"아니, 뭐, 몇 명은 빼고요."

"그 몇 명에 너도 포함이 되어야 한다는 걸 언제쯤 깨달을 예정이냐?"

단유강이 뒷머리를 긁적였다.

"이미 깨달았다니까요. 한데 갑자기 웬일이세요? 한동안 교영이랑 지내신다고 하셨잖아요?"

우문혜가 미고현에 온 지도 벌써 열흘이나 지났다. 그녀는 첫날 단유강과 그간 밀렸던 회포를 푼 후, 단가객잔의 별채에 담교영과 함께 틀어박혀 밖으로 나올 생각을 하지 않았다.

단유강은 우문혜가 이렇게 뭔가에 관심을 가지면 짧게는 몇 달, 길게는 몇 년 동안 집중한다는 것을 잘 알기에 아예 찾을 생각도 하지 않았다. 한데 이렇게 고작 며칠 만에 찾아오니 확실히 예상외의 일이었다.

"왜? 보고 싶은데 내가 꼭 붙들고 있어서 불만이야?"

"불만은요. 할머니 하고 싶은 대로 하세요."

우문혜가 빙긋 웃으며 단유강에게 조금 다가갔다. 단유강은 뭔가 심상치 않은 느낌을 받고 뒤로 주춤 물러났다.

"그래, 그렇게 뒹굴뒹굴하니까 재미있느냐?"

단유강의 얼굴에 살짝 긴장이 스쳤다.

"그런 표정 지을 거 없다. 설마 내가 네 할애비한테 이르기라도 하겠느냐?"

단유강의 얼굴에서 핏기가 살짝 가셨다. 지금 이 말은 말을 잘 듣지 않으면 할아버지를 불러오겠다는 협박에 가까웠다. 아니, 명백한 협박이었다. 단유강은 오늘따라 할머니의 눈부신 미소가 왠지 두려웠다.

"아하하하, 할머니, 무슨 그런 무서운 농담을 하세요? 자자, 일단 여기 좀 앉으시죠."

우문혜는 단유강이 권하는 의자에 앉아서 침상을 슬쩍 쳐다봤다. 그 순간 단유강의 가슴이 철렁 내려앉았다. 아니나 다를까, 우문혜의 입에서 단유강이 우려했던 말이 흘러나왔다.

"참으로 좋은 침상이로구나. 이렇게 화려하고 편안해 보이는 침상은 집에도 없는데 말이야."

단유강은 식은땀을 흘렸다. 다른 건 몰라도 침상만은 절대 빼앗길 수 없었다. 사실 우문혜가 마음만 먹으면 이런 침상 따위 얼마든지 구할 수 있다. 한데도 이렇게 굳이 손자의 침상에 눈독을 들인다는 건 뭔가 다른 이유가 있다는 뜻이리라.

우문혜는 단유강이 당황하는 모습이 재미있는지 조금 더 짙은 미소를 띠었다.

"오랜만에 네 녀석이 당황하는 모습을 보니 즐겁구나. 그런 표정 짓지 말래두. 농담이다. 설마 내가 이런 침상에 욕심을 낼 것 같으냐?"

단유강은 여전히 의심을 지우지 않았지만 겉으로는 그것을 절대 드러내지 않았다.

"그건 그렇고… 넌 언제까지 여기 틀어박혀 있을 생각이냐?"

"예?"

단유강은 우문혜의 난데없는 질문에 또 한 번 당황해야 했다. 조금 전과는 비교도 할 수 없을 정도의 불길함이 온몸을 감쌌다.

"이제 슬슬 경험도 좀 쌓아야 하지 않겠느냐?"

"이미 쌓았는데요."

우문혜가 빙긋 웃었다.

"침상에서 뒹굴면서 잔머리나 굴리는 경험?"

우문혜의 말에 단유강이 씨익 웃으며 말했다.

"어디 딴 델 가고 싶어도 그럴 수가 있어야 말이죠. 제가 여기 대주 아닙니까. 무림맹에 속한 무사로서, 함부로 근무지를 이탈할 수는 없는 법이죠."

우문혜가 단유강과 똑같은 웃음을 지었다.

"내가 다 해결해 주마. 맹주랑 몇 마디 얘기를 나눠봤는데, 생각보다 말이 잘 통할 것 같더구나. 서찰 한 장 보내면 그만이다."

단유강의 뺨에 식은땀 한 방울이 흘러내렸다. 세상에 어느 누가 우문혜를 싫어할 수 있겠는가. 일단 얼굴을 마주 보고 대화를 시작한다면 무조건 우문혜의 말에 고개를 끄덕일 것이다.

우문혜는 당황한 단유강을 바라보며 말을 이었다.

"더 강해질 생각은 없는 게냐?"

단유강은 그 질문에 눈을 크게 떴다. 지금 우문혜가 한 말의 의미를 확실히 파악할 수 없었다. 지금도 끊임없이 강해지고 있다. 한데 마치 자신이 정체되어 있다는 듯 말하지 않는가.

"네 할아버지 덕분에 어디 가서 맞고 다니지 않을 정도가 된 건 알지만, 설마 고작 그 정도에 만족할 생각은 아니지?"

단유강의 표정이 살짝 굳었다. 당연히 여기서 만족할 생각

은 없었다. 단유강의 목표는 할아버지라는 벽을 넘어서는 것
이었다.

"가끔 변화를 주지 않으면 정체되기 마련이야."

단유강은 마치 머리에 벼락이 치는 듯했다. 우문혜가 한 말
이 그대로 벼락이 되어 정수리를 관통했다. 단유강은 그대로
침상에 앉은 채, 눈을 지그시 감았다. 그의 몸 주위로 폭풍 같
은 기운이 휘몰아쳤다.

우문혜는 그 광경을 지켜보며 은은한 미소를 머금었다. 그
리고 최대한 단유강의 몸에 무리가 가지 않도록 세심히 기운
을 조절해 주었다.

단유강이 다시 눈을 뜬 것은 두 시진이 지난 후였다. 별것
아닌 작은 깨달음을 정리하는 데 걸린 시간이었다. 그 작은
깨달음으로 벽 하나를 부쉈으니 상당히 남는 장사라 할 수 있
었다.

우문혜는 단유강이 눈을 뜨자마자 웃으며 입을 열었다.

"그래도 그동안 수련은 쉬지 않았나 보네? 놀기만 했다면
이런 성과도 없었을 텐데 말이야."

단유강은 어색하게 웃었다. 수련을 하긴 했다. 문제는 그
수련이 주로 누워서 할 수 있는 수련이었다는 점이다. 단유강
이 지난 오 년 동안 꾸준히 한 수련은 기감에 관한 것뿐이었
다.

덕분에 이번 깨달음으로 기감에 큰 변화가 생겼다. 감각이 훨씬 선명해졌다. 그리고 더 먼 곳까지 기감이 확장되었다. 특별히 집중하지 않아도 예전에 한껏 애써야 얻을 수 있었던 정보를 자연스럽게 얻을 수 있었다.

"자, 이제 결심도 선 것 같으니, 세상에 나가는 일만 남았구나. 난 황산(黃山)을 추천하는데, 어떻게 생각하느냐?"

"예? 황산이요?"

현재 단유강이 있는 사천 미고현에서 황산까지의 거리는 수천 리가 넘는다. 물론 단유강이 마음만 먹으면 금세 다녀올 수 있지만, 지금은 세상을 둘러보기 위한 여행이니 시간이 만만치 않게 걸릴 것이다.

"왜? 가기 싫은 게냐?"

"그건 아니지만……."

우문혜가 단유강이 뭘 걱정하는지 다 안다는 듯 빙긋 웃었다.

"여기는 걱정 말거라. 네가 돌아오기 전까지는 내가 머물 테니까. 그리고 문노도 있지 않느냐."

단유강은 고개를 끄덕였다. 우문혜와 문노가 있다면 그 어떤 일이 벌어져도 아무런 문제가 되지 않는다. 우문혜의 진짜 무서운 점은 그녀의 무력이나 능력이 아니었다. 그녀 뒤에 단단히 버티고 있는 존재, 바로 단유강의 할아버지였다.

'아마 눈물만 살짝 비치셔도 당장 오실 테니.'

아직까지 단유강은 할아버지의 진짜 능력이 얼마나 되는
지조차 파악하지 못했다. 만일 정말로 우문혜가 감당하기 어
려운 적이 나타나 할아버지를 부르게 된다면, 그건 그들에게
재앙이 될 것이다.

"좋습니다. 그렇다면 걱정할 것 없죠. 황산으로 가겠습니
다."

우문혜가 은은한 미소를 머금으며 만족스럽게 고개를 끄
덕였다.

"잘 생각했다. 한데 교영이는 어쩔 생각이냐?"

"그, 글쎄요……."

"쯧쯧, 우유부단한 녀석 같으니."

단유강은 억울했다. 우유부단하다니, 자신과는 전혀 어울
리지 않는 단어 아닌가. 자신에게 우유부단하다는 말을 할 수
있는 사람은 눈앞에 있는 할머니가 유일할 것이다. 할머니의
기준은 언제나 할아버지니까 말이다.

"데려가거라."

"네……."

단유강은 그렇게 대답할 수밖에 없었다. 그리고 담교영 하
나 더 데려간다고 해서 크게 문제되지도 않는다. 담교영도 나
름대로 능력을 갖추고 있고, 단유강이 조금만 도와주면 꽤 쓸
만해질 것이다. 아니, 그럴 필요도 없다. 이미 우문혜가 도와
주고 있으니까 말이다.

"좋습니다. 그렇게 하죠. 데리고 가겠습니다, 황산으로."

우문혜는 만족스런 표정으로 크게 고개를 끄덕였다.

"잘 생각했다. 다녀오는 길에 아이나 하나 만들든가… 아니지, 이건 교영이한테 얘기하는 게 훨씬 빠르겠구나."

우문혜가 그렇게 말하며 자리에서 일어나자, 단유강이 화들짝 놀라 벌떡 따라 일어났다.

"할머니!"

"난 이만 간다. 나오지 말거라."

우문혜는 그 말만 남기고 그대로 사라졌다. 단유강은 붉게 물든 얼굴로 우문혜가 있던 자리를 잠시 멍하니 바라봤다.

"에휴, 하여간 못 말리는 분이셔."

단유강은 그렇게 투덜거리며 다시 침상에 누웠다. 문득 우문혜에 대해 생각하니 웃음이 나왔다.

우문혜는 단유강 앞에서는 할머니처럼 근엄하게 말하려 애쓴다. 하지만 일단 밖에 나가면 누구도 우문혜가 할머니라고 생각하지 못한다. 말투부터 완전히 달라진다. 누가 봐도 스무 살쯤 되는 소저라 여길 것이다.

단유강은 고개를 절레절레 저었다.

"잠이나 자자."

이제 이곳을 떠나게 되면 당분간은 편안한 생활과는 안녕이다. 쉴 수 있을 때 충분히 쉬어둬야 한다. 단유강은 그렇게 생각하며 서서히 잠에 빠져들었다.

당미려는 한 장의 보고서를 읽으며 눈살을 찌푸렸다.

"천하제일미? 게다가 고수라고? 십대고수에 필적해? 이건 또 무슨 소리지?"

당미려는 도통 이해가 가지 않았다. 보고서에 쓰여 있는 것은 미고현에 새로운 강자가 등장했다는 내용이었다. 한데 그 고수가 천하제일미라고 한다. 얼마 전까지 천하제일미였던 담교영을 월등히 뛰어넘는 미인이라는 말까지 덧붙여 있었다.

"골치가 지끈거리는구나."

당미려는 손가락으로 관자놀이를 꾹꾹 눌렀다. 미고현이라는 말만 들어도 머리가 아팠다.

아직도 미고현에 있는 단유강의 정보 조직에 대한 실체를 잡아내지 못했다. 그 와중에 흑월검마가 나타났다. 놀랍게도 흑월검마는 천망단의 일개 대원으로 있었다.

"한데 이번에는 천하제일미라고? 가만… 담교영도 지금 그쪽에 있다고 했는데?"

더구나 이번에 나타난 천하제일미라는 여인은 더욱 심상치 않았다. 그녀가 얼마나 대단한지는 직접 경험한 사람에게 아주 생생한 얘기를 전해 들을 수 있었다.

"쯧쯧, 그 녀석 괜한 일을 벌이지는 말아야 할 텐데……."

당시 몽롱한 눈으로 그 얘기를 하던 당우균의 얼굴이 아직도 잊히지 않았다. 그것은 사랑에 빠진 사람만 지을 수 있는 표정이었다. 하지만 그와 동시에 체념과 질투까지 뒤섞인 아주 복잡한 표정과 눈빛이었다. 어느 모로 보나 당가의 기대주인 당우균이 지을 만한 표정은 아니었다.

당시 당우균에게 미고현으로 사람을 보내 그녀와 연을 맺게 해주겠다고 얘기했었다. 당우균은 순간 놀람과 기쁨이 뒤섞인 표정을 지었다가 이내 한숨과 함께 고개를 저었다.

당우균이 더 이상 입을 열지 않아 그냥 그런가 보다 하고 말았지만 생각해 보면 조금 이상했다. 당우균은 그렇게 포기가 빠르지 않다. 당우균이 당가의 기대주로 성장할 수 있었던 것은 포기하지 않는 집념과 끈기의 결과였다.

즉, 그가 포기할 수밖에 없는 일이 숨겨져 있다는 뜻이다.

"정보원을 더 늘려야 하나……."

흑월검마에 대한 것도 아직 명확히 파악하지 못했다. 한데 또 살펴야 할 사람이 늘었다. 당미려는 결국 인원을 더 추가하기로 결정을 내렸다.

아무래도 예감이 좋지 않았다. 미고현을 중심으로 뭔가 큰 일이 벌어질 것만 같았다. 한데 미고현에 대해 아는 것이 아무것도 없다. 이럴 때 일이 터지면 그냥 뒤통수를 맞는 수밖에 없지 않은가.

"하필이면 사천에서……."

당미려와 당가의 욕심은 크지 않다. 그저 예전의 성세만 되찾으면 그만이다. 사천의 패자이자, 지배자. 그것이 바로 당가의 목표였다.

단유강은 우문혜의 발 빠른 움직임에 혀를 내둘렀다. 언제 무림맹으로 연락을 했는지, 공문까지 내려왔다. 단유강은 공문을 펼쳐 대강 읽고는 옆으로 휙 내던졌다.

"그러니까 황산 일대를 조사해 달라는 말이지?"

공문의 내용은 간단했다. 천망칠십오대주가 대원 한 명을 대동하여 황산까지 이동한 후, 그 근방을 자세히 관찰하라는 지시였다.

평소라면 절대 내려올 리 없는 지시였다. 일단 정확한 임무가 명시되지 않았다. 황산에서 뭘 관찰하고 어떤 사실을 알아오라는지 정해지지 않았다는 것은 무슨 짓을 하든 마음대로 하라는 뜻이다.

'대체 무림맹에 무슨 짓을 하신 거지?'

우문혜의 미모야 충분히 인정하는 바이지만, 아무리 그렇다 하더라도 무림맹은 바보가 아니다. 우문혜의 말 한 마디로 천망단의 대주와 대원을 빼돌리는 건 있을 수 없는 일이었다.

"원칙대로라면 말이지. 쯧쯧."

단유강은 그렇게 중얼거리며 혀를 찼다. 무림맹이 고작 천망단에 신경을 쓸 이유가 없다. 천망단 전체를 동원하는 것도 아니고 고작 대주 한 명과 대원 한 명의 일이다. 그걸로 우문

혜 같은 미인의 환심을 살 수 있다면 충분히 하고도 남을 만
한 자들이 무림맹에는 아주 차고 넘쳐 난다.

단유강은 쓸데없는 생각을 접고 자리에서 일어났다. 그리
고 아쉬운 눈으로 침상을 한 번 바라봤다.

"아무래도 이건 당분간 할머니 차지가 되겠군."

단유강은 어쩌면 우문혜가 자신을 이렇게 밖으로 내모는
것이 이 침상 때문일지도 모른다는 생각이 들었다. 아니, 확
신이 들었다.

"괜히 시간 끌 필요 없지. 당장 가자."

단유강은 문을 열고 밖으로 나섰다. 단유강의 기감에 장원
내에 있는 사람들의 기척이 순식간에 박혀들었다. 잠시 그들
에게 인사라도 할까 하다가 이내 고개를 저었다.

"귀찮은데 그냥 가자."

인사를 포기한 단유강은 장원 밖으로 향했다. 어느새 담교
영이 정문에서 그를 기다리고 있었다. 담교영은 단유강을 발
견하자마자 놀람 반, 반가움 반을 섞어놓은 듯한 표정을 지었
다.

"정말로 나오셨네요?"

단유강은 그 말을 듣는 순간, 우문혜가 알아서 담교영을 보
냈다는 걸 알 수 있었다. 단유강은 빙긋 웃으며 담교영 옆에
섰다.

"그럼 갈까?"

담교영이 얼굴을 붉히며 고개를 끄덕였다.

"예……."

그녀의 대답은 부끄러움 때문에 아주 작았다. 어젯밤에 우문혜가 해준 말이 떠올랐기 때문이다.

'아이라니…….'

담교영은 얼굴을 붉히면서도 묘한 기대가 어린 눈으로 단유강을 힐끔힐끔 훔쳐봤다.

"예에? 대주님이 떠나셨다고요?"

연백철은 깜짝 놀란 얼굴로 그렇게 물었다. 그의 눈빛에는 섭섭함이 가득했다. 다른 대원들도 말은 안 했지만 연백철과 비슷한 심정이었다. 어떻게 말 한마디도 없이 떠날 수가 있단 말인가.

"어차피 갔다가 애만 만들고 금방 오실 거다."

문노의 말에 모두 뜨악한 표정을 지었다.

"그, 그, 그게 무슨 말씀입니까? 애를 만든다니요!"

문노가 음흉하게 웃으며 대답했다.

"으흐흐. 혈기왕성한 청춘 남녀가 단둘이 여행을 떠났는데, 중간에 아무 일도 없을 것 같으냐?"

문노는 그렇게 말하며 백설영과 제갈무군을 의미심장한 눈으로 바라봤다. 두 사람은 문노의 눈길에 화들짝 놀라 뒤로 주춤 물러났다. 연백철이 그 광경을 놓치지 않고 확인했다.

“뭐, 뭐죠? 두 분의 그 반응은? 서, 서, 설마……!”

제갈무군과 백설영은 연백철의 말에 대꾸하지 않고 고개를 옆으로 슬며시 돌렸다.

그리고 두 사람의 뒤에 서 있던 하후량과 하후령은 뭔가를 결심한 듯 주먹을 불끈 쥐었다.

연백철은 입을 벌리고 멍하니 그들을 바라봤다.

쾅!

“크악!”

연백철은 갑자기 뒤통수에서 느껴지는 격통에 그대로 주저앉아 뒷머리를 마구 문질렀다.

“크으윽.”

“너도 사내라면 그렇게 멍하니 있지 말고 뭔가 좀 해봐라.”

문노의 말에 연백철이 어리둥절한 표정을 지었다. 문노는 그것을 보고는 고개를 절레절레 저으며 혀를 찼다.

“쯧쯧, 무림맹에서 예까지 애써 온 보람도 없겠다, 이놈아. 쯧쯧쯧.”

연백철은 문노의 말을 들으며 고개를 갸웃거렸다. 뭔가 이해가 가기도 하고 그렇지 않기도 했다.

그런 연백철을 보며 근처에 있던 대원들이 일제히 고개를 절레절레 저었다. 그 누군가가 너무나 측은했다.

“그런데 우리 어디로 가는 거죠?”

"황산."

"머네요."

"좀 그런 편이지."

사천성 미고현에서 안휘성에 있는 황산까지는 직선거리로 사천 리에 달한다. 관도를 따라가면 그보다 훨씬 더 멀다.

"아무리 빨리 서둘러도 보름은 걸리겠는데요?"

"그보다 더 걸릴 거야. 서두를 생각이 없거든."

담교영은 웃으며 고개를 끄덕였다. 서두른다는 의미는 경공까지 써가며 간다는 뜻이다. 사람인 이상 쉬지 않고 달릴 수는 없다. 경공 역시 마찬가지다. 그리고 그렇게 무리를 하면 결국 몸이 축나게 된다.

단유강은 그런 식으로 몸을 축낼 생각이 전혀 없었다. 아니, 담교영이 무리하게 할 생각이 없었다. 단유강이야 그렇게 해도 전혀 몸이 축나지 않는다. 몸의 한계를 넘어서는 경험이야 헤아릴 수도 없을 정도로 해봤다.

단유강은 담교영의 미소를 보며 문득 참으로 예쁘다는 생각이 들었다.

"괜찮네."

"예? 뭐가요?"

"아냐. 그보다 면사는 안 쓸 거야?"

지금이야 인적이 없는 곳이니 상관없지만 생각해 보면 담교영은 처음부터 면사를 쓰지 않았다. 미고현을 지나쳐 올 때도 수많은 사람들의 시선을 받으며 꿋꿋하게 걸었다.

"앞으로는 안 쓸 거예요."

단유강은 고개를 끄덕였다. 좋은 변화다. 이건 앞으로의 성장에도 큰 영향을 미칠 것이다.

"왠지 바보 같다는 생각이 들어서요."

"우리 할머니, 대단하지?"

담교영이 크게 고개를 끄덕였다.

"예. 정말로 대단하세요. 그동안 대주님이 할머님에 대한 얘기를 할 때마다 솔직히 모두 믿지는 않았거든요. 그런데 이젠 왜 그런 말씀을 하셨는지 알겠어요."

'대단하신 분이지. 특히 미모에 대한 집념은 누구도 못 따라가니까.'

단유강은 우문혜가 얼마나 오랜 시간 동안 꾸준히 미모를 가꿔왔는지 잘 안다. 그 집념과 끈기는 누구라도 인정해 줄 수밖에 없을 것이다.

"대주님에 대해 좀 더 많은 걸 알고 싶어요."

단유강은 우문혜에 대해 생각하다가 담교영의 말을 듣고는 상념에서 벗어났다.

"나?"

우문혜가 빙긋 웃었다.

"네. 대주님이 태어나신 곳은 어디인지, 또 왜 미고현에 계속 계시는지, 부모님은 어떤 분이신지, 어떤 가족들과 살아오

섰는지, 모두 다요."

단유강이 피식 웃었다.

"궁금한 것도 많구나. 뭐, 얘기 못할 건 없지만……."

"얘기해 주세요."

담교영이 기대 가득한 눈으로 단유강을 바라봤다. 단유강
은 그녀와 눈을 마주치며 씨익 웃었다.

"귀찮아서 다음에."

"예? 그, 그런 게 어딨어요?"

단유강은 담교영의 반응에 유쾌하게 웃었다.

"하하하하! 나중에 천천히 하자고."

지금 모두 하기엔 얘기가 너무 길다. 그리고 아직도 시간은
많다. 여행은 이제 막 시작했을 뿐이다.

분위기가 좋아지자, 담교영이 할 말이 있는 눈치를 보이며
머뭇거렸다.

"왜? 할 말 있으면 해. 망설이지 말고."

담교영은 고개를 숙이고 조심스럽게 입을 열었다.

"저… 가는 길에 장사를 거쳐 가면 안 될까요?"

장사는 호남에 있다. 만일 그곳을 거쳐 가려면 길을 조금
돌아가야 한다. 단유강은 흔쾌히 고개를 끄덕였다.

"뭐 어려운 일이라고. 좋아, 그렇게 하지. 집이 걱정돼서
그래?"

담교영이 고마운 눈빛으로 단유강을 바라보며 고개를 끄

덕였다. 왜 아니겠는가. 담교영의 아버지인 청검산장의 장주 담무군이 그새 또 무슨 사고를 쳤는지 알 수 없었다.

"너무 걱정할 필요 없어. 가끔 그쪽 소식을 듣는데, 꽤 선전하는 모양이던데?"

단유강의 말에 담교영이 눈을 동그랗게 떴다. 설마 단유강이 거기까지 신경을 쓰고 있을 줄은 몰랐던 것이다.

"황금 만 냥을 우습게 보면 안 되지. 원래 돈이 돈을 부르는 법이거든. 사기만 당하지 않는다면 말이야."

담교영은 단유강의 말에 갑자기 불안해졌다. 왠지 불길한 예감이 들었다. 단유강은 그런 담교영의 표정을 보며 또 유쾌하게 웃었다.

"하하하하, 걱정 안 해도 된다니까? 가서 괜찮은 총관이나 하나 구해주자고."

담교영이 얼굴을 살짝 붉히며 고개를 끄덕였다. 한편으로는 부끄럽기도 하고 다른 한편으로는 너무나 고마웠다.

"고마워요."

단유강이 빙긋 웃으며 담교영의 머리를 헝클었다.

"고맙긴. 내가 전에 말했지? 내 사람한테는 아무것도 안 아낀다고."

'내 사람'이라는 게 무슨 의미인지는 확신하지 못하지만, 담교영은 가슴 설레는 표정으로 단유강을 바라보며 고개를 끄덕였다.

두 사람은 조금 더 느긋하게 걸음을 옮겼다. 지금 가슴에
생겨난 설렘을 한껏 만끽하고 싶었다.

만수평은 바닥에 부복한 채, 교주의 말을 기다렸다. 이미
예정된 보고는 다 했다.

"흑월검마라……."

교주는 그렇게 중얼거리다가 고개를 끄덕였다.

"오래도 살았군."

흑월검마는 칠십 년 전의 인물이다. 게다가 한창 활동할 때
이미 일흔 살은 넘은 나이였다. 그런 자가 아직도 살아 있으
니 절로 눈살이 찌푸려졌다.

"그나저나 좀 이상하구나. 흑월검마쯤 되는 사람이 고작
천망단의 일개 대원으로 있었다고? 대주는 서른도 안 된 애송
이고?"

"그렇습니다."

"흑월검마가 노망이 들었나? 애송이의 말을 고분고분 따른
다고?"

"뭔가 둘 사이에 밀약이 있지 않았을까 추측하고 있습니다."

"추측이라……."

만수평의 얼굴이 긴장으로 굳어졌다. 교주는 그런 만수평
을 물끄러미 쳐다보다가 고개를 돌렸다. 만수평은 조금 긴장
을 풀며 조심스럽게 말했다.

"명만 내려주시면 은밀히 제거하겠습니다."

"은밀히? 흑월검마가 어느 정도로 강한지 확인은 해봤느냐?"

"우내사존 정도로 추측하고 있습니다."

"추측이라……."

만수평은 직감적으로 위험을 느꼈다. 교주의 기분이 바닥으로 가라앉았다는 것을 조금 전의 말투로 알 수 있었다. 만수평은 급히 고개를 깊이 조아렸다. 그리고 몸을 부들부들 떨었다.

"만일 흑월검마가 우내사존보다 훨씬 강하다면 어쩔 생각이냐?"

만수평은 아무런 대답도 하지 못했다. 우내사존보다 강하다 하더라도 은밀히 처리할 수 있다. 하지만 그 얘기를 지금 꺼낼 수는 없었다.

"앞으로 다시는 내 앞에서 추측이라는 말을 쓰지 말도록."

"조, 존명!"

쿵!

만수평은 대답하며 이마를 바닥에 힘껏 찧었다. 이마가 깨져 피가 흘렀지만 전혀 신경 쓰지 않았다. 아니, 고통을 느끼지 못했다. 극심한 공포가 통증마저 집어삼켜 버렸다.

"더 확실히 조사를 해라. 흑월검마가 왜 그곳에 있는지, 또 그 천망단의 대주가 과연 뭐 하는 놈인지. 그 주변을 샅샅이 뒤져라."

만수평의 이마가 다시 한 번 바닥을 찧었다.

쿵!

"존명!"

우문혜는 단유강이 떠나자 장원 곳곳을 둘러봤다. 장원에 펼쳐진 진법도 확인했고, 장원의 상태가 어떤지 대략적으로 확인을 했다.

"마음에 드는 건 침상뿐이네?"

우문혜는 그렇게 중얼거리며 아찔한 미소를 흘렸다. 그녀를 따라온 문노가 그 미소를 보고는 황급히 고개를 숙였다. 자칫 불경한 마음을 품을까 두려워 우문혜의 얼굴을 함부로 쳐다볼 수가 없었다.

"변화가 좀 필요할 것 같아."

문노가 두려운 눈으로 우문혜를 바라봤다.

"벼, 변화라 하심은……."

"새로 지어야겠어."

문노가 입을 떡 벌렸다.

"예에?"

"너무 좁아서 사람을 더 들일 수가 없잖아."

"하, 하지만 마님… 여기는 무림맹의 장원입니다."

우문혜는 대수롭지 않다는 듯 대꾸했다.

"그래? 그럼 우리 유강이가 무림맹한테 사는 걸로 해."

"이, 이 장원을 구입하겠단 말씀이십니까? 하면 천망단은……."

우문혜가 고개를 끄덕였다.

"천망단도 같이 쓰면 되지. 크게 지을 거니까 천망단 몇 명쯤 같이 있어도 상관없어."

문노는 갑자기 골이 지끈지끈 아파왔다. 이 모든 걸 자신이 처리해야 한다. 문노는 왠지 단유강이 너무나 보고 싶었다.

"네가 왜 골치 아픈 표정을 짓고 있어? 일 잘하는 아이 있잖아."

문노의 뇌리에 백설영이 떠올랐다. 과연 그녀라면 이런 일은 순식간에 처리할 수 있을 것이다.

"다, 당장 처리하겠습니다."

문노는 그렇게 말하고 몸을 돌렸다. 막 발을 떼려는 순간, 우문혜의 목소리가 들려왔다.

"참, 네 사부가 조만간 여기로 올지도 몰라."

문노의 발걸음이 우뚝 멈췄다. 문노는 마치 강시처럼 굳은 목을 억지로 돌려 우문혜를 바라봤다. 목이 움직일 때마가 뚜둑 하고 뼈 부러지는 소리가 들려오는 듯했다.

"그, 그, 그게 무, 무, 무슨 말씀이십니까? 사, 사, 사부님이 오신다고요?"

우문혜가 장난스런 미소를 지었다.

"요즘 누구 대신 문 지키느라 고생이 좀 심했거든."

"사, 사, 사부님이 문을 지키셨단 말입니까?"

문노는 놀란 표정을 감추지 못했다. 그의 사부가 어떤 사람인가. 문을 지키는 게 아무나 할 수 있는 일은 아니지만 그곳에 있는 사람들이라면 아무나 나서도 충분히 가능한 일이다. 게다가 그의 사부는 꽤 높은 사람이니 문을 지키는 일은 충분히 다른 사람들에게 맡길 수도 있었다. 그런데도 직접 문을 지켰다는 것은…….

"제 대신입니까?"

"뭐, 그렇다고 할 수 있지. 그래도 너무 걱정은 마. 설마 죽이기야 하겠어?"

오싹 소름이 돋았다. 문노는 두려운 얼굴로 한동안 멍하니 서 있었다. 당연히 죽이지는 않을 것이다. 하지만 죽는 게 차라리 낫다고 생각하게 될지도 모른다. 문노가 몸을 부르르 떨었다. 사부에게 무공을 배울 때가 떠올랐다.

"에휴."

입에서 절로 한숨이 새어 나왔다. 아무래도 쉽게 넘어갈 수는 없을 듯했다.

"그나저나 이번이 두 번째네? 참 네 사부도 고생이 많다."

칠십 년 전에 흑월검마가 갑자기 사라진 이유가 바로 그것이었다. 문노의 사부가 와서 문노를 잡아간 것이다. 그리고 이번에도 그렇게 될 것이다. 당시 다시 돌아가서 얼마나 호되게 당했는지 아직도 기억이 생생하다. 덕분에 그렇게 오랜 시간 문을 지키게 되지 않았던가.

'이번에는 또 무슨 고초를 당할지…….'

문득 서러운 생각이 들었다. 지금 자신의 나이가 몇인가. 다 늙은 처지에 그런 식으로 당해야 한다고 생각하니 기분이 울적해졌다.

"그런 표정 짓지 말라니까? 내가 잘 말해줄게."

우문혜의 말에 문노의 안색이 급격히 밝아졌다.

"저, 저, 정말이십니까?"

우문혜가 눈을 살짝 치켜떴다.

"내가 거짓을 말하는 걸 본 적이 있어?"

"아닙니다! 물론 없습니다! 전 마님을 무조건 믿습니다!"

우문혜가 빙긋 웃었다. 순식간에 세상이 몇 배나 밝아지는 듯한 착각이 들 정도로 환한 미소였다.

"그러니 앞으로 알아서 모셔."

"여부가 있겠습니까. 마음껏 부려주십시오."

문노가 깊이 허리를 조아렸다. 사실 이 일이 아니더라도 우문혜의 말이라면 무조건 복종할 것이다. 문노는 새삼 우문혜의 마음이 느껴져 잔잔한 미소를 지었다.

第九章
백검문

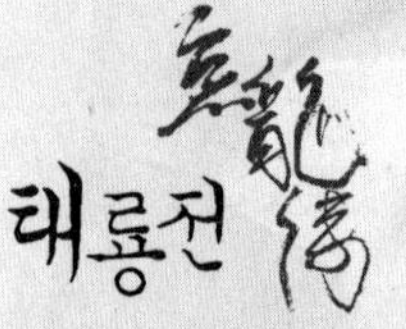

泰龍傳
태룡전

커다란 상선(商船) 하나가 강의 물살을 헤치며 나아가고 있
었다. 상선에는 진흥상단(振興商團)이라 적힌 깃발이 펄럭였
다.

진흥상단은 호북과 호남, 하남을 오가며 활발하게 활동 중
인 상단이었다. 비록 그 규모가 대단치는 않았지만 앞으로의
발전 가능성이 상당한 상단이었다.

현재 진흥상단의 상선은 강을 따라 동정호로 들어가고 있
었다. 동정호에서 상강(湘江)을 따라 내려갈 예정으로, 상강
과 유양하(瀏陽河)가 합류하는 지점에는 장사(長沙)가 위치한
다. 그들의 목적지는 바로 장사였다.

배의 선수 부분에 몇몇 사람들이 서서 대화를 나누며 사방을 살피고 있었다. 그들은 진홍상단의 상인들을 보호하는 호위무사들이었다.

예로부터 강에는 수적들이 들끓기 때문에 만일의 사태에 대비해 호위무사가 여럿 필요했다.

보통 수적들에게 통행세 명목으로 적당한 돈을 건네면 상선을 건드리지 않고 보내주었지만, 드물게 상선 자체를 완전히 털어먹고 상인들을 잡아가 노예로 부리거나 팔아먹는 악질적인 수적들도 있었기에 이렇게 단단히 준비를 해야만 했다.

그렇게 선수에 모여 언제 나타날지 모르는 수적을 감시하며 두런두런 얘기를 나누던 무사들 중 하나가 눈을 크게 뜨며 손가락을 뻗었다.

"저기, 수적 아닌가?"

무사의 손가락이 가리키는 곳에는 배가 몇 척 떠 있었는데, 그 배들에는 흑룡(黑龍)을 그린 깃발이 꽂혀 있었다.

"흑룡채(黑龍寨)!"

흑룡채는 동정호 근방의 물길에서 활동하는 수적으로, 그 위세가 상당했다. 가장 중요한 사항은 그들이 바로 상선을 몽땅 털어먹는 악질적인 수적이라는 점이었다.

"서둘러라!"

무사들이 분주하게 움직였다. 선실에서 쉬고 있던 무사들이 우르르 갑판으로 올라왔다. 배의 규모가 꽤 컸기 때문에 승선한 무사의 수도 상당했다.

갑판에 올라와 흑룡채의 배들을 확인한 무사들이 암담한 표정을 지었다. 흑룡이 그려진 깃발이 무려 네 개나 보였다. 흑룡채에서 네 척이나 되는 배를 동원했으니 진홍상단의 상선에 있는 무사들보다 적어도 두 배가 넘는 수적들이 동원된 것이다.

갑판 위에는 무사들 외에 상인들과 상단의 상행을 책임지는 상주도 올라와 있었다. 그들은 높은 곳에 올라 걱정스런 눈으로 흑룡채의 배들을 바라보고 있었다.

"응? 뭔가 좀 이상하군요."

상인 중 하나가 그렇게 말하며 흑룡채의 배들이 있는 곳을 손가락으로 가리켰다. 상주를 비롯한 나머지 상인들 역시 시선을 그쪽으로 집중했다. 그러자 그가 무슨 말을 하는지 알 수 있었다.

흑룡채의 깃발을 달지 않은 배가 한 척 있었다. 즉, 흑룡채의 배 네 척이 그 한 척을 포위한 형국이었다.

"아무래도 저들의 목표는 우리가 아닌 듯합니다."

상인들이 순간 약간 안도했다. 이제 선택의 폭이 넓어졌다. 이대로 도망을 가는 것과 저 포위된 배와 힘을 합해 흑룡채와 싸우는 것, 이렇게 두 가지의 선택을 할 수 있었다.

상주인 경창배는 잠시 고민했다. 굳이 어려운 선택을 할 이유가 없었다. 지금 지나는 강은 폭이 넓었다. 그리고 저들만 무사히 지나칠 수 있으면 바로 동정호였다.

'그리고 저 네 척 중 두 척 정도가 쫓아온다면 우리도 충분히 상대할 수 있을 테고.'

조금 멀찍이 이동한다면 흑룡채는 진홍상단의 상선을 건드리지 않을 가능성이 컸다.

경창배가 그렇게 속으로 결정을 내렸을 무렵, 그의 뒤에서 옥구슬 굴러가는 듯한 목소리가 들려왔다.

"무슨 일인가요?"

경창배는 만면에 웃음을 머금고 조용히 돌아섰다. 그의 눈에 천상에서 내려온 듯한 선녀같이 아리따운 여인의 모습이 들어왔다.

"아, 담 소저, 안에서 쉬고 계시지 왜 나오셨습니까. 하하하, 별것 아닙니다. 편안히 쉬고 계시면 금세 장사에 내려드리겠습니다."

경창배는 조금 과장된 목소리로 말했다. 그는 처음 담교영을 보고서 한눈에 반했다. 면사를 쓰지 않은 담교영을 보고도 평온을 유지할 수 있는 사람은 거의 없었다.

경창배의 나이는 이제 고작 스물일곱이었다. 진홍상단은 능력이 있으면 나이를 가리지 않고 요직에 앉히기 때문에 경창배처럼 나이가 많지 않은 상주가 꽤 많았다.

경창배는 젊은 상주들 중에서도 두각을 나타내는 사람이

었다.

"수적이로군요?"

담교영은 그렇게 말하며 조금 더 앞으로 다가가 흑룡채의 배들을 바라봤다. 어느새 단유강이 나타나 담교영 옆에 나란히 섰다. 단유강의 외모도 상당했기에 누가 봐도 잘 어울렸다. 물론 경창배는 그렇게 생각하지 않았지만.

"아직 싸우지는 않고 있지만, 금방이라도 붙을 기세인데? 저 포위된 상단의 배에 꽤 그럴듯한 무사들이 많아."

단유강의 말에 담교영이 호기심 어린 눈으로 그들을 관찰했다.

경창배는 못마땅한 표정으로 단유강을 노려봤다. 계속 담교영 옆에 붙어 있는 것이 마음에 들지 않았다. 처음에는 연인이라고 생각했다. 하지만 조금 관찰해 보니 그렇지는 않은 듯했다.

'연인 사이에 대주라는 호칭을 쓸 리가 없지.'

경창배는 그렇게 판단했다. 게다가 둘 사이의 대화나 행동을 유심히 보면 뭔가 미묘한 거리감이 있었다. 눈치가 빠른 경창배는 그것을 대번에 눈치챘다. 그것은 연인 사이라면 없어야 할 거리감이었다.

"크흠, 크흠. 우리는 저들과 엮이지 않도록 멀리 피해 갈 예정이니 걱정하실 것 없습니다."

경창배가 슬쩍 대화에 끼어들었다. 담교영이 고개를 돌려 경창배를 바라봤다. 그리고 빙긋 웃어주었다. 어쨌든 그들의 도움을 받는 중이다. 이렇게 상단의 배를 얻어 타고 가는 건 그리 쉬운 일이 아니었다. 물론 경창배에게 흑심이 있었기에 가능한 일이었지만.

담교영은 경창배의 말을 듣고 나서 살짝 얼굴을 굳혔다. 위기에 빠진 사람들을 두고 그냥 도망간다는 얘기를 이렇게 아무렇지도 않게 할 수 있다는 게 마음에 안 들었다. 하지만 이들을 비난할 생각은 없었다. 이들은 무인이 아니라 상인이다.

"그렇군요. 한데 저렇게 흑룡기를 매단 걸 보면 저들의 이름이 흑룡채겠군요?"

"그렇습니다. 흑룡채는 이 근방에서 악명이 자자한 놈들입니다. 일단 저들 손에 걸리면 아무것도 남아나지 않습니다. 남자는 끌고 가 노예로 써먹고, 여자는 노리개로 만듭니다. 그렇게 단물을 다 빨아먹은 다음에는 하나둘 유곽이나 허드렛일이 필요한 곳에 팔아넘깁니다."

담교영은 눈살을 찌푸렸다. 그리고 다시 흑룡채의 배들을 쳐다봤다. 마침 그들이 움직이려 하고 있었다. 흑룡채에 포위된 배에서 삼엄한 기세가 느껴지는 것이, 결사 항전을 할 모양이었다.

그들의 모습에 경창배가 긴장하며 재촉하기 시작했다.

"서둘러라. 싸움이 끝나기 전에 빠져나가야 한다. 일단 동정호에 접어들면 저들도 더 이상은 쫓지 않을 것이다."

흑룡채에는 고수들이 많다. 이렇게 배를 몽땅 털어 먹는 것은 생각보다 큰 위험을 감수해야 한다. 흑룡채가 어떤 수채인지 알기에 목숨을 걸고 대항을 하기 마련이다. 그들을 물리치기 위해서 높은 무공은 필수였다.

담교영은 단유강을 바라보며 입을 열었다.

"대주님, 도와주실 건가요?"

단유강이 빙긋 웃으며 담교영의 눈을 바라봤다. 그녀의 눈빛에는 기대감이 일렁이고 있었다. 이런 눈빛을 배반하면 남자의 자격이 없지 않은가. 단유강은 가볍게 고개를 끄덕였다.

"뭐, 어렵지 않지. 나쁜 놈들 혼내주는 거야 이골이 나 있으니까. 그리고……."

단유강은 말을 흐리며 다시 흑룡채의 배들에 포위된 상선을 바라봤다.

"왠지 낯익은 얼굴이 좀 보여서 모른 척하기도 곤란하고 말이지."

그 말에 담교영이 환하게 웃었다. 경창배가 어이없다는 눈으로 단유강을 쳐다봤다. 하지만 그의 그 눈빛은 이내 경악으로 바뀌어야 했다.

단유강이 몸을 훌쩍 날려 강으로 뛰어들었다. 하지만 으레 들려야 할 물소리가 들리지 않았다. 단유강은 물을 가볍게 박차고 앞으로 나아갔다. 단유강의 몸이 쭈욱 늘어나는 것처럼 보였다. 그리고 어느새 그의 몸은 흑룡채의 배 앞에 있었다.

아무런 소리도 없이 단유강의 몸이 훌쩍 위로 올라가 배 위에 가볍게 내려섰다.

멀리서 그 광경을 지켜보던 경창배는 턱이 빠질 정도로 입을 벌렸다. 그리고 화들짝 놀라며 담교영을 바라봤다. 지금까지는 그저 아름다운 여인으로 보였는데, 이제는 뭔가 다르게 보였다.

"놀라실 필요 없어요. 그리고 걱정하실 필요도 없고요. 대주님께서 다 해결해 주실 거예요."

담교영의 말에 경창배는 고개를 정신없이 끄덕였다.

'그런데 대주라니, 대체 어디의 대주지?

경창배의 머리가 핑핑 돌아가기 시작했다.

흑룡채의 배 위에 올라선 단유강은 주위를 스윽 둘러봤다. 단유강이 갑자기 나타나 흑룡채의 수적들은 깜짝 놀란 상태였다. 하지만 그들은 이내 포악한 표정을 지으며 소리쳤다.

"쳐라!"

누군가의 외침에 단유강 근처에 있던 수적들이 각자 무기를 휘두르며 달려들었다. 그들의 무기는 짧은 도와 도끼가 대부분이었다. 흔들리는 배 위에서 가장 효과적으로 쓸 수 있는 무기이기도 했다.

단유강은 자신을 향해 달려드는 수적들을 보며 빙긋 웃었다. 이런 데서 시간을 낭비할 생각은 없었다. 단유강은 가볍게 발을 한 번 굴렀다.

쿵!

단유강의 발을 중심으로 충격파가 퍼져 나갔다. 달려들던 수적들이 중심을 잡지 못하고 비틀거리다가 결국 넘어졌다. 단유강은 다시 한 걸음을 걸으며 바닥을 찧었다.

쿵!

또다시 충격파가 배를 휩쓸었다. 이번에는 조금 전보다 더 격렬했다.

"크억!"

"쿨럭!"

단유강 근처에 있던 몇몇이 피를 토하며 쓰러졌다. 바닥에 쓰러져 있던 자들은 그대로 입가에 피를 흘리며 정신을 잃었다. 단유강은 다시 한 발을 움직였다.

쿵!

훨씬 거대한 충격파가 배를 장악했다. 이번에는 그저 사람들만 쓰러지는 것에 그치지 않았다.

뿌드드득!

와지끈!

단유강을 중심으로 갑판이 마구 뜯겨 나갔다. 그리고 배를 둘러싼 난간이 모조리 부서지며 튀어 올랐다. 단유강은 다시 움직였다. 아직 갑판에서 멀쩡하게 남아 있는 부분에 그의 발이 정확히 닿았다.

쿵!

쫘드드드득!

그 한 번으로 배가 완전히 와해되었다. 당연히 배 위에 있던 수적들은 피를 토하며 물에 빠져 버렸다.

단유강은 가볍게 몸을 띄웠다. 그리고 미처 가라앉지 않은 배의 선실 부분을 딛고 몸을 날렸다. 목적지는 바로 옆에 있던 흑룡채의 배였다.

"막아라! 도끼를 던져!"

조금 전에 배가 박살 나는 광경을 본 수적 중 하나가 그렇게 외쳤다. 순식간에 단유강을 향해 수많은 도끼들이 날아갔다. 도끼 하나하나에 실린 힘은 대단했다. 바람을 가르는 소리가 무시무시하게 울렸다.

하지만 단유강은 그 광경을 보면서도 빙긋 웃었다. 도끼 다발이 단유강을 덮쳤고, 그 순간 단유강의 몸이 마치 떨어지는 낙엽처럼 이리저리 비틀거렸다.

쉬쉬쉬쉭!

도끼는 무서운 파공성과 함께 단유강의 몸을 스치듯 날아갔다. 단 한 개의 도끼도 단유강의 옷깃조차 스치지 못했다. 어느새 단유강은 배의 갑판에 가볍게 내려섰다. 단유강의 입가에 진한 미소가 어렸다.

수적들은 질린 눈으로 단유강을 바라보다가 이내 발작적

으로 외치며 달려들었다.

"죽여!"

단유강은 수적들이 달려오는 것을 바라보며 살짝 몸을 띄웠다. 그리고 그대로 내려앉으며 손바닥으로 바닥을 강하게 내려쳤다.

쩡!

단유강의 몸을 중심으로 폭풍 같은 기의 회오리가 몰아쳤다. 단유강에게 달려들던 수적들이 거기에 휘말려 천지사방으로 날아갔다.

꽈드드드득!

그 한 방에 배가 무너지기 시작했다. 배를 구성하던 모든 나무가 비틀리고 부러졌다. 그리고 그 나무를 고정하던 못들도 모조리 뽑혀 나갔다.

단유강은 더 이상 볼 것도 없다는 듯 몸을 돌렸다. 그리고 마지막 목적지를 바라봤다. 그것은 흑룡채의 수적들이 포위하고 있던 상선이었다. 단유강의 몸이 어느새 하늘로 떠올랐고, 근처에 있던 사람들이 바라보는 순간, 어느새 상선 한가운데 서 있었다.

아직까지 싸움이 일어나기 전이라 상선에는 수적들이 한 명도 없었다. 상선에 있던 무사들은 어정쩡한 자세로 검을 세우고 단유강을 바라봤다.

그 무사들을 헤치며 한 사람이 앞으로 나섰다. 그리고 단유강을 향해 정중히 포권을 취했다.

"도와주서서 감사합니다. 도움에 대한 답례를 해야 마땅하나, 상황이 여의치 않으니 조금 뒤로 미루겠습니다."

당당한 인사에 단유강이 빙긋 웃으며 고개를 끄덕였다.

"일단 저것들부터 치우고 나서 얘기를 계속하죠."

단유강은 그렇게 말하고는 흑룡채의 배를 쳐다봤다. 두 척을 박살 냈고, 이제 두 척만 남아 있었다. 단유강이 저들을 어떻게 처리할까 잠시 고민하는 사이, 인사를 했던 사내가 나섰다.

"저들은 저희의 힘으로 해결할 수 있습니다. 은인께서는 조금 쉬시지요."

단유강은 고개를 돌려 사내의 얼굴을 바라봤다. 그러고는 고개를 끄덕였다. 이들의 정체를 대충이나마 파악하고 있었기에 이쯤에서 자존심을 세워주는 것이 나을 듯했다.

"뭐, 그러시지요."

단유강은 그렇게 선선히 대답하고는 몸을 훌쩍 날렸다. 단유강은 어느새 강물을 박차고 다시 몸을 띄운다 싶더니, 순식간에 진흥상단의 상선에 올라섰다.

그 광경을 구경하던 사내, 적운영은 놀란 눈을 감추지 못했다.

"놀랍군. 저 상선은 진흥상단의 것인가?"

적운영의 옆에 있던 상인 하나가 고개를 숙이며 대답했다.

“진홍상단이 맞습니다.”

“진홍상단에 저런 고수가 있었나? 그들의 저력이 두려울 정도로군.”

방금 전 단유강이 보여줬던 무위는 웬만한 사람은 흉내도 내기 어려울 정도였다.

“장주님과 비견될 정도의 고수로군.”

적운영의 말에 근처에 있던 무사들이 경악한 눈으로 그를 바라봤다. 그들은 장주가 얼마나 강한지 잘 알고 있다. 함께 수련을 해봤기 때문이다. 한데 저렇게 젊은 사람이 그런 장주와 비견될 정도라니 놀라지 않을 수 없었다.

하지만 적운영도 거기까지가 한계였다. 자신의 역량이 높지 않기 때문에 실제 단유강이 얼마나 더 강한지는 전혀 알 수 없었다.

“자아, 이제 반 토막으로 줄어든 수적들을 소탕해 볼까? 다시는 우리를 건드릴 수 없게 머릿속에 각인을 시켜줘야지. 이 검으로 말이야.”

적운영은 검을 들어 올리며 차갑게 웃었다.

“고생하셨어요.”

담교영이 웃으며 말하자 단유강은 별것 아니라는 듯 손을 저었다.

“됐다. 별것도 아닌 일에 무슨. 그나저나 저 사람들도 꽤 하는구나."

"그러네요."

진홍상단의 배가 있는 곳과 지금 싸움이 한창인 곳과는 상당히 멀리 떨어져 있었다. 담교영은 대충 싸우는 모습만 확인할 수 있을 뿐이었다. 하지만 그럼에도 무인들의 실력을 대충 가늠할 수 있었다.

싸움의 양상은 겉으로 보기에도 흑룡채 쪽이 상당히 불리했다. 만일 단유강이 배 두 척을 처리하지 않았다면 압도적으로 흑룡채가 유리했겠지만, 지금 상황은 거의 절망적이었다.

"싸움이 대충 끝나가는군."

단유강은 그렇게 말하며 고개를 돌려 경창배를 쳐다봤다. 경창배는 단유강과 눈이 마주치자 화들짝 놀랐다.

"슬슬 출발하는 게 어떻겠습니까?"

단유강의 말에 경창배가 정신없이 고개를 끄덕였다.

"무, 물론입니다. 서둘러야지요. 뭣들 하느냐! 어서 출발하지 않고!"

경창배의 외침에 멈췄던 배가 다시 움직이기 시작했다.

진홍상단의 상선은 흑룡채와 이름 모를 상단이 싸우는 곳을 지나쳐 동정호로 향했다. 그렇게 진홍상단의 배가 그곳을 떠났을 때, 싸움도 완전히 끝났다.

"지금 그걸 말이라고 하는 게냐?"

백검문의 문주 원위천은 눈살을 한껏 찌푸렸다. 그의 앞에 서 있던 총관은 고개를 깊이 조아렸다.

"죄송합니다. 설마 지나가던 고수가 도와줄 거라고는 전혀 예상을 못했습니다."

"흑룡채 그 멍청한 놈들은 그렇게 몰려가 놓고서 아무런 피해도 못 줬단 말이냐?"

"당시 그 배를 지키던 놈이 적운영이었습니다. 흑룡채로 서도 아마 어쩔 수 없었을 것입니다."

"에잉, 쯧쯧, 그놈들한테 들인 돈이 얼만데."

"계약을 했으니 그놈들도 가만히 있지는 않을 것입니다. 흑룡채는 생각보다 저력이 큰 곳입니다."

"그러기를 바라야지."

원위천은 그렇게 중얼거리며 차갑게 웃었다.

"아니면 내가 가만있지 않을 테니까."

총관은 다시 고개를 숙였다. 이럴 때 원위천을 잘못 건드리 면 불벼락을 맞는 수가 있다. 하지만 내심으로는 조금 답답했 다. 굳이 이렇게까지 미련을 두는 이유를 알 수 없었다.

'대체 왜 이렇게 청검산장에 집착하신단 말인가. 그냥 포 기하면 훨씬 더 큰 기회들이 줄지어 올 텐데.'

얼마 전 비문위로부터 얻은 힘을 이용하면 굳이 청검산장 을 무너뜨리고 그 무사들을 흡수할 필요도 없었다. 지금 원위 천이 하는 일은 미련과 집착, 그 이상도 이하도 아니었다.

"일단 흑룡채 놈들이 일을 제대로 하는지 잘 감시해. 그리고 여차하면 우리 애들도 은밀히 투입해."

"예? 그것은……."

총관은 원위천의 말에 깜짝 놀랐다. 흑룡채를 뒤에서 조종해 청검산장을 치는 건 별문제가 안 되지만, 이렇게 직접적으로 공격하는 건 큰 문제가 된다. 자칫하면 장사에 있는 모든 무림문파로부터 공격을 받을 수도 있는 문제다.

"걱정할 것 없어. 은밀히 처리하면 돼. 드러나지 않게 아주 은밀히."

"하지만 만일 들키면 정말로 문제가 커집니다."

"그러니까 들키지 않게 해야지. 흑룡채 쪽 수적들이랑 복장을 맞추고 얼굴도 대충 가리고 위장을 하면 되잖아."

그런 식으로 하면 어찌어찌 넘어갈 수는 있겠지만, 상당한 제약이 따른다. 일단 시체를 남기면 안 된다. 최대한 덜 알려진 무사들을 보내겠지만, 그래도 혹시 알아챌 수도 있다. 만일 시체가 남고, 그 시체를 조사라도 하면 대번에 백검문의 개입을 알아차릴 것이다.

총관은 불안한 눈으로 원위천을 바라봤다. 하지만 더 이상 대화의 여지가 없었다. 원위천의 눈은 이미 욕망으로 붉게 물들어 있었다.

'하아, 대체 왜 이렇게 되신 건지…….'

생각해 보면 그날부터 조금씩 변하기 시작한 것 같았다. 비문위를 만나 힘을 얻게 된 그날부터 말이다. 총관은 체념한 표정으로 고개를 끄덕였다.

"알겠습니다. 최대한 조심해서 조치를 취하겠습니다."

"청검산장은 시작이야. 이번 기회에 장사무림을 일통한다."

원위천은 자신만만하게 말했다. 힘이 생겼다. 그동안 가슴 깊이 묻어뒀던 꿈을 이룰 때가 왔다.

"역시 하늘은 내 편이야. 적련이 무너져서 어쩌나 했는데, 이런 구명줄을 내려주다니 말이야. 흐흐흐."

원위천의 음산한 웃음을 들으며 총관은 힘없이 일어나 공손히 인사를 하고 밖으로 나갔다. 총관이 나간 후에도 한참 동안이나 문주의 집무실에서는 음산한 웃음소리가 흘러나왔다.

진흥상단의 상선은 무사히 동정호를 거쳐 상강을 탔다. 그리고 별다른 일 없이 장사에 도착했다. 상선이 장사에 도착하자, 일꾼들이 부지런히 짐을 나르기 시작했다. 그리고 상인들은 서둘러 배에서 내려 각자 맡은 일을 정확히 처리해 나갔다.

배에서 가장 나중에 내린 사람은 경창배와 단유강, 담교영이었다. 경창배는 흑룡채와의 일이 있은 후부터 담교영과 단유강을 대하는 태도가 확연히 달라졌다. 예전에는 약간의 흑

심과 그저 예의에 어긋나지 않을 정도의 예우였지만, 지금은
지나칠 정도로 깍듯이 대했다.

"저희 진홍상단은 이곳 장사에서도 꽤 영향력이 있습니다.
나중에라도 필요한 일이 있으시면 언제든 지부로 오셔서 저
를 찾아주십시오."

경창배의 말에 담교영이 미소를 지었다.

"말씀만이라도 고마워요."

"아닙니다. 결코 말로만 이러는 것이 아닙니다. 정말로 언
제든 찾아오셔서도 됩니다. 성심껏 모시겠습니다."

담교영은 경창배의 말과 태도가 너무나 부담스러웠다. 하
지만 이렇게 호의를 보이는데 매몰차게 굴 수는 없었다.

"예. 꼭 그렇게 할게요."

경창배는 황송하다는 듯 연방 허리를 꾸벅꾸벅 숙였다.

그렇게 잠시 의례적인 인사가 몇 마디 더 오간 후, 경창배
는 아주 조심스럽게 물었다.

"저… 한데 실례가 되지 않는다면 두 분의 소속을 좀 알려
주실 수 있습니까? 아, 이건 절대 사심이 있어서 묻는 것이 아
닙니다. 그저 호기심이……."

담교영은 다 이해한다는 듯 빙긋 웃었다. 단유강의 힘을 봤
다면 응당 관심이 생길 것이다. 아마 자신이 경창배의 입장이
었어도 같은 질문을 했을 게 분명하다.

"저희는 무림맹 소속입니다."

"아… 무림맹 분들이셨군요."

경창배는 조금 의외라는 듯한 표정을 지었다. 담교영이 단유강을 호칭할 때 분명히 '대주'라고 하는 것을 들었다. 하지만 경창배가 알기로 무림맹에서 대주(隊主)라는 직함은 없었다. 단주(團主)나 각주(閣主), 혹은 당주(堂主)는 여럿 존재하지만, 대주(隊主)는 그렇지 않았다.

'굳이 따지자면 있기야 하지만……'

천망단에는 수백의 대주가 존재한다. 하지만 경창배는 단유강과 담교영이 천망단 소속이라고는 절대 생각할 수 없었다. 무림맹에는 똑똑한 사람도 부지기수다. 그런 사람들이 이 정도 무위를 가진 자를 천망단에 처박아둘 리 없지 않은가.

"정확히 말하자면 사천에 있는 천망단에 있습니다."

경창배의 눈이 화등잔만 해졌다.

"예? 천망단이라고요?"

담교영이 눈웃음을 치며 고개를 끄덕였다. 그의 반응은 너무나 당연했다.

"못 믿으시겠지만, 정말이에요."

경창배는 믿을 수 없었지만 상대가 굳이 이렇게까지 말하는데 아니라고 우길 담량은 없었다. 눈앞에 있는 자는 단숨에 커다란 배를 박살 낼 정도로 대단한 무인이다. 자신 따위는 손가락 한 번 흔들면 그대로 목이 꿰뚫리고 말 것이다.

"모, 못 믿다니요. 그럴 리가 있겠습니까. 믿습니다. 암, 믿고말고요. 하하하하."

담교영은 경창배의 반응에 쓴웃음을 지었다. 그의 말투에
서 절대 믿지 못하지만 무서워서 믿는 척한다는 것이 고스란
히 묻어났다.

"아무튼 여기까지 태워주셔서 다시 한 번 감사드립니다."

담교영이 경창배를 향해 정중히 포권을 취했다. 경창배는
화들짝 놀라며 급히 마주 포권을 취했다.

"벼, 별말씀을……."

담교영은 마지막으로 경창배를 향해 환하게 한 번 웃어준
후, 몸을 돌렸다. 경창배는 담교영의 눈부신 미소에 잠시 넋
나간 얼굴로 서 있었다. 그가 다시 정신을 차렸을 때는 이미
담교영도 단유강도 보이지 않았다.

"귀신같은 사람들이로구나……."

경창배는 멍한 표정으로 담교영의 마지막 미소를 떠올리
다가 이내 정신을 차리고 자신이 해야 할 일을 처리하기 시작
했다.

담교영은 두근거리는 마음을 가라앉히려 애쓰며 걸음을
옮겼다. 그녀가 청검산장을 떠나 있었던 시간은 그리 길지 않
다. 하지만 그래도 집이 그리운 것은 어쩔 수 없었다. 그녀의
아버지인 담무군이 과연 장원을 잘 꾸려가고 있을지도 걱정
이 되었다.

그렇게 몇 발 정도 움직였을 때, 단유강이 갑자기 걸음을 멈추고 고개를 돌렸다. 담교영은 흠칫 놀라 단유강을 바라보다가 그의 시선이 머무는 곳을 바라봤다.

그곳에는 배 한 척이 있었고, 사람들이 배에서 짐을 내리는 중이었다. 배의 여기저기가 파손된 걸로 봐서는 꽤 험한 일을 당한 듯했다.

"대주님, 왜 그러세요? 아는 사람이라도 있나요?"

"아까 그 배야."

"예? 아까 그 배요?"

담교영은 잠시 어리둥절한 표정을 지었다. 이내 알겠다는 듯 고개를 끄덕였다.

"아까 흑룡채와 싸우던 배로군요. 다행히 무사했네요."

무사할 걸 알았기 때문에 그냥 떠나왔다. 당연히 무사할 거라 예상했지만 그래도 이렇게 직접 눈으로 확인하니 마음이 더 편했다.

"어?"

담교영은 눈을 크게 떴다. 상당히 익숙한 얼굴이 보였기 때문이다. 한두 명이 아니었다. 배에서 내리는 무사들의 얼굴이 모두 눈에 익었다. 그들은 청검산장의 무사들이었다. 담교영이 고개를 돌려 단유강을 바라봤다.

단유강은 살짝 어색한 웃음을 흘렸다.

"뭐, 겸사겸사."

"고마워요."

담교영의 눈이 금방이라도 눈물을 쏟을 것처럼 그렁그렁
해졌다. 그녀는 소매로 눈가를 한 번 훔친 후, 밝게 웃었다.

"그럼 저들과 함께 가면 되겠네요?"

"그것도 괜찮지."

단유강과 담교영은 그렇게 청검산장 산하의 상단과 합류
했다.

"물건이 꽤 많네요."

"이 중 절반은 장원에서 쓰는 것들입니다. 나머지 절반은
대부분이 귀중품입니다."

담교영의 말에 적운영이 공손히 대답했다. 담교영은 그 말
을 들으며 고개를 끄덕였다. 청검산장이 상단까지 만들었다
는 사실 자체가 의외였다.

"이 중 절반이 귀중품이라니, 상당한 돈이 들었겠네요."

지금 그들이 끌고 가는 마차만 세 대였다. 마차마다 물건
이 가득 실려 있었으니 그중 절반만 해도 어마어마한 양이었
다.

"장원에 남은 돈의 대부분을 쏟아부었습니다. 아마 이번
일이 성공하면 청검산장은 새로운 도약을 할 수 있을 것입니
다."

적운영의 말에는 자부심이 가득했다. 담교영은 고개를 끄

덕였다. 청검산장의 무인들은 대부분 자부심이 강하다. 단유강은 눈을 반짝이며 적운영의 옆으로 조금 더 다가갔다.

"이번 상행을 제안한 사람이 적 대협입니까?"

단유강의 물음에 담교영이 놀란 표정을 지었고, 적운영은 쑥스런 표정으로 고개를 끄덕였다.

"그렇습니다."

"호오, 역시."

단유강은 턱을 쓰다듬으며 적운영을 천천히 살폈다. 무공도 상당했다. 하지만 적운영이 가진 능력은 무공이 다가 아니었다. 그가 가진 진짜 능력은 어쩌면 이런 일일지도 모른다.

그 뒤로 단유강은 적운영과 계속해서 대화를 나눴다. 그리고 조금씩 확신을 더해갔다. 적운영에게 총관을 시키면 정말로 잘할 것 같았다.

그렇게 열심히 대화를 나누며 걷는 동안, 어느새 일행은 산길로 접어들었다. 산을 타는 것은 아니지만 산 근처를 지나는 것이기에 인적도 거의 없고, 길도 평탄하지 못했다.

"잠깐."

단유강은 한창 얘기를 하다가 갑자기 멈춰서 손을 들어 올렸다. 단유강이 허튼 말이나 행동을 하는 법이 없다는 걸 잘 아는 담교영이 적운영에게 눈짓을 보냈다. 적운영은 담교영의 눈을 확인하고는 손을 들어 올렸다.

"정지!"

일행이 멈췄다. 적운영은 영문을 모르겠다는 얼굴로 단유강과 담교영을 번갈아 바라봤다. 담교영 역시 의아한 눈으로 단유강을 바라봤다.

"슬슬 나오지?"

단유강의 말에 적운영과 담교영이 깜짝 놀라 단유강이 바라보는 쪽으로 시선을 돌렸다. 하지만 그곳에는 아무도 없었고, 인기척도 느껴지지 않았다.

"쯧쯧, 꼭 말로 할 때 안 듣고 매를 벌어요."

단유강은 혀를 차며 주변에 떨어져 있는 돌멩이 몇 개를 주웠다. 그리고 씨익 웃으며 그중 하나를 던졌다.

쌔애액!

그저 가볍게 던졌을 뿐인데 날아가는 소리가 예사롭지 않았다. 그리고 속도도 어마어마했다.

빠악!

"크억!"

뭔가가 깨지는 소리가 울렸다. 그리고 비명도 들렸다. 그제야 적운영의 표정이 굳어지며 검을 뽑았다. 그리고 마차를 호위하던 무사들 역시 일제히 검을 뽑았다.

"나와라!"

적운영의 외침에 수풀 속에서 수많은 사람들이 모습을 드러냈다. 그들의 복장을 확인한 적운영의 얼굴이 딱딱하게 굳었다.

"흑룡채……!"

"그냥 물 먹고 물러나면 앞으로의 영업에 지장이 있어서 말이야."

수적 중 하나가 그렇게 말했다. 복장부터 다른 수적들과 차이가 나는 걸로 봐서 수적들을 이끄는 자인 듯했다.

"지장은 무슨. 통행세 받는 것도 아니고 다 거덜을 내면서."

단유강이 이죽거리며 그렇게 말하자, 수적들의 눈에서 살기가 흘렀다. 단유강은 그 광경을 보며 손가락 하나를 까딱여 그들을 도발했다.

"자자, 시간없다. 서두르자."

단유강의 도발에 수적들이 대부분 넘어갔다. 하지만 그들은 섣불리 달려들지 않았다. 아직 명령이 떨어지지 않았기 때문이다. 수적들은 명령이 떨어지기만을 기다렸다. 하지만 그들에게 명령을 내려야 할 사람은 음탕하기 그지없는 눈으로 담교영을 바라보고 있었다.

"호오오, 굉장하구나. 좋아. 내가 선심을 쓰지. 네년이 이리 온다면 그냥 물러나겠다. 그저 몸 몇 번 굴리기만 하면 이 위기가 없어진단 말이다. 어떠냐? 제법 구미가 당기지?"

수적의 말에 담교영의 얼굴이 분노로 붉게 달아올랐다. 그녀는 당장에라도 달려들려 했다. 하지만 어느새 어깨에 손을 올린 단유강 때문에 그럴 수가 없었다.

“나한테 맡겨.”

담교영은 그제야 단유강의 얼굴을 바라봤다. 단유강의 눈에서 싸늘한 한기가 흘러나오고 있었다. 담교영은 흠칫 놀라 뒤로 한 걸음 물러섰다.

그리고 단유강이 움직였다.

단유강은 순식간에 수적들 한가운데를 파고들었다. 어느 누구도 단유강이 움직이는 모습을 보지 못했다. 단유강은 그 상태에서 살짝 몸을 숙이며 검을 뽑았다.

쉬익!

검이 검집에서 빠져나옴과 동시에 사방을 할퀴었다. 단유강의 주변에 서 있던 수적들이 썩은 짚단 넘어가듯 툭툭 쓰러졌다. 단유강의 몸이 쭈욱 늘어났다. 단유강은 담교영에게 음탕한 말을 한 수적 앞에 서서 그의 눈을 노려봤다. 그는 단유강과 눈을 마주치자마자 그대로 오줌을 지렸다.

“네놈은 살려주지.”

단유강은 그 말과 함께 검을 휘둘렀다.

서걱!

사내의 몸 어딘가가 잘라지는 소리가 들렸다. 사내의 얼굴에 경악과 공포, 그리고 고통이 뒤섞인 표정이 떠올랐다.

“끄어어어어!”

단유강은 바닥에 쓰러져 어느 한 부위를 손으로 쥔 채 고통에 몸부림치는 수적을 차가운 눈으로 내려다봤다. 그 순간

남아 있던 수적들이 동시에 쓰러졌다. 실로 놀라운 광경이었
다.

적운영은 그저 멍한 눈으로 단유강의 신위를 바라봤다.

단유강은 자신을 바라보는 시선에는 신경 쓰지 않고 바닥
에서 몸부림치는 수적만 노려봤다.

"일단 넌 꺼지고, 나머지 나와라."

퍽!

단유강이 수적을 걷어찼다. 수적은 비명도 지르지 못하고
수풀을 향해 날아갔다.

펑!

수풀 속에서 흑룡채의 수적들과 같은 복장을 한 사내들 수
십 명이 나타났다. 그들은 얼굴을 교묘히 가리고 있었다. 복
면을 쓴 것은 아니지만 얼굴에 진흙을 잔뜩 바르고 머리카락
을 길게 늘어뜨려 얼굴을 알아볼 수 없게 만들어놓았다.

"그렇게 얼굴을 가리면 모를 것 같아?"

단유강은 피식 웃으며 말을 이었다.

"백검문이지?"

몇몇 사내들의 몸이 움찔 떨렸다. 그것을 확인한 적운영과
담교영은 크게 분노했다.

"백검문이 흑룡채와 손을 잡았단 말인가!"

적운영의 외침에 백검문에서 나온 무사들이 당황했다. 사
실 그들은 지금은 나올 생각이 아예 없었다. 흑룡채의 수적

들이 몽땅 당한 마당에 자신들이 나서서 뭘 하겠는가. 단유강이 걷어찬 수적 때문에 어쩔 수 없이 모습을 드러낸 것이다.

"우리는 백검문이 아니오."

"그래? 그럼 흑룡채로구나? 흑룡채면 살아 돌아갈 생각은 버려야지?"

단유강의 말에 백검문 무사들이 또 몸을 움찔 떨었다. 그들은 다급히 말했다.

"우리는 더 이상 흑룡채가 아니오! 오늘부로 수채에서 나왔소!"

말도 안 되는 궁색한 변명이었다. 단유강은 그들을 보며 장난스럽게 씨익 웃었다.

"장난하냐?"

단유강의 검이 눈부신 속도로 춤을 췄다. 장내에 있는 모든 사람들은 단유강의 검이 움직이는 궤적을 아무도 보지 못했다. 아직도 춤을 추고 있는데 검이 보이지 않을 정도니 대체 얼마나 빠르게 검을 휘두르는 거란 말인가.

어느새 단유강이 검을 다시 집어넣었다. 백검문 무사들은 얼떨떨한 얼굴로 단유강을 바라봤다. 방금 단유강이 한 행동이 무엇을 뜻하는지 이해하지 못했다.

'뭐지? 위협인가?'

그렇게 모두 어리둥절해 있을 때, 백검문 무사 중 하나의 몸에서 핏줄기가 솟구쳤다.

피슉!

모두 놀란 눈으로 그를 바라봤다. 하지만 이내 다른 무사들의 몸에서도 똑같은 반응이 나타났다.

피슉! 피슉! 피슉!

처음 어깨에서 시작한 핏줄기가 온몸으로 퍼지는 데는 그리 오랜 시간이 필요치 않았다.

"으아아악!"

무사들은 고통과 공포에 질려 비명을 질렀다. 사실 고통은 참을 만했다. 하지만 자신의 몸 여기저기가 툭툭 터지며 피가 솟구치는 광경은 제정신으로 볼 수 없을 정도로 끔찍했다.

"장난이 가상해서 목숨은 살려준다. 가서 똑바로 전해. 한 번만 더 이러면 적련 꼴 날 거라고."

단유강은 그렇게 말하고는 걸음을 옮겼다.

담교영이 멍한 눈으로 그 광경을 지켜보다가 화들짝 놀라 단유강 옆에 나란히 서서 걸어갔다.

그리고 적운영이 경악과 경이의 시선으로 단유강의 등을 한동안 바라보다가 손을 들어 다시 일행의 이동을 지시했다.

청검산장의 사람들까지 사라지자, 그곳에 남은 건 흑룡채 수적들의 시체와 온몸에서 피를 흘리는 백검문 무사들뿐이었다.

　백검문 무사들은 마음을 가라앉히고 각자 자신의 혈도를 짚어 지혈을 시작했다. 그리고 몸을 돌려 백검문으로 향했다. 그들의 걸음은 한없이 무거웠다.

第十章
괴물

태룡전

“실패?”

원위천의 눈이 분노로 붉게 달아올랐다. 고작 마차 몇 대 습격하는 일이다. 게다가 실패할까 봐 백검문의 무사들까지 붙여줬다. 그런데도 실패를 하다니.

“흑룡채인지 토룡채인지 정말로 쓸모없는 놈들이로군.”

총관은 난감한 표정으로 변명을 시작했다.

“그쪽에 감당할 수 없을 정도의 고수가 한 명 있었던 모양입니다.”

“감당할 수 없는 고수? 그게 누군데?”

“아직 그것까지는 확인하지 못했습니다. 다만, 담교영도 함께 있었다는 걸로 봐서……."

원위천이 이를 갈았다.

"으드득, 그년이 어디서 쓸 만한 남자 하나를 물어왔나 보군. 설마 당가 쪽은 아니겠지?"

"정확히 파악하진 못했습니다만, 당가는 아닌 듯합니다."

당가는 독과 암기를 주로 쓴다. 검을 쓰는 자가 없는 건 아니지만, 검으로 뛰어난 고수가 되는 자는 드물다. 그리고 그렇게 드물게 성공하는 자들은 대부분의 문파에 잘 알려져 있었다. 당연히 백검문도 그에 대한 것들은 모두 파악하고 있었다.

"아무리 고수라도 그렇지, 흑룡채 그놈들과 우리 애들이 몽땅 당하고 왔는데, 그놈들한테는 아무런 피해가 없다는 게 말이 되나? 혹시 흑룡채 그놈들 허튼 놈들만 보낸 거 아니야?"

"그렇지 않습니다. 채에서 손꼽히는 고수들만 추려서 보내는 걸 제가 직접 확인까지 했습니다."

흑룡채가 비록 수적에 불과하지만 그중에는 고수도 꽤 있었다. 그리고 그 고수들이 몰려가면 적지 않은 힘을 발휘한다.

"그렇다면 정말로 대단한 놈인 모양이군."

원위천은 그렇게 말하면서도 별다른 걱정을 하지 않았다. 상대가 아무리 고수라도 두렵지 않았다. 자신에게는 이제 힘이 있으니까.

"좋아. 이번 기회에 그들에게 받은 힘을 한번 써먹어볼까?"

원위천의 말에 총관이 긴장하며 만류했다.

"너무 위험하지 않겠습니까? 그것이 분명 강력하긴 하지만 외부로 드러내기에는 좀 문제가 있습니다."

"홍, 문제될 게 뭐가 있어? 겉보기에는 사람이랑 똑같은데. 단지 말을 못한다는 것뿐 아닌가?"

"하지만……."

총관은 더 말리려다가 그만뒀다. 생각해 보면 그걸 구분한다는 건 거의 불가능했다. 옆에서 계속 지켜보며 함께 생활을 한다면 결국 알아차리겠지만 그냥 싸우기만 한다면 별로 문제될 게 없었다.

"알겠습니다. 명을 따르겠습니다. 하면 몇이나 준비할까요?"

원위천이 즐거운 표정을 지었다.

"글쎄, 이번 기회에 그 능력을 한번 제대로 볼까? 다섯 모두를 써보지."

"다섯 모두를 말입니까?"

원위천이 잠시 놀란 표정을 지었다. 하지만 이내 고개를 숙이며 대답했다.

"알겠습니다. 모두 준비하겠습니다."

"그들만 가면 좀 그러니까 적당한 애들도 같이 보내."

"예. 그리하겠습니다. 서른 명 정도 적당히 추려서 함께 보내겠습니다."

원위천이 만족스럽게 고개를 끄덕였다.

"좋아, 당장 하라고."

총관이 고개를 숙이고 물러가자, 원위천이 즐거운 고민을 시작했다.

"이번 기회에 청검산장을 완전히 쑥대밭으로 만들어 버려야겠군. 힘으로 눌리면 그놈들도 별수 없겠지. 결국 몽땅 내 밑으로 들어올 수밖에 없을 거야."

원위천의 입가에 음흉한 미소가 그려졌다.

"흐흐흐, 그리고 담교영, 그년도 내 첩으로 들여야겠군. 당분간 밤에 심심할 일은 없겠어. 흐흐흐흐."

원위천은 이번 일의 성공을 손톱만큼도 의심하지 않았다. 그만큼 그가 보내려고 하는 힘은 대단했다. 그 힘을 전해준 비문위의 말에 따르면, 다섯이 한꺼번에 나서면 설사 십대고수라 하더라도 쉽게 상대하지 못할 거라 했다.

"십대고수와 맞먹는 힘이라니……. 흐흐흐흐."

십대고수 정도의 힘이 문파에 있는 것과 없는 것은 하늘과 땅 차이다. 그 정도 힘을 갖추면 누구도 함부로 할 수 없다.

그 대가로 백검문의 무사들이 주기적으로 외부에 나갔다와야 하지만, 그쯤은 아무것도 아니었다. 무사를 완전히 주는 것도 아니었고, 다녀온 무사들은 하나같이 몇 단계 더 강해졌다. 백검문, 아니, 원위천으로서는 오히려 무사들을 더 많이 보내고 싶은 심정이었다.

원위천의 입가에 더욱 진한 미소가 그려졌다. 백검문의 찬란한 미래가 눈앞에 펼쳐지는 듯했다.

청검산장에 도착한 단유강은 곧장 장주의 집무실로 향했다. 청검산장의 장주인 담무군이 직접 정문까지 나와 단유강과 담교영을 맞이한 것이다. 담무군은 자신의 집무실로 두 사람을 직접 안내한 후, 단유강과 담교영을 향해 웃으며 분위기를 부드럽게 만들어주었다.

"이렇게 다시 보니 너무나 반갑군. 거기 그렇게 서 있지 말고 어서 앉게."

담무군의 말에 단유강이 자리에 앉았다. 그리고 담교영이 그 옆에 당연하다는 듯 앉았다. 담무군은 조금 묘한 눈으로 그 모습을 지켜봤다.

"그래, 어쩐 일로 이렇게 왔는가? 설마 우리 교영이가 다시 돌아오고 싶다고 해서 온 건가?"

담무군은 약간의 기대를 갖고 담교영을 바라봤다. 담교영이 천망단 같은 곳에서 썩고 있을 이유가 없었다. 예상보다 시간이 조금 더 걸리긴 했지만 사실 이렇게 다시 집으로 찾아오는 것이 너무나 당연했다.

"그냥 지나가는 길에 잠시 들렀습니다."

단유강의 대답에 담교영을 바라보는 담무군의 눈이 살짝 커졌다. 담교영은 그렇다는 듯 고개를 끄덕였다.

"허어, 그래. 뭐, 어쨌든 왔으니 편히 쉬다가 가게. 그리고 교영이는 날 잠깐 보자꾸나."

담무군은 그렇게 단유강을 내보내고 담교영은 잠시 바라봤다. 담교영의 흔들림없는 눈을 보고 있으니 왠지 마음이 아파왔다.

"그간 무슨 일이라도 있었던 게냐? 이제 슬슬 집에 돌아와도 될 텐데 굳이 천망단에 남아 있을 이유라도 있는 게냐?"

담무군은 단유강이 담교영의 약점을 잡고 이용한다고 생각했다. 아니면 담교영이 가문을 위해서 자신을 희생해 단유강에게 뭔가를 더 얻어내려는 걸로 보였다.

"돈이라면 이제 됐다. 이제 우리 장원도 완전히 자리를 잡았으니까. 그 사람이 아무리 돈이 많다 하더라도⋯⋯."

담교영은 더 이상 담무군의 말을 듣고 싶지 않았다. 자신이 천망단에 있는 것은 돈 때문이 아니다. 단유강을 비롯한 사람들 때문이다. 게다가 최근에는 기연까지 얻었다. 단유강의 할머니인 우문혜로부터 말이다. 담교영은 단호히 고개를 저으며 담무군의 말을 끊었다.

"아니에요. 전 그 사람들이 좋아요. 그리고 저분도 좋고요. 제가 좋아서 있는 거예요."

"아무리 좋다고 하지만 그게 집보다야 못하지 않겠느냐?

얼굴도 계속 가리고 있어야 하고…….”

담무군은 그렇게 말하다가 문득 묘한 표정을 지었다. 그러고 보니 담교영의 얼굴에서 면사가 사라졌다.

담교영은 예전에 장원의 내원에서만 면사를 벗었다. 그나마도 사람이 많으면 결코 면사를 벗지 않았다. 한데 오늘은 아예 처음부터 면사를 쓰지 않은 것이다.

“면사를 쓰지 않았구나.”

담교영이 빙긋 웃었다.

“앞으로는 당당해지려고요.”

하긴 얼굴이 아름다운 게 죄는 아니다. 그저 귀찮음을 피하기 위해 가렸을 뿐이다. 그리고 때로 그 귀찮음은 귀찮음만으로 끝나지 않는다. 지킬 힘이 없다면 함부로 내놓기 어려운 것이 바로 담교영의 미모였다.

담무군은 왠지 딸의 얼굴이 더욱 아름답게 느껴졌다. 그것은 당당함에서 오는 휘광(輝光)이었다.

‘다 컸구나.’

담무군은 지금 이 순간 딸이 자신의 손을 떠나 하늘 높은 곳으로 날아오르는 듯한 기분이 들었다. 그것은 한편으로 대견하면서도 다른 한편으로 서운한 감정이었다.

“그래, 당당해야지. 그래야지…….”

방 안에는 잠시 침묵이 감돌았다.

담무군은 아련한 눈으로 담교영을 바라봤다. 자신의 부인이 세상을 떠나는 순간 무슨 수를 쓰던 딸을 제대로 키워내겠다고 부인과 스스로에게 다짐을 했다. 그리고 지금 그 다짐이 결실을 맺었다.

"그래, 함께 온 남자와는 무슨 관계더냐?"

담무군의 갑작스런 질문에 담교영의 얼굴이 새빨개졌다. 낯빛 하나로 그녀의 마음을 고스란히 내비친 셈이었다.

담무군은 빙긋 웃었다. 한때는 딸을 이용해 장원을 살려보겠다고 발버둥 치기도 했다. 그리고 조금 전까지만 해도 딸의 미래를 위해 번듯한 신랑감을 구해줘야겠다고 생각했다. 하지만 지금 딸의 반응을 보니 자신이 그런 신경을 쓸 필요가 없을 듯했다.

"네가 선택했다면 좋은 사람이겠구나."

담무군의 말에 담교영이 살짝 놀란 표정을 지었다. 그리고 이내 따뜻한 미소와 함께 고개를 끄덕였다.

"좋은 분이세요, 대주님은."

담무군이 고개를 끄덕였다.

"됐다, 그거면 됐어."

담교영은 갑자기 코끝이 시큰해졌다. 아버지의 반응에 왠지 마음이 짠해졌다.

"밖에서 오래 기다리겠다. 이제 그만 가보아라."

담무군의 말에 담교영이 퍼뜩 정신을 차렸다.

"아, 그, 그럴게요. 아버지도……"

담교영은 인사를 하려다가 문득 적운영이 떠올랐다. 그라면 앞으로 청검산장과 담무군을 위해 큰 힘이 되어줄 것이다.

"참, 아버지, 혹시 총관은 구하셨나요?"

담무군이 힘없이 고개를 저었다.

"능력이 있는 사람은 믿기 어렵고, 믿을 만한 사람은 능력이 없더구나. 사람을 구하는 건 쉽지 않은 일이다."

담교영이 눈을 빛냈다.

"좋은 사람을 한 명 알고 있어요."

"좋은 사람?"

"적운영 대협을 아시죠?"

"적운영? 모를 리 있겠느냐."

적운영은 꽤 오랫동안 청검산장에서 함께했다. 담무군의 눈에도 들어 독문무공을 알려주기도 했다. 말이 청검산장의 무사지, 실제로는 담무군의 제자나 다름없는 사람이었다.

"그분을 총관으로 추천해요."

"뭐라고?"

담무군의 눈이 커졌다. 지금까지 그런 식으로는 한 번도 생각을 해본 적이 없었다. 적운영은 용맹한 돌격대장이지, 총관같이 섬세한 일을 할 수 있는 사람이 아니었다.

"하지만 그 사람은……."

"일단 시켜보고 결정을 하세요. 세 달 정도면 충분히 진가가 드러날 거예요."

담교영이 눈을 반짝이며 말하자 담무군은 너털웃음을 터뜨렸다.

"허허허, 알았다. 네가 그렇게 말하니 한번 시켜보기는 하마. 하지만 그는 무사로도 상당한 사람이다. 그 빈자리를 메우는 건 결코 쉬운 일이 아니야."

담무군은 결국 허락하고 말았다. 세상의 아버지들 중 딸의 눈빛 공격과 애교에 쓰러지지 않을 사람은 상당히 드물다. 담무군 역시 예외가 아니었다.

"고마워요, 아버지."

담교영의 미소에 담무군이 더욱 기쁜 표정을 지었다. 딸의 미소는 모든 시름을 잊게 해주는 묘약이었다.

"얘기는 잘 끝났어?"

"예."

담교영이 그렇게 대답하며 살짝 짓궂은 미소를 지었다. 그리고 살며시 단유강의 팔을 자신의 양팔로 휘감았다. 단유강은 깜짝 놀라 팔을 빼려고 했지만 담교영은 그것을 놓치지 않으려는 듯 더욱 힘을 주었다.

"무, 무슨 짓이야. 이런 곳에서."

단유강이 당황해하자, 담교영이 또 웃었다.

"푸훗, 귀여워요."

단유강은 황당한 얼굴로 담교영을 바라봤다. 설마 자신이 그런 말을 들을 줄은 몰랐다. 귀엽다니.

'하긴, 내가 좀 그렇긴 하지.'

단유강은 그냥 좋게 생각하고 넘기기로 했다. 물론 청검산장에서 담교영과 이런 식으로 딱 붙어 다니는 게 조금 껄끄럽긴 했지만 말이다.

두 사람은 그렇게 한참을 걸어갔다. 가끔 마주치는 사람들이 있긴 했지만 그냥 무시했다. 물론 모든 사람들의 반응은 한결같았다.

'저러다 눈이 찢어지는 거 아닌지 모르겠군.'

단유강은 속으로 그렇게 중얼거리며 또 한 사람을 지나쳤다. 그들이 놀라는 것도 충분히 이해할 만하다. 지금까지 봐 왔던 담교영의 모습과는 많이 다를 테니 말이다.

"언니!"

단유강은 딴생각을 하다가 갑자기 들려오는 소리에 고개를 돌렸다. 그곳에는 열 살쯤으로 보이는 귀여운 소녀가 반가운 얼굴로 달려오고 있었다.

"소혜야!"

담교영은 환하게 웃으며 달려오는 소녀를 안아 들었다. 소혜라 불린 소녀는 담교영의 품에 안겨 웃다가 단유강과 눈이 마주치자 웃음을 멈췄다.

"언니, 어디 갔었어요. 너무 보고 싶었어요."

소녀, 진소혜는 담교영의 손을 꼭 잡고 그렇게 말했다. 앞으로 다시는 놓치지 않겠다는 결의가 느껴질 정도였다. 진소혜는 그러면서 단유강을 계속 힐끔힐끔 훔쳐봤다. 그때마다 약간의 적의가 그녀의 눈에서 흘러나왔다.

단유강은 한편으로는 귀엽기도 하고 다른 한편으로는 괘씸하기도 해서 그냥 가만히 두 사람이 하는 양을 지켜봤다.

"참, 소혜야, 인사드려."

담교영은 단유강을 제대로 소개하려 했다. 하지만 단유강이 조금 더 빨랐다.

"단유강이다. 대(大)천망칠십오대의 대주님이시지."

단유강의 말에 진소혜가 풋, 웃음을 터뜨렸다. 천망단에 대해서는 진소혜 역시 알고 있었다. 장사에도 천망단이 존재했고, 그들에 대한 얘기는 가끔 지나가듯 들을 수 있었다. 하지만 그것만으로도 천망단에 대해 파악하는 건 충분했다.

"진소혜예요."

진소혜는 그렇게 말하고는 담교영의 다리를 끌어안으며 매달렸다.

"우리 언니의 동생이에요."

진소혜가 당당하게 말하자 단유강은 고개를 갸웃거렸다. 두 사람은 성이 다르지 않은가.

단유강의 의문을 잘 안다는 듯 진소혜가 설명을 덧붙였다.

"친언니는 아니지만, 친언니보다 더 친해요!"

진소혜의 설명에 단유강이 빙긋 웃으며 고개를 끄덕였다.

"그래그래, 친자매나 다름없는 사이로구나."

단유강은 그렇게 말하며 담교영을 바라봤다. 담교영이 약간 미안한 표정으로 고개를 끄덕여 주었다. 진소혜는 아기 때부터 담교영이 거의 키우다시피 한, 담무군의 친구가 죽으며 맡긴 딸이었다. 담무군은 진소혜를 친딸처럼 아껴주었다. 그리고 그것은 담교영도 마찬가지였다.

"그러니까 우리 언니한테 관심이 있으면 먼저 내 허락부터 받아야 해요."

"하하하, 거참, 대단한 동생이로구나. 그래. 난 어떠냐? 허락해 줄 테냐?"

진소혜는 주저하지 않고 외쳤다.

"불합격!"

담교영이 당황하며 진소혜를 쳐다봤다. 이 정도면 아무리 장난이라도 조금 지나친 감이 있었다. 하지만 진소혜는 눈 하나 깜짝하지 않았다. 진소혜는 지금 장난을 하는 것이 아니었다.

단유강이 빙긋 웃으며 물었다.

"왜 불합격인지는 얘기해 줘야지?"

"능력없는 남자는 안 돼요."

단유강이 수긍한다는 듯 고개를 끄덕였다.

"하긴, 내가 네 입장이라도 능력이 있는 남자가 아니면 반대하겠지."

“이해가 빠르니 좋네요. 그럼 이만 가주세요.”

“소혜야!”

담교영이 참지 못하고 외쳤다. 하지만 단유강이 손을 들어 그녀의 말을 막았다. 담교영은 안절부절못한 얼굴로 단유강을 바라봤다. 단유강의 기분이 많이 상하지 않았을까 걱정이 되었다. 하지만 그녀의 생각과 달리 단유강은 기분 좋게 웃고 있었다.

“이렇게 대단한 동생이 있으니 교영이도 든든하겠어. 하하하.”

단유강은 몸을 낮춰 진소혜와 눈높이를 맞췄다. 진소혜의 초롱초롱한 눈이 단유강을 똑바로 쳐다봤다.

“네 의견은 그렇다 치고, 네 언니의 의견은 왜 묻지 않는 거냐?”

진소혜는 당당하게 말했다.

“원래 사랑에 빠지면 아무것도 안 보이는 법이거든요. 그럴 때는 저처럼 옆에서 적절한 조언을 해줘야 해요. 멀리 떨어진 사람이 더 정확히 보는 법이니까요.”

단유강은 혀를 내둘렀다. 고작 열 살짜리가 하는 말치고는 제법 대단하지 않은가.

“그래. 그 말이 옳을 수도 있겠지. 하지만 가까이 가지 않으면 보이지 않는 것도 있는 법이다.”

진소혜는 세차게 고개를 저었다.

“전 달라요.”

천망단의 대주가 어떤 일을 하는지, 또 어떤 사람들인지 잘 알고 있었다. 진소혜는 자신의 언니가 그런 사람과 만나 행복할 거라 생각하지 않았다.

단유강이 빙긋 웃으며 담교영을 바라봤다. 담교영이 난감한 표정으로 사과를 했다.

“죄송해요. 제가 대신 사과드릴게요.”

단유강이 고개를 저었다.

“사과는 무슨. 틀린 말을 한 것도 아닌데. 단지 시선이 조금 다를 뿐이지.”

단유강은 일어나서 진소혜의 머리를 쓰다듬어 주었다. 진소혜는 단유강의 손길을 피하지 않고 가만히 있었다. 하지만 눈빛에는 여전히 경계심이 가득했다.

“곧 내가 한 말의 의미를 알 수 있을 거다.”

단유강은 그렇게 말하고는 한쪽을 쳐다봤다. 상당히 신경을 거슬리는 느낌이 아까부터 감지되었다. 상당히 먼 곳에서부터 느껴진 감각이었는데, 지금은 처음보다 훨씬 가까워졌다. 이곳으로 다가오고 있다는 뜻이었다.

“그럼 언니와 저는 이만 가볼게요. 아저씨도 빨리 좋은 짝을 만나시길 바라요.”

진소혜는 그렇게 말하고는 담교영의 손을 끌고 갔다. 담교영은 가지 않으려 힘을 줬지만, 단유강이 손을 휘젓자 이내 체념하고 진소혜를 따라갔다.

두 사람이 사라지자 단유강은 다시 신경이 쓰이는 쪽을 바라봤다.

"자아, 보아하니 백검문인데, 과연 어떻게 해야 좋을까……. 끌어들여서 박살 내는 게 나을라나, 아니면 지금 가서 해치우는 게 나을라나."

단유강은 잠시 고민하다가 결정을 내렸다. 굳이 청검산장으로 끌어들일 필요가 없었다. 만일 그렇게 되면 쓸데없는 피해를 입을 수 있었다.

"수도 얼마 없어 보이는데 가볍게 끝내자."

그 말과 동시에 단유강의 몸이 꺼지듯 사라졌다. 그가 있었던 자리에 한줄기 가벼운 바람이 흘렀다.

사무성은 서른 명의 무사를 이끌고 청검산장으로 향하고 있었다. 그가 받은 명령은 청검산장에 최대한 피해를 주라는 것이었다. 굳이 무사들을 상하게 할 필요는 없고, 전각을 부수거나 재물을 손상시키는 임무였다.

그중에서 가장 큰 임무는 얼마 전에 적운영이 가지고 들어간 귀중품들을 박살 내거나 가져오는 것이었다. 사실 그것만으로도 청검산장의 돈줄 하나를 완전히 끊어놓을 수 있었다.

"복면까지 써야 한다니, 기분이 좋지는 않군."

백검문 역시 정파다. 정파의 무사가 백주대낮에 복면을 쓰고 다른 장원을 공격해야 한다니 기분이 좋을 리 없었다. 이건 정파가 아니라 사파의 협잡꾼들이나 할 만한 일 아닌가.

하지만 사무성은 백검문에 있는 수많은 무사 중 하나일 뿐이었다. 이런 명령을 거부할 힘이 없었다. 그리고 최근 익힌 새로운 검법을 시험해 보고 싶기도 했고 말이다.

사무성은 힐끗 고개를 돌려 묵묵히 일행을 뒤따라오는 다섯 사내를 바라봤다. 그들은 한마디 말도 없이 섬뜩한 살기만 흘려댔다. 그들 옆에 있으면 지독한 피 냄새가 났다. 그래서 사무성은 그들과 조금 떨어져서 이동했다.

'저들이 다 알아서 할 거란 말이지?

그들의 힘은 사무성도 겪어봤기에 잘 안다. 임무를 위해 잠깐 겪었을 뿐이지만, 당시 사무성이 느낀 것은 저들은 인간이 아니라 괴물이라는 점이었다.

저들 다섯이 나서면 청검산장 정도 지우는 거야 일도 아니었다. 물론 오늘 임무는 청검산장을 지우는 게 아니라 피해를 입히는 거지만 말이다.

사무성은 조금 더 속도를 높였다. 빨리 일을 마무리하고 싶었다. 그가 막 속도를 올려 앞으로 치고 나가려는 찰나, 누군가의 모습이 눈에 들어왔다. 사무성은 급히 속도를 줄이며 멈춰 섰다.

"누구냐!"

사무성의 외침에 앞에서 천천히 다가오던 사내, 단유강이 씨익 웃었다.

"복면까지 한 걸로 봐서 좋은 사람들은 아닌 모양이네?"

단유강은 그렇게 말하고는 일행 후미에 있는 다섯 사내를 쳐다봤다. 지금까지 계속 신경을 긁던 느낌이 바로 그들에게서 흘러나오고 있었다.

"저놈들, 사람 아니지?"

단유강의 말에 사무성이 깜짝 놀랐다.

"그게 무슨 말이냐! 사람이 아니라니!"

단유강은 사무성의 반응에 고개를 갸웃거렸다. 사무성은 저들의 진짜 정체를 모르는 모양이었다.

"몰랐나 보네? 저놈들 강시잖아."

"강시!"

사무성이 화들짝 놀라며 뒤를 돌아봤다. 다섯 사내는 자신들을 강시라고 하는 말에도 아무런 반응 없이 그저 살기만 계속 흘리고 있었다.

"서, 설마……."

"그동안 설마가 사람 여럿 잡았지. 저놈들이 강시라는 데 은자 한 냥을 건다."

단유강은 그렇게 말하며 강시들을 향해 투기를 쏘아 보냈다. 강시들은 그 투기에 반응해 일제히 몸을 날렸다. 강시들의 움직임은 상상을 초월할 정도로 빨랐다. 물론 그것은 옆에서 구경하고 있던 사무성과 그의 일행들의 기준이었다.

단유강은 자신을 향해 날아오는 강시들을 향해 가볍게 손
을 뻗었다.

쩡!

뭔가가 깨져 나가는 소리와 함께 강시 하나의 주먹이 단유
강의 손에 잡혔다.

"강시는 이렇게 상대하는 거야."

단유강은 마치 사무성과 그의 동료들을 가르치기라도 하
듯 설명하며 몸을 움직였다. 단유강의 손가락이 강시의 이마
를 두부처럼 꿰뚫었다. 순간 단유강의 손끝에서 새하얀 섬광
이 일어났다. 그 섬광은 강시의 머리를 뚫고 나와 눈부시게
한 번 빛나고는 사라졌다.

단유강은 손가락을 뽑고 몸을 움직여 다른 강시들의 공격
을 가볍게 피했다.

쿵!

이마에 구멍이 뚫린 강시가 바닥에 쓰러졌다. 그 강시는 다
시는 일어나지 못했다.

단유강의 손가락이 또 다른 강시의 이마를 꿰뚫었다. 그 뒤
는 똑같았다. 섬광이 일었고, 강시가 쓰러졌다.

그렇게 다섯 번을 하자, 강시 다섯 구가 모두 쓰러졌다.

단유강은 사무성을 쳐다봤다.

"강시인지 아닌지 확인해 봐야지? 아니면 그냥 덤비던가."

단유강의 말에 사무성이 침을 꿀꺽 삼켰다. 방금 전 단유강

의 움직임을 몇 번이나 놓쳤는지 모른다. 아니, 전부 다 놓쳤다. 사무성이 본 것은 단유강이 강시 앞에 나타나는 광경과 섬광이 일어 강시의 머리에 구멍이 뚫리는 광경뿐이었다.

'만일 지금 덤비면 전멸이다.'

사무성은 식은땀을 흘리며 단유강의 눈치를 살폈다. 단유강은 굳이 움직일 생각이 없어 보였다. 사무성은 그제야 조심스럽게 바닥에 쓰러진 강시들을 살폈다.

'피가 없다.'

상처에서는 피가 한 방울도 흘러나오지 않았다. 역시 예상대로 이들은 인간이 아니라 괴물이었다.

"가, 강시가 맞습니다."

사무성은 그렇게 말하고는 단유강을 바라봤다. 그리고 최대한 조심스럽게 물었다.

"저… 한데 저희들은… 그냥 보내주실 계획이십니까?"

단유강이 씨익 웃었다.

"왜? 돌아가기 싫어?"

"아, 아닙니다! 그럴 리가요! 돌아가고 싶습니다!"

사무성이 손사래까지 치며 그렇게 말하자 단유강이 고개를 끄덕이며 손을 휘휘 내저었다.

"어서 가봐. 가서 청검산장 건드릴 생각은 이제 접으라고 전해. 그리고 조만간 한번 찾아간다는 말도 잊지 말고."

"아, 알겠습니다!"

사무성은 그렇게 대답하고는 황급히 포권을 취했다. 사무성을 따라 나머지 동료들도 동시에 포권을 취했다. 그리고 올 때보다 훨씬 빠른 속도로 사라져 버렸다.

단유강은 그들이 안 보일 때까지 바라보다가 바닥에 쓰러진 강시들을 쳐다봤다.

"강시라……. 그때 그놈들인가?"

예전 사천 성도 근처에서 강시를 제조하며 연구하던 동굴을 발견했던 기억이 떠올랐다. 당시에는 모든 조사를 무림맹에 맡겼었다. 하지만 그 이후로 무림맹도 별다른 성과를 거두지 못했다.

단유강도 그 이후로 신경을 끄고 있었는데, 오늘 강시가 나타난 것이다.

"그러고 보니까 백검문의 뒤를 봐주던 놈들이 적련이었지?"

적련은 최근 위태롭게 흔들리고 있다. 아마 백검문까지 돌봐줄 여력이 없을 것이다. 하면 백검문은 새로운 줄을 잡았을 가능성이 컸다.

"어쩌면 적련의 뒤에 그놈들이 있을 수도 있겠군."

여러 가지 가능성이 있었지만 확실한 건 하나도 없었다. 정보가 더 필요했다.

"백검문주라면 뭔가를 좀 알고 있으려나?"

아마 강시가 박살 났다는 걸 알면 뭔가 다른 수를 들고 나

올 것이다. 더 많은 강시를 동원하거나, 아니면 강시를 제공
한 놈을 찾아가 하소연을 하거나 말이다.

단유강의 입가에 의미심장한 미소가 떠올랐다.

第十一章
납치

태룡전

　원위천은 너무 놀라 몸을 부들부들 떨었다. 총관의 보고를
믿을 수 없었다. 무려 다섯 구였다. 다섯 구의 강시를 혼자서
아무렇지도 않게 박살 냈다니, 대체 얼마나 대단한 고수란 말
인가.

　"다, 담교영, 그 계집이 정말 남자 하나는 기가 막히게 물었
구나."

　원위천은 문득 아름다운 딸을 둔 담무군이 부러웠다. 딸 하
나 잘 둔 덕분에 절대고수 하나를 절로 얻지 않았는가.

　"그나저나 이를 어쩐다? 그런 고수가 버티고 있으면 더 이
상 청검산장을 건드릴 수 없지 않은가."

　　원위천의 말에서 느껴지는 집착과 고집에 총관은 고개를 절레절레 저었다. 어쩌다 이렇게 되었는지 알 수 없었다.

　　사실 얼마 전에 강시를 청검산장에 보낸 것도 총관으로서는 마음에 들지 않았다. 원위천은 비문위를 만난 이후부터 점점 이상하게 변해가고 있었다.

　　"문주님, 이제 청검산장에서 손을 떼시는 게 어떻습니까? 그것 말고도 신경을 써야 할 일들이 상당히 많습니다."

　　총관은 결국 그렇게 말했다. 그 말을 들은 원위천의 눈빛이 불그스름해졌다.

　　"웃기는 소리. 청검산장이 무너지면 장사무림이 몽땅 내 손아귀에 들어오는데 나보고 포기하라고? 지금까지 적련과 손을 잡고 비문위의 힘을 받아들인 이유가 뭐라고 생각하는 거냐? 모두 장사무림을 손에 넣기 위함이었다. 한데 이제 와서 포기하라고? 난 절대 그렇게 못한다!"

　　원위천의 말에 총관은 고개를 푹 숙였다. 문주가 물러날 생각이 없으니, 어떻게든 계책을 생각해 내야만 한다. 그래서 최대한 빨리 청검산장을 무너뜨려야 한다. 그렇지 않으면 결국 백검문이 위험하게 될 것이다.

　　"그나저나 그놈이 날 찾아오겠다고 했다지?"

　　"그렇습니다. 진짜로 그럴지는 모르겠습니다만……."

　　"쯧쯧, 복면까지 쓰고 가서 정체를 들키다니. 정말로 멍청한 놈들이군."

"그가 처음부터 알고 있었다고 합니다."

잠시 혀를 차던 원위천의 눈이 빛났다.

"이건 어쩌면 기회가 될지도 모르겠군."

"예? 기회라니요? 설마 그 고수를 끌어들이실 생각이십니까? 그건 아마 어려울 듯합니다만……."

청검산장에는 천하제일미 담교영이 있다. 물론 이제는 더 이상 천하제일미가 아니지만 어쨌든 담교영에 비견될 정도로 아름다운 여인이 아니라면 어떻게 그를 끌어들일 수 있단 말인가.

원위천이 한심하다는 듯 혀를 찼다.

"쯧쯧, 우리 일을 방해한 놈을 끌어들여서 뭘 어쩌겠다는 건가."

"하면……."

"함정을 파야지."

총관의 안색이 대번에 변했다.

"그건 안 됩니다. 상대는 십대고수의 반열에 올랐을지 모르는 고수입니다. 섣부른 함정을 팠다가 잘못하면 우리 문파가 절단날 수도 있습니다."

"우리가 하면 그렇겠지. 하지만 우리보다 훨씬 대단한 사람이 하면 어떻게 되겠나?"

총관의 등에 식은땀이 흘렀다. 가능성은 있지만 왠지 불길한 예감이 들었다. 진심으로 말리고 싶었다. 하지만 원위천의 충혈된 눈빛을 보니 이미 되돌릴 수 없다는 것을 깨달았다. 총관은 그저 고개를 숙일 수밖에 없었다.

"비문위에게 어떻게든 연락을 해보겠습니다."

그제야 원위천이 만족한 표정으로 고개를 끄덕였다.

담무군은 적운영의 능력에 놀란 입이 다물어지지 않았다. 어째서 이런 인재를 지금까지 알아보지 못했는지 한탄이 나올 정도였다.

적운영의 능력은 정말로 굉장했다. 정말로 총관에 어울리는 사람이었다. 나이가 많지 않아 패기가 넘치면서도 때로는 노인 못지않은 경험과 안목을 자랑하기도 했다.

그를 새로운 총관으로 임명한 뒤로 조금 과장을 섞어서, 청검산장의 지출은 절반으로 줄어들었고, 수입은 두 배로 늘었다. 그저 일의 효율을 올렸을 뿐인데 그렇게 되었다.

이러니 담무군이 놀라지 않을 수 있겠는가. 담무군은 입이 찢어질 정도로 기분이 좋았다. 그리고 적운영의 능력을 간파한 딸의 안목에 기분이 두 배로 좋아졌다.

"이제 그 녀석의 빈자리를 채울 무사 하나만 있으면 되겠구나."

적운영이 그동안 맡았던 역할도 결코 간단하지 않았다. 적운영의 건의로 만들어진 상단의 상행을 책임질 사람이 우선 필요했다. 그리고 그가 이끌던 무사들의 구심점이 될 사람도 있어야만 했다.

"차근차근 하는 수밖에. 한 명이 아니라 두 명이나 세 명으로 나눠서 일을 맡기면 어찌어찌 될 수도 있겠군."

담무군은 그렇게 처리하기로 하고 몇 가지 결정을 서둘렀다. 적운영이 총관 자리에 앉은 이후로 담무군의 일도 늘어났다. 물론 덕분에 청검산장이 돌아가는 상황을 일목요연하게 파악할 수 있었으니 상당히 긍정적인 발전이었다.

담무군이 그렇게 몇 가지 일을 처리하고 있을 때, 적운영이 찾아왔다.

"장주님, 총관입니다."

"어서 들어오게."

적운영은 머쓱한 표정으로 집무실에 들어섰다. 담무군은 적운영이 총관 자리에 앉은 순간부터 말을 놓지 않았다. 사실 예전에는 거의 제자나 다름없었으니 막 대한 느낌이 없잖아 있었다. 하지만 일단 총관이라는 자리에 앉은 이상 그에 걸맞은 대우를 해줘야 했다.

물론 담교영이 조언한 것을 그대로 따르는 것뿐이었다.

"그래, 무슨 일인가?"

"예. 백검문에서 서찰이 왔습니다."

"백검문?"

담무군은 이해할 수 없다는 듯 고개를 갸웃거렸다. 백검문과 청검산장은 사이가 그리 좋지 않다. 백검문이 호시탐탐 청

검산장을 집어삼키려 한다는 것을 잘 알고 있기에 백검문이
라는 얘기만 나와도 경계심이 불쑥 올라왔다.

서찰을 받아 그것을 읽은 담무군은 온몸을 부들부들 떨었
다.

쾅!

담무군 앞에 놓인 서탁이 두 쪽으로 갈라졌다. 담무군은 서
탁을 박살 낸 후, 서찰을 적운영에게 넘겼다. 적운영은 그것
을 받아 읽고는 두 눈을 크게 떴다.

"감히 이놈들이!"

백검문이 보낸 서찰에는 진소혜를 보호하고 있으니 찾아
오라는 내용이 적혀 있었다. 그간 백검문과 청검산장 사이에
있었던 일들을 이번 기회에 모두 정리하자는 말까지 있었는
데, 명백히 협박이었다.

"대체 그 아이가 이 지경이 될 때까지 아무도 모르고 있었
다는 게 말이나 되는가!"

담무군의 외침에 적운영이 고개를 숙였다.

"죄송합니다, 제 불찰입니다."

담무군은 화를 가라앉혔다. 화를 내봐야 도움될 건 하나도
없다. 차분하고 냉정하게 상황을 정리해야 한다.

"아닐세. 자네가 무슨 잘못이 있겠나. 그렇지 않아도 장원
의 일을 정리하느라 눈코 뜰 새 없었을 텐데."

만일 적운영이 총관이 아니라 무사들을 관리했다면 아무

리 백검문이라도 이렇게 쉽게 진소혜를 납치하지는 못했을 것이다.

"이제 대체 어찌할지 생각해 보게."

적운영은 잠시 생각에 잠겼다가 말을 꺼냈다.

"그분께 도움을 청하면 어떨까 싶습니다."

"끄응, 어쩔 수 없지."

담무군은 고개를 끄덕였다. 적운영이 말하는 그분이란 단유강이다. 단유강이 꽤 대단한 고수라는 것은 적운영으로부터 들어서 알고 있었다. 그리고 담교영도 그런 식으로 몇 번 얘기를 했다.

사실 담무군은 단유강의 실력을 확신하지 못했다. 하지만 지금은 그의 도움을 받을 수밖에 없었다.

"자네가 알아서 하게."

적운영은 인사를 하고 밖으로 나갔다. 그는 바로 단유강에게 찾아가지 않고 먼저 담교영을 찾았다.

단유강과 담교영이 이곳 청검산장에 온 지 벌써 나흘이 지났다. 담교영은 계속 단유강과 함께 하고 싶었지만 진소혜가 워낙 열심히 방해를 해서 그럴 수가 없었다.

그동안 담교영은 계속 진소혜와 함께 있었다. 하지만 오늘은 진소혜가 웬일로 담교영을 놔주었기에 아침부터 계속 단유강과 함께 있을 수 있었다.

담교영은 갑자기 찾아온 적운영을 바라보며 의아한 표정을 지었다. 왠지 불안한 기분이 그녀의 뒤통수를 간질였다.

"무슨 일이죠?"

"소혜가 납치당했습니다."

담교영의 눈이 화등잔만 해졌다.

"예? 그, 그게 무슨 말이죠?"

단유강이 옆에서 물었다.

"백검문인가?"

적운영이 살짝 놀랐다가 이내 고개를 끄덕였다.

"그렇습니다. 그들은 우리 측 사람이 백검문으로 직접 찾아와 소혜를 찾아가라 하고 있습니다. 몇 가지 협상만 하면 놔주겠다더군요."

단유강이 의미심장한 미소를 지으며 턱을 쓰다듬었다.

"재미있군. 이놈들, 날 노리고 있어."

단유강의 말에 담교영과 적운영이 의아한 눈으로 그를 바라봤다. 단유강은 별것 아니라는 듯 손을 저었다.

"됐어. 내가 가지. 어차피 그 꼬맹이한테 허락도 받아야 하니까 겸사겸사 잘됐군."

단유강의 말에 담교영이 결연한 표정으로 입을 열었다.

"저도 갈게요. 그놈들, 그냥 둘 수 없어요."

단유강은 잠시 고민했다. 백검문은 자신이 강하다는 걸 안다. 아마 철저한 준비를 했을 것이다. 그 상황에서 담교영과 진소혜를 둘 다 보호하며 싸워야 한다.

'그건 어렵지 않군. 고작해야 강시들이 올 테니……'

얼마 전에 상대했던 그런 강시들이라면 얼마든지 더 상대할 수 있었다.

"좋아. 같이 가자. 뭐, 여기 있는 것보다야 낫겠지."

진짜 최악의 상황은 단유강이 청검산장을 떠난 사이에 강력한 적들이 이쪽으로 몰려오는 경우다. 그 경우에는 아무리 단유강이라도 어쩔 수가 없다.

'할아버지라면 얘기가 달라지겠지만 말이야.'

단유강은 내심 믿을 만한 수하 한 명 안 데리고 온 게 아쉬웠다. 연백철이라도 있었다면 최소한 시간은 벌 수 있었을 것이다.

'문노면 더 좋고.'

문노가 함께 있었다면 아무런 걱정을 할 필요도 없다. 문노 역시 상당히 강하니까 말이다.

"그럼 시간 끌 것 없이 당장 갈까?"

단유강의 말에 담교영이 고개를 끄덕였다. 그리고 적운영이 걱정스런 얼굴로 말했다.

"혼자 가시는 게 편하지 않으시겠습니까?"

적운영이 하는 말의 의미를 아는 담교영이 안타까운 눈으로 단유강을 바라봤다. 단유강은 그 눈길을 받으며 피식 웃었다.

"내 옆이 제일 안전하지. 난 이 장원이 더 걱정이야."

단유강의 말에 적운영의 얼굴이 딱딱하게 굳었다. 가능성은 염두에 두고 있었다. 하지만 고작 단유강 한 명 빼내려고 백검문이 이런 짓을 할 리가 없다고 판단했다.

"이곳은 염려 마십시오. 만일 무슨 일이 있다면 제가 어떻게든 지키겠습니다."

"좋아. 아주 좋은 자세야."

단유강은 고개를 끄덕이며 품에서 뭔가를 꺼내 적운영에게 내밀었다. 그것은 작은 막대기였다. 적운영은 의아한 얼굴로 그것을 받아 들었다.

"이, 이게 무엇입니까?"

"만일의 사태에 대비해서 주는 거야."

단유강은 옆에 있는 커다란 나무를 가리켰다.

"저 나무 보이지? 저 나무 아래에 납작한 바위가 하나 있거든."

"예. 그것은 알고 있습니다만……."

"그 바위에 구멍이 하나 뚫려 있을 거야. 만약 무슨 일이 생기면 거기에 그 막대기를 꽂아."

적운영의 얼굴에 더욱 짙은 의혹이 서렸다. 단유강은 그것을 보고는 빙긋 웃으며 말을 이었다.

"아마 시간은 좀 벌 수 있을 거야."

적운영은 일단 고개를 끄덕였다. 무슨 말인지 알 수 없지만 시간이 많이 걸리는 일도 아니니 충분히 할 수 있었다.

"좋아. 그럼 이만 갈까?"

단유강이 걸음을 옮기자, 담교영이 서둘러 그 옆으로 다가갔다. 두 사람은 순식간에 장원을 벗어나 백검문이 있는 곳을 향해 빠르게 나아갔다.

원위천은 기분 좋은 표정으로 음산하게 웃었다. 그의 눈이 핏빛으로 빛났다. 그리고 몸에서는 진득한 살기가 쉴 새 없이 흘러나왔다.

"흐흐흐흐, 아주 완벽한 계획이야. 이렇게 중요한 순간에 그 계집이 내 손에 들어오다니 말이야. 흐흐흐흐."

총관은 그런 원위천을 보며 두려움에 젖었다. 원위천은 점점 인간의 형상에서 벗어나고 있었다. 원위천을 계속 보고 있으면 피비린내가 나는 듯했다.

"총관, 그 계집은 잘 보관하고 있겠지?"

"물론입니다. 가장 깊숙한 곳에서 최근에 돌아온 무사들의 보호 아래 있습니다."

"좋아. 아주 만족스러워. 이 정도라면 그놈이 아무리 강해도 절대 살아남을 수 없지. 그리고 청검산장 쪽으로 보낼 애들은 어떻게 됐나?"

"본 문의 최정예로 준비했습니다. 이번에 새로 받은 강시 다섯 구도 포함시켰습니다."

"크하하하! 좋아! 아주 좋아! 이제야 청검산장을 손에 넣을
수 있겠구나! 더불어 담교영, 그 계집도 함께 말이야! 크하하
하!"

총관은 슬며시 고개를 조아렸다. 더 이상 원위천을 보고 있
을 수가 없었다. 자신의 눈에서도 혈광이 쏟아져 나올 것만
같았다. 눈두덩이 뜨거웠고, 머리가 어지러웠다.

'절대 실패할 수가 없는 계획인데, 대체 왜 이렇게 불안한
건지……'

총관은 너무나 불안했다. 사실 이번 일을 계획한 것은 총관
이었다. 총관은 이번 일이 실패할 가능성이 없다고 확신했다.
그런데도 불안감이 가시지 않았다.

그동안 꾸준히 비문위에게 백검문의 무사들을 보내 수련
을 시켰다. 한 번 다녀올 때마다 실력이 월등히 늘어나니 더
많은 수의 무사를 더 자주 보내게 되었다. 그리고 이번에 세
번이나 다녀온 무사들이 돌아왔다.

그들은 믿을 수 없을 정도로 강해져 있었다. 다만 말수가
거의 없어졌다는 점과 살기가 짙어졌다는 점이 조금 문제긴
했다. 하지만 무사들에게 있어서 그쯤이야 흠이라고 할 수도
없었다.

그들은 놀랍게도 비문위가 준 강시와 비견될 정도로 강했
다. 처음에는 그들이 강시가 되어 돌아온 게 아닌가 생각될
정도였다. 하지만 절대 강시는 아니었다. 비문위의 강시와는

달리 그들은 제대로 자아를 가지고 있었으며 대화도 가능했다. 기억도 고스란히 가지고 있었다. 그들은 그저 강해진 것뿐이었다. 총관은 그렇게 믿었다.

원위천과 총관은 상당한 돈을 들여서 벽력탄 다섯 개를 준비했다. 그리고 그것을 단유강과 만날 장소에 미리 묻어뒀다. 단유강이 근처에 오면 그것을 즉시 터뜨릴 수 있도록 철저히 준비했다.

만일 단유강이 그 폭발에도 살아남는다면 그때부터 백검문의 무사들을 상대해야 할 것이다. 그것도 강시에 비견될 정도로 강해진 무사 백 명을 말이다.

그렇게 싸우면서 원위천은 끊임없이 단유강에게 사로잡힌 진소혜의 안전을 들먹이며 신경을 흩어놓을 예정이었다. 아무리 고수라도 그런 식으로 압박을 하면 제 실력을 발휘하기 힘들다.

"눈앞에서 칼을 들이밀면 그놈이 어떤 반응을 보일까? 그냥 얻어맞고만 있을 수도 있겠지? 크흐흐흐."

원위천은 생각만 해도 즐거웠다. 그놈을 박살 내고, 담교영을 취하며, 청검산장까지 손에 넣을 생각을 하니 벌써부터 온몸이 짜릿하게 달아올랐다.

"자자, 어서 오너라, 어서! 크하하하!"

원위천의 광소가 백검문을 한바탕 뒤흔들었다. 총관은 그 모습을 보며 나직이 한숨지었다.

단유강과 담교영은 단숨에 백검문 앞에 도착했다. 백검문의 정문은 활짝 열려 있었다, 마치 어서 들어오라는 듯이.

담교영은 긴장감을 감추지 못했다. 그녀의 얼굴에는 걱정도 한가득이었다. 진소혜의 안위가 너무나 염려되었다.

"너무 걱정하지 마. 괜찮을 테니까."

담교영은 심호흡을 했다. 몇 번 숨을 길게 들이마셨다가 내쉬자 마음이 조금 가라앉았다.

"대주님을 믿어요."

단유강이 빙긋 웃었다.

"좋은 자세야. 날 믿으면 자다가도 돈이 생긴다고."

단유강은 그렇게 농담을 던지며 문 안으로 들어섰다.

"호오, 상당한 규모로군."

청검산장보다 두 배는 더 거대한 듯했다. 정문 안쪽의 광경만 놓고 본다면 그랬다. 실제로 전체적인 규모는 두 배에서 조금 모자랐지만 그래도 대단한 규모였다.

"백검문은 예전부터 돈이 많았거든요."

"하긴 적련이라는 줄을 꽉 잡고 있었으니 당연하지."

하지만 그 줄은 더 이상 튼튼한 동아줄이 아니다. 이제는 썩은 동아줄이 되어버렸다. 적련은 지금도 백설영이 이끄는 단가상단에게 맥없이 휘둘리고 있었으니까.

"자아, 적련이라는 썩은 줄을 버리고 다시 잡은 줄이 어떤 건지 볼까?"

단유강은 기대감 어린 눈으로 주위를 살폈다. 그리고 감각을 확장시켰다. 전각 몇 개를 넘어 사람들의 기척이 느껴졌다. 그 전까지는 아무도 없었다.

"꽤 철저하게 준비를 했군."

"그러게 말이에요."

담교영은 두근거리는 심장을 주체할 수 없었다. 정문 앞에서는 마음을 가라앉혔지만 안으로 들어가면 들어갈수록 심장이 미친 듯이 뛰었다.

단유강이 담교영의 어깨에 슬쩍 팔을 올렸다. 담교영이 화들짝 놀라 단유강을 바라봤다.

"어깨에 힘이 너무 들어갔어. 이러면 유사시에 기민하게 대응할 수 없어."

"예……."

담교영은 다시 마음을 가라앉혔다. 그리고 눈에 힘을 주며 앞으로 힘차게 걸어갔다. 단유강은 담교영의 어깨에 올린 팔을 내릴 생각도 하지 않고 유유히 걸어갔다.

두 개의 전각을 더 지나 넓은 공터가 나타났다. 상당수의 무사들이 공터를 빙 둘러싸고 있었다. 단유강은 그 공터의 몇 군데를 의미심장한 눈으로 바라보고는 공터 한가운데로 당당히 걸어갔다. 물론 담교영은 단유강의 팔에 어깨를 맡긴 채 함께 따라갔다.

단유강은 공터 한가운데에 멈춰 섰다. 그리고 멀찍이 떨어진 곳에 서 있는 원위천을 쳐다봤다.

"네가 백검문주로군?"

원위천이 이를 드러내며 웃었다.

"건방진 놈. 하지만 그 건방도 여기까지다."

단유강은 됐다는 듯 손을 내저으며 말했다.

"귀찮으니까 빨리 시작하자. 준비한 게 있으면 다 꺼내놔봐. 아니면 개처럼 꼬리를 말고 소혜를 내 앞에 데려다 놓던가."

원위천의 웃음이 점점 차가워졌다. 원위천은 한 손을 번쩍 들었다. 그러자 몇 명의 무사들이 진소혜를 데리고 나타나 원위천 앞에 앉혔다.

"이익! 이거 놔!"

진소혜는 반항을 했지만 고작 열 살짜리 소녀가 무사들의 힘을 이겨낼 리 없었다. 진소혜는 억지로 앉혀진 후, 고개를 들어 원위천을 노려봤다.

원위천은 비릿한 미소를 지으며 진소혜를 바라봤다. 그리고 손가락을 들어 단유강 쪽을 가리켰다. 진소혜의 고개가 그쪽으로 돌아가며 눈이 화등잔만 해졌다.

"언니!"

진소혜의 외침에 담교영이 부드럽게 미소를 지었다.

"소혜야, 조금만 기다려. 언니가 금방 구해줄게."

진소혜는 걱정이 가득 담긴 눈으로 고개를 끄덕였다. 하지만 자신 때문에 담교영까지 위험에 빠지게 되었다는 사실에 자책감을 느꼈다. 진소혜는 고개를 푹 숙였다.

"어이! 꼬맹이! 고개 들어! 금방 구해준다잖아! 언니 믿고 기다리라고!"

단유강의 외침에 진소혜가 고개를 번쩍 들었다. 진소혜는 여기까지 담교영을 쫓아온 단유강이 조금 다시 보였다.

'힘도 없을 텐데…… 무서울 텐데…….'

진소혜는 울컥 눈물이 나오려 했다. 하지만 억지로 그것을 참아냈다.

"큭큭큭큭, 금방 구해준다고? 누구 맘대로? 과연 그게 될까? 큭큭큭큭."

원위천의 웃음이 점점 섬뜩해졌다. 원위천은 고개를 돌려 총관이 있는 곳을 바라봤다. 그리고 한 손을 번쩍 들어 올렸다.

쫘과과과광!

어마어마한 폭음이 일었다. 방금 전까지 단유강과 담교영이 서 있던 자리를 중심으로 벽력탄이 터지며 거대한 불꽃과 먼지가 자욱하게 일어났다.

"언니이!"

진소혜가 목이 찢어져라 외쳤다. 그녀의 눈에서 눈물이 흘렀다. 이건 아니었다. 어찌 이렇게 허무하게 언니를 잃을 수 있단 말인가.

"흑흑흑, 나 때문이야. 다 나 때문에……."

후우웅!

바람이 불었다. 그 바람은 진소혜의 눈에서 흐르는 눈물을 순식간에 말려 버렸다. 진소혜는 깜짝 놀라 고개를 들었다.

공터를 가득 메웠던 흙먼지가 바람에 휘말려 위로 솟구쳐 오르고 있었다. 그렇게 먼지가 몽땅 사라지고 난 자리에 단유강과 담교영이 폭발이 일어나기 전과 똑같은 모습으로 서 있었다.

"어, 언니……."

진소혜의 눈에서 다시 눈물이 흘렀다.

"조금만 기다리라고 했잖아, 꼬맹이."

단유강이 씨익 웃으며 말을 이었다.

"자아, 이제 어떻게 요리를 해줄까?"

흙먼지를 날려 버렸던 바람이 공터를 다시 한 번 휘감았다.

『태룡전』 5권에 계속…

歡喜密功

설봉 新무협 판타지 소설

환희밀공

盜功

무유칠덕(武有七德), 금폭(禁暴), 집병(戢兵), 보대(保大),
정공(定功), 안민(安民), 화중(和衆), 풍재(豐財), 자야(者也).
〈좌전(左傳), 선공 십이년(宣公 十二年)〉

무에는 일곱 가지 덕이 있다.
첫째, 난폭을 금지한다. 둘째, 무기를 거두어들인다. 셋째, 큰 나라를 보전한다.
넷째, 공적을 정한다. 다섯째, 백성을 편안하게 한다. 여섯째, 대중을 화합하게 한다.
일곱째, 물자를 풍부하게 한다.

섬서성(陝西省) 육반산(六盤山)에 신력(神力)을 바탕으로
패공(覇功)을 구사하는 가문(家門), 육반루가(六盤婁家).
세상에게 외면받고 멸시당하는 환희교(歡喜敎).
육반루가의 후손과 환희교 교주의 운명적인 만남.

"넌 환희교를 지키는 수문장(守門將)이 될 거야.
강하게, 아주 강하게 키워주마."
'아버지처럼 죽지 않을 거야. 아무도 날 죽일 수 없어.
세상에서 최고로 강한 사람이 될 거야.'